なるにはBOOKS
別巻

# 東京物語散歩100

あの本の主人公と歩く

堀越正光 著

ぺりかん社

# はじめに

あなたの街にある、とりたてて大きな特徴もない通りや、名前も意識しない小さな公園。実はその場所は、小説の中で主人公が歩き、ストーリーが動くきっかけとなった場所なのかもしれません。

基本的に虚構《きょこう》の枠組みの中に収まる物語や小説。その中に実在の場所が描《えが》かれていることがあります。東京《とうきょう》の街は特によく物語の中に描《えが》かれます。家の中でその物語を読み終え、味わいをかみしめるだけでも、本を読んだ立派な収穫と言えます。それで完結してしまってもいっこうに構わないわけです。ただ、その物語に登場する場所に足を運んでみると、家の中で読んでいただけでは気づかなかった新たな発見があるかもしれません。いわば「プラスアルファの楽しみ」です。

せっかく東京にいるのなら、その楽しみを共にしてみませんか、ということで、朝日《あさひ》新聞《しんぶん》東京版のコラム「東京物語散歩」が始まりました。２００６年9月のことでした。週1回のコラムです。

私は教員をしていますが、コラムが始まる10年ほど前から、勤務先の学校で生徒の希望者を集め、物語の舞台《ぶたい》を訪ねる「物語散歩」の課外活動をしていました。千葉県《ちば》にある私立の中高一貫校です。通う生徒も千葉県在住者が多く、彼らに参加を呼びかけるには、六本木《ろっぽんぎ》や新宿《しんじゅく》といった名の知られた場所か、早稲田《わせだ》、三田《みた》、本郷《ほんごう》などの大学のある場所を中心としたコースが主流となります。もちろんそれ以外にも、あちらこちらに物語の舞台《ぶたい》となった場所が存在します。生徒を集団で連れて行くにはぽつんと外れたところにあるけれど、でも大変におもしろい、という場所を舞台《ぶたい》とした物語がいくつもありました。まさにコラムで紹介《しょうかい》するには最適でした。

連載開始直前、「最低一年はもたないと、みっともないですよ」と新聞社の担当の方に言われ、これは大変なことを引き受けたか、と緊張しましたが、次々と「物語散歩」に適した作品に巡《めぐ》り合うことができ、12年間の連載《れんさい》を続けることができました。東京という街がいかに作家を引きつける魅力《みりょく》をもったところであるかがよくわかります。紹介《しょうかい》した場所について東京の地図に印を付けていくと、初めのうちはあちらにぽつり、こちらにぽつり、という状況《じょうきょう》でしたけれど、次第《しだい》にその点たちが線で結ばれるような距離となり、生徒を連れた「物語散歩」のコースが新たにできあがったりもしました。

実際に本をたずさえてその街に出かけてみると、描写《びょうしゃ》にそっくりの風景に出合えて驚《おどろ》くことが何度もありました。そのことを初めて体験したのが、佐藤正午《さとうしょうご》さんの『ジャンプ』

を散歩した時でした。京浜急行《けいひんきゅうこう》の蒲田《かまた》駅前から、登場人物の住まいとして設定されている場所まで、実際の光景と描写《びょうしゃ》とがかなり一致《いっち》することがわかりました。歩いていて実におもしろく感じました。これほど実際の風景を踏《ふ》まえた描写《びょうしゃ》がある以上、作者は必ずやこの道を歩いたに違《ちが》いない、とも思いました。作者や作品と自分の距離が一気に縮まった気持ちがした瞬間でした。

作者はなぜその場所を自分の小説に描《えが》いたのか。それについて考えを巡《めぐ》らせるのもおもしろいと思います。渋谷《しぶや》、浅草《あさくさ》、銀座《ぎんざ》などと聞けば、我々の頭に自然とその街のもつ個性的なイメージが浮かびます。そのイメージを利用して作品に現実感をもたせることはあるでしょう。ただ、それ以外の場合も少なくないと思います。たとえば、作者が昔よく利用したところだった、たまたま通りかかって妙に好きになった、普段《ふだん》から気になっている場所である、などなど。この物語のこの場所は作者にとってどのパターンだろうか、などと考えるのも、これまた一つの楽しみとなります。

今回、連載《れんさい》していたコラムの中から100を選び、本の形として出すこととなりました。どの物語も、それをたずさえて歩いた時の記憶が鮮明に浮かんできて、どれにしようかおおいに迷いました。悩んだ分、中高生のみなさんにも十分おもしろさが伝わる、かつ、主人公が歩いた街を巡《めぐ》るおもしろさを味わえる、そんな物語を精選できたと思っています。

ただ、街は日々変化しています。小説に描《えが》かれ、実際に散歩をした時には存在した光景がいつの間にかなくなってしまった、という場合も少なくありません。渋谷の変化は特に激しく、東急東横線《とうきゅうとうよこ》は地下化され、東口の歩道橋は形が変わり、宮下《みやした》公園や美竹《みたけ》公園は閉鎖《へいさ》中となっています。他の街にも程度の差こそあれ、変化は起こっています。ですが、ごく一部を除き、あえて最新の状況《じょうきょう》に対応はさせず、基本的にはコラム掲載《けいさい》時のままの内容にしてあります。失われた光景の記録として、それはそれで意味があると考えました。

読書にはこんな楽しみもある、ということで、この本を手に取られたみなさんも、ぜひ自分のお気に入りの小説を持って、主人公が歩いたその場所を「物語散歩」してみてください。きっとそこは作者さんも歩いた場所に違《ちが》いありません。

この本の元になった「物語散歩」のコラムが長く続けられたのも、多くの方の支えがあったからこそです。特に司書教諭《きょうゆ》の三谷夏美氏、卒業生の牧野佐知子氏、瀧沢まきこ氏にはたくさんの情報や協力をいただきました。心よりお礼を申し上げます。

著者

# あの本の主人公と歩く 東京物語散歩100 目次



※本書に登場する地名等は、執筆時のものです。

［装幀］図工室　［本文デザイン・ＭＡＰ］raregraph・山本 州

## 「なるにはBOOKS別巻」を手に取ってくれたあなたへ

「なるにはＢＯＯＫＳ」は、働くことの魅力《みりょく》を伝えたくて、たくさんの職業について紹介《しょうかい》してきました。「別巻」では、社会に出る時に身につけておいてほしいこと、悩《なや》みを解決する手立てになりそうなことなどを、テーマごとに一冊の本としてまとめています。

読み終わった時、悩《なや》んでいたことへの解決策に、ふと気がつくかもしれません。世の中を少しだけ、違《ちが》った目で見られるようになるかもしれません。

本の中であなたが気になった言葉は、先生やまわりにいる大人たちがあなたに贈《おく》ってくれた言葉とは、また違《ちが》うものだったかもしれません。

この本は、中学生・高校生のみなさんに向けて書かれた本ですが、幅広《はばひろ》い世代の方々にも手に取ってほしいという思いを込《こ》めてつくっています。

どんな道へ進むかはあなたしだいです。「なるにはＢＯＯＫＳ」を読んで、その一歩を踏《ふ》み出してみてください。

# 1章 小中高生が登場する物語散歩

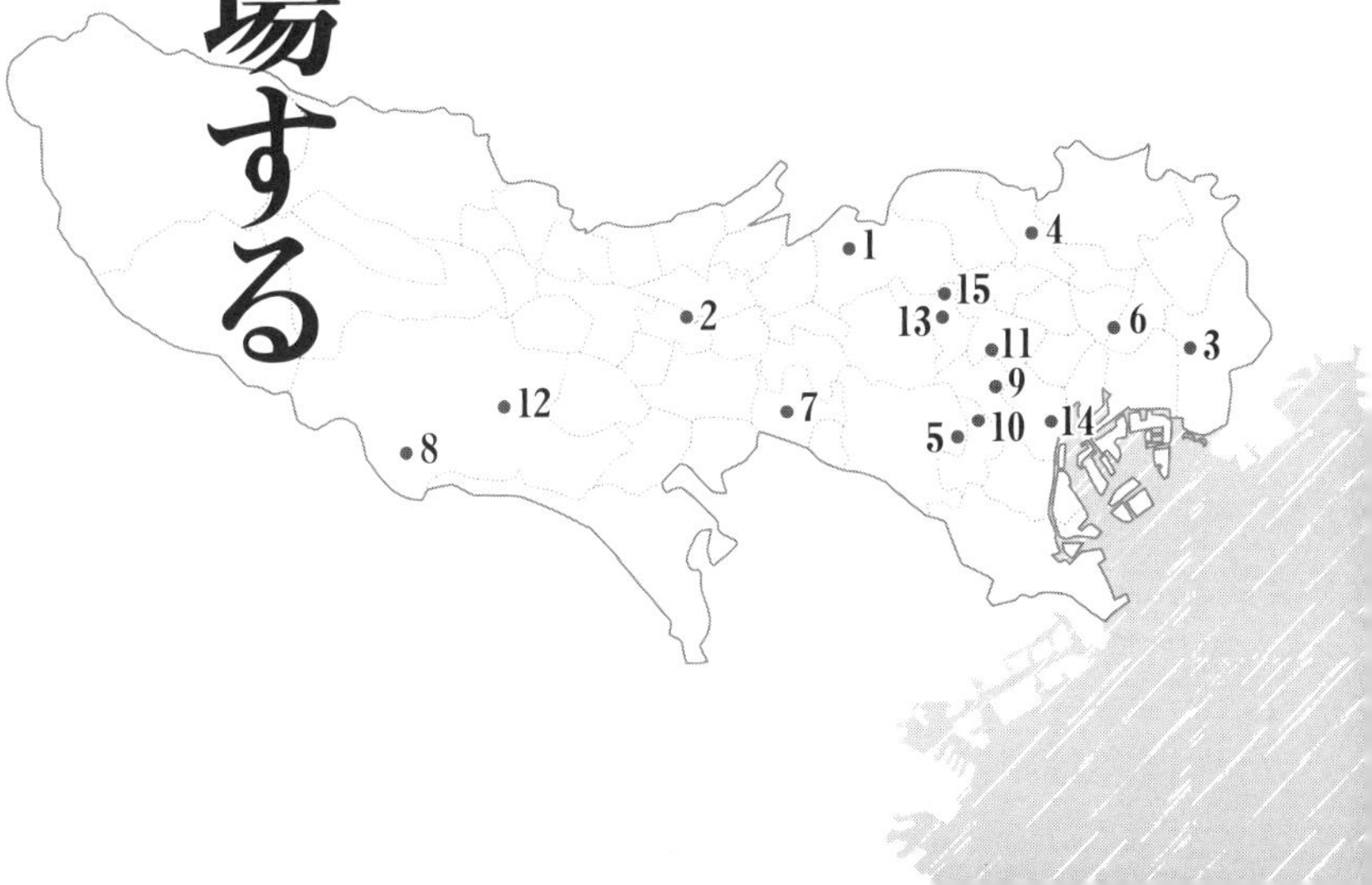

# Book 001

# 村山由佳『天使の卵』

## 練馬区・西武池袋線・大泉学園駅

### 心揺《ゆ》るがす車中の出会い

北口、南口それぞれの駅前に高層ビル「ゆめりあ1・2」がそびえ、新しい街づくりがなされている大泉学園《おおいずみがくえん》駅（練馬《ねりま》区）ですが、おもしろいことに、地名としての大泉学園町は大泉学園駅からはやや離《はな》れた場所にあります。また、大泉学園小・中学校も存在しますが、歴史としては駅名のほうが古いそうです。

◇◆

村山由佳《むらやまゆか》の『天使の卵』（1994年）の主人公・一本槍歩太《いっぽんやりあゆた》の母が営む飲み屋は大泉学園駅の裏手にあります。歩太は浪人生、美大への進学を志望しています。3月のある日、満員の西武池袋《せいぶいけぶくろ》線の車中で歩太は美しい年上の女性と隣《とな》り合い、これまでにない気持ちの高まりを感じました。

なんという偶然《ぐうぜん》か、その女性・五堂春妃《ごどうはるひ》とまた会う機会に恵《めぐ》まれました。春妃は精神科の医師で

『天使の卵』村山由佳（集英社文庫）

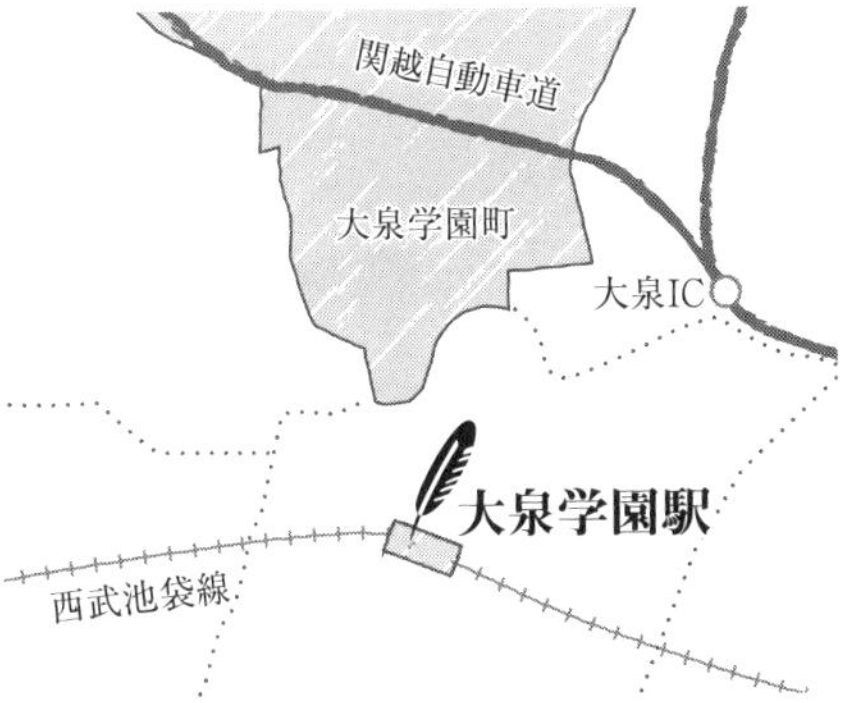

した。歩太の父は心を病んで入院しており、彼女《かのじょ》は父の新しい担当医として歩太の前に現れたのです。

そして偶然《ぐうぜん》はもう一つ。歩太には高校時代からつきあっている斎藤夏姫《さいとうなつき》という女の子がいますが、春妃は夏姫の姉でした。姓が違《ちが》うのは、春妃が一度結婚《けっこん》していたからです。激《はげ》しい恋愛の後、駆《か》け落ち同然に結婚《けっこん》したその相手は、既《すで》にこの世を去っていました。自殺でした。

春妃の悲しい過去を聞いて、歩太の思いは一層つのります。なんとかして彼女《かのじょ》の心の中に入っていきたい、彼《かれ》はそう思います。春妃の心の傷を歩太は癒《い》やすことができるのでしょうか。また、彼《かれ》のことを純粋に思い続ける夏姫もいます。しかも夏姫は春妃の妹です。どうすればよいのでしょう。

◇◆

せつなく、そしてしっとりとした感動を得られるこの小説、発表後十余年を経て２００６年には映画として公開もされています。

作者にとってもかなり思い入れの深い物語なのでしょう。２００４年の『天使の梯子《はしご》』、そして２００６年の『ヘヴンリー・ブルー』と、続編も描《えが》かれています。

# Book 002

## 黒井千次『春の道標』

### 国分寺市・国分寺駅周辺

小学館

### 美しい少女に寄せる恋心

国分寺駅《こくぶんじ》（国分寺市）は、JRのほか西武国分寺線・多摩湖《たまこ》線も発着する大きな駅です。黒井千次《くろいせんじ》の『春の道標』（1981年）の主人公・倉沢明史《くらさわあけし》は、この駅のホームで、ある光景を見て驚《おどろ》きます。物語の始まりは1949（昭和24）年なので、まだJRが国鉄の時代です。

◇◆

都立高校2年生の明史が見たのは、彼《かれ》が以前から片思いをしている女の子が、背の高い若い男性と親しげに話をしている光景でした。彼女《かのじょ》は明史と同じバス停を利用して通学しています。中学生か高校生かもわからないその少女、明史はなんとかして近づきたいと思っていました。

男性が誰《だれ》なのか気になります。しかし、初めて聞く彼女《かのじょ》の声や、その豊かな表情のほうが、明史には印象深いものでした。

彼女《かのじょ》と近づきになるチャンスは突然《とつぜん》訪れました。夕方、自転車で走る明史の前をその少女が歩いていたのです。もてるだけの勇気をふり絞《しぼ》って、明史は彼女《かのじょ》に声を掛《か》けました。幸い、感触《かんしょく》はまずまずでした。この日、明史は少女が棗《なつめ》という名前であること、来年に受験を控《ひか》えた中学生であることを知りました。

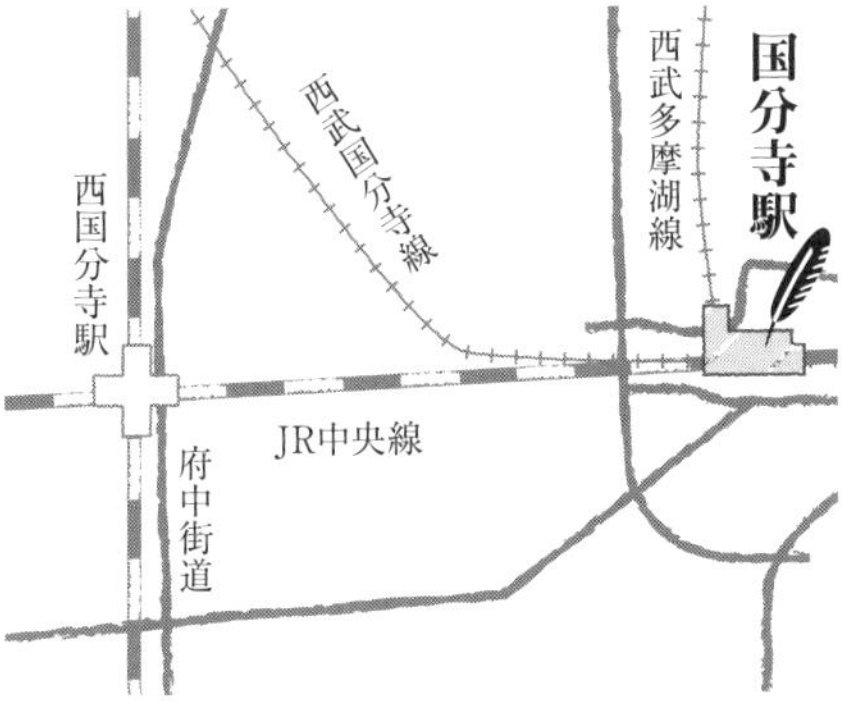


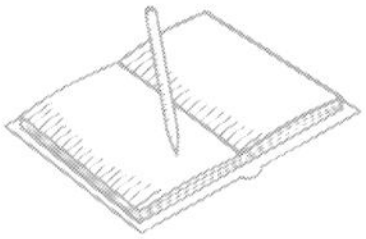

　この時から2人の心の距離《きょり》も次第に縮まっていきます。ある日、2人は偶然《ぐうぜん》帰りの電車が同じになりました。明史はバスに乗らず、歩いて帰ることを提案します。棗も同意してくれました。2人は線路の上をまたぐ陸橋を渡《わた》り、やがて府中《ふちゅう》街道に出ます。明史が棗をいざなったのは、彼《かれ》が「丘」と呼んでいる、灌木《かんぼく》の林でした。

　この日、2人は親密の度合いを一層増しました。しかし、明史にとって棗の心はまだまだわからない部分ばかりです。明史のこの恋は実るのでしょうか。

◇◆

　国分寺駅から府中街道まで、実際に歩いて出ようとすると結構大変です。でもこの時の明史にとっては、まったく苦にならない距離《きょり》だったことでしょう。

# Book003 朱川湊人『わくらば日記』

**江戸川区・荒川**

## 特殊《とくしゅ》能力をもった美しい姉

今回訪れようとする場所は、江戸川《えどがわ》区の荒《あら》川です。今回はかなり足取りの重たい物語散歩です。朱川湊人《しゅかわみなと》の小説『わくらば日記』（２００５年）の「夏空への梯子《はしご》」の章は、荒川沿いに立つ高校の屋上で、昭和30年代に実際に起きた殺人事件を下敷《したじ》きにした物語だからです。

◇◆

この小説の主人公は鈴音《りんね》・和歌子《わかこ》の姉妹。足立《あだち》区梅田《うめだ》の長屋に住んでいます。昭和30年代初め、彼女《かのじょ》たちはまだ10代でした。

和歌子から見ても姉の鈴音は、体こそ弱かったものの、ため息が出るほどの美少女。鳶色《とびいろ》の瞳《ひとみ》をもち、スタイルも良く、気持ちも優しいというすてきな女の子だったのです。

鈴音はある特殊《とくしゅ》能力をもっていました。他の人や物を前にして気持ちを集中すると、その「記憶《きおく》」

『わくらば日記』朱川湊人（株式会社KADOKAWA）

が読み取れるという能力です。

初めは本人だけの秘密だったこの力ですが、少しずつ知る人が増えていきます。その中に警察官がいました。彼《かれ》らは鈴音のその力を使って、未解決事件の手がかりを得ようとします。

鈴音も最終的にはその依頼《いらい》に応え、自分の能力

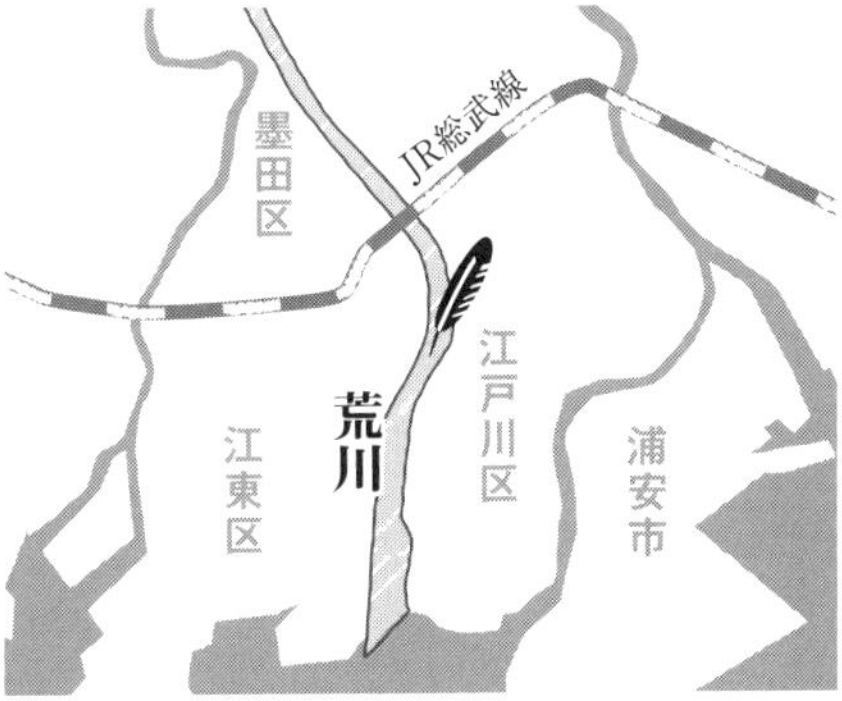

を使うことにしました。
確かに鈴音の力は役立ちました。しかし、事件の謎《なぞ》の解明と、人の心の救済とはあくまでも別の次元に存在するものでした。たとえば、「夏空への梯子《はしご》」の章で、殺人犯の記憶《きおく》をのぞこうとした鈴音は、今までにない、大変奇妙《きみょう》な体験をします。

◇◆

こと人情に関する限り、昔《むかし》のほうが格段に良かったと言われることが多いようです。でも本当にそう言えるのでしょうか。「夏空への梯子《はしご》」を読むと「古き良き時代」という言葉のむなしさを少し感じてしまいます。

実際の事件が起きた高校、私の出身校でもあります。これも何かの縁《えん》と思い、心温まる話の多い『わくらば日記』の中で、あえてもっともせつないこの章を取り上げさせていただきました。

Book 004

# 天野頌子『陰陽屋へようこそ』

## 北区・王子稲荷神社

### 中学生瞬太《しゅんた》の正体は狐《きつね》

都内にお稲荷《いなり》様をまつる神社は数多くあります。その中でも北区《きた》の王子稲荷《おうじいなり》神社はかなりメジャーなお稲荷《いなり》様と言えるでしょう。大晦日《みそか》の除夜の鐘《かね》が鳴るころ、「狐《きつね》の行列」というちょっとユニークな年越《としこ》しが行われ、狐《きつね》のメークをした多くの人が出現します。天野頌子《あまのしょうこ》『陰陽屋《おんみょうや》へようこそ』（2007年）にも、この行事の様子がくわしく描《えが》かれています。

◇◆

物語の主人公は沢崎《さわざき》瞬太。公立中学に通う、どこにでもいそうな男の子です。ところが彼《かれ》の正体は実は狐《きつね》。ある縁《えん》により、人間の夫婦に育てられ現在に至っています。ただ、妖狐《ようこ》としての能力はそれほど高くなく、せいぜい狐火《きつねび》を操れるくらい。一方、考え方はとても常識的で正義感もあります。ある時、これまたちょっとしたきっかけにより、

『陰陽屋へようこそ』天野頌子（ポプラ社）

瞬太は王子稲荷のすぐ近くにあるビルの地下に開業した「陰陽屋」という占《うらな》いの店でアルバイトをすることになります。店の主は安倍祥明《あべのしょうめい》と名乗る人物です。平安時代の貴族のような衣装《いしょう》をまとい、髪《かみ》は腰《こし》に届くほど。身長は180センチあまりの美男で、客に対する会話も如才《じょさい》ありません。

安倍晴明《せいめい》に通じるようなその名前ですが、瞬太が見るに、陰陽師《おんみょうじ》としての彼《かれ》の実力はどうもあやしげです。性格もお世辞にも良いとは言えません。ただ、まるきりのイカサマ師なのかというと、あながちそうとも言えないようで、その過去などを含《ふく》め、謎《なぞ》めいた部分があります。遺言状探しや失踪《しっそう》人の捜索《そうさく》など、依頼《いらい》された案件を陰陽師《おんみょうじ》・祥明は解決できるのか、若い妖狐《ようこ》・瞬太の活躍《かつやく》は？　など、楽しんで読める小説になっています。

◇◆

物語散歩としてもおもしろい作品です。王子稲荷をはじめとして、王子駅周辺の様子が描《えが》かれていますが、王子の街に実際に存在するものと作者の創作によるものとがバランス良く配置されており、確かめつつ歩く楽しみがあります。

# Book005

## 大沼紀子『真夜中のパン屋さん』

**世田谷区・観音寺の夢違観音**

### 悪い夢《ゆめ》の「夢違《ゆめたが》え」かなうか

奈良《なら》県の法隆《ほうりゅう》寺に夢違観音《ゆめたがいかんのん》と呼ばれる有名な仏像がありますが、世田谷《せたがや》区下馬《しもうま》の観音寺にも同じ名をもつ仏像がまつられています。法隆寺の像を拡大したものだそうです。

◇◆

境内の池中に立つこの仏像を熱心に拝む人がいました。その人を遠くからそっと見つめている人もいます。大沼紀子《おおぬまのりこ》『真夜中のパン屋さん　午前0時のレシピ』（2011年）での一場面です。

タイトルのパン屋さんは、観音寺から歩いて行ける距離《きょり》のところに設定されています。午後11時から翌日の午前5時までの営業という、風変わりな店です。スタッフは暮林陽介《くればやしようすけ》と柳弘基《やなぎひろき》の2人。

パン作りは柳の役割です。柳はいわゆるイケメン。彼《かれ》見たさに来店する客もいますが、何よりも柳の作るパンの極上の味わいがリピーターを生み

『真夜中のパン屋さん 午前0時のレシピ』大沼紀子（ポプラ社）

出します。

店のオーナーである暮林はいつも柔和《にゅうわ》な笑顔《えがお》を絶やさず接客をします。真夜中営業の店は、客がよくトラブルをもち込《こ》んできますが、微笑《びしょう》をたたえた暮林と接するうち、自然と気持ちが落ち着いてしまいます。暮林が発する何げない言葉も、客のかたくなな心を開かせる力をもっています。

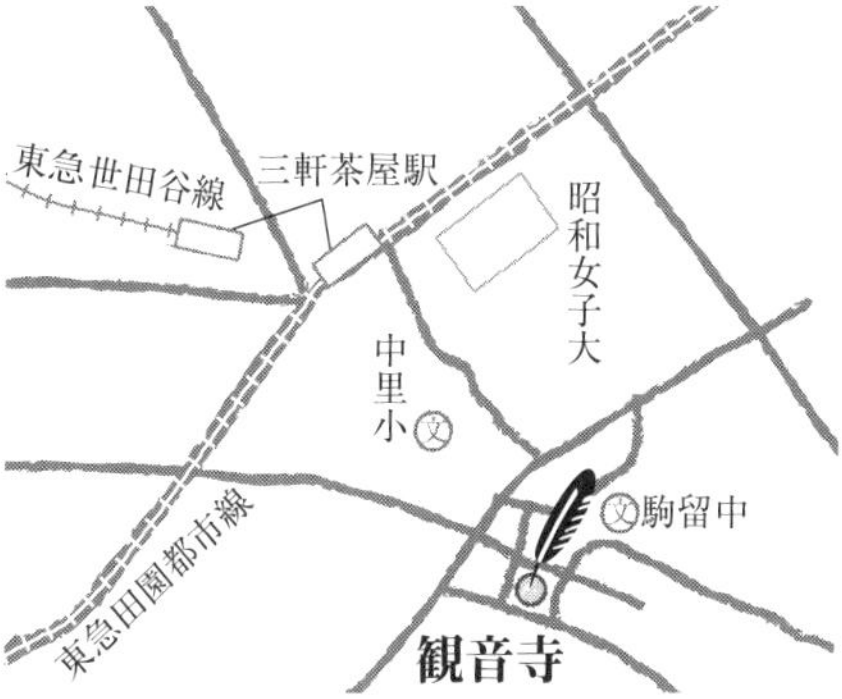


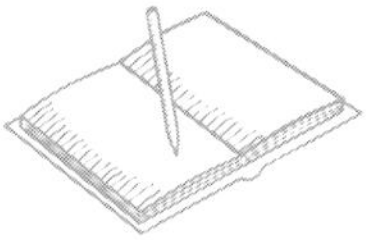

ある事情からこの店の居候となった女子高生の篠崎希実《しのざきのぞみ》も、暮林によって素直な自分と向き合えるようになった1人。彼女《かのじょ》は暮林の微笑《びしょう》を単なる平和ボケと見ていますが、どうでしょうか。

◇◆

夢違観音像を見に、下馬に行きました。池脇《わき》の表示には、「悪い夢《ゆめ》（二度と経験したくないこと、思い出したくないことなど）を良い夢《ゆめ》に変えてくれ」るとあります。

観音を拝んでいた人は、物語の中の大変重要な人物ですが、かなりの「悪い夢《ゆめ》」に悩《なや》んでいます。ただ、「おいしいパンは食べる人を笑顔《えがお》にする」と信じる柳と暮林ならば、この人物の「夢違《ゆめたが》え」に力を貸してあげられるかもしれません。この人物を遠くから見つめていた人がその橋渡《はしわた》しをしてくれそうです。

# Book 006

## 小池昌代『厩橋』

**墨田区、台東区・隅田川・厩橋**

### 物語の世界に入り込《こ》む少女

隅田《すみだ》川の厩《うまや》橋は、3連アーチの姿が特徴《とくちょう》的で、個人的に大好きなデザインの橋です。隅田川花火大会の第2会場に近い橋として認識されている方もいらっしゃるでしょう。橋の名は、江戸の昔《むかし》、幕府の厩舎《きゅうしゃ》が今の台東《たいとう》区側にあったことに関係しています。

◇◆

小池昌代《こいけまさよ》の小説『厩橋』（2012年）では、タイトル通りこの橋が重要な風景として、どっしりとした存在感をもって描《えが》かれています。

坂下親雄《さかしたちかお》、黎子《れいこ》夫妻の住むマンションからは厩橋が見え、2人はこの橋を渡《わた》ってそれぞれの勤め先に向かいます。彼《かれ》らが愛情を注いで育てた娘《むすめ》・月子《つきこ》も厩橋と深い縁《えん》がありました。夫妻と月子は血の繋《つな》がりがありません。厩橋の上で置き去りにされていた赤ん坊、それが月子でした。

『厩橋』小池昌代（株式会社KADOKAWA）

東京《とうきょう》スカイツリーが次第に高さを増してきたこの時、月子は高校生になっていました。黎子から見ても、日に日に女性としての魅力《みりょく》を開花させていくようです。幼なじみの晋太郎《しんたろう》もそんな彼女《かのじょ》をまぶしく眺《なが》めています。

月子には人に秀《ひい》でた能力がありました。たとえば暗唱。やがて遊女になるさだめの少女を主人公とする、樋口一葉《ひぐちいちよう》『たけくらべ』は、月子のもっとも得意とするものでした。

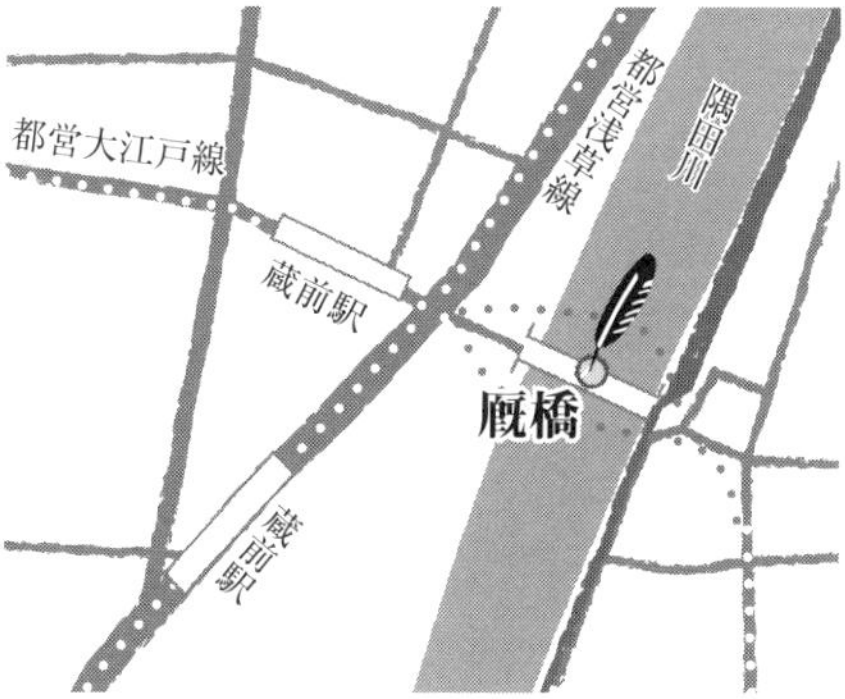


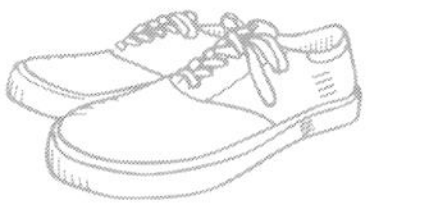

花火大会の日、月子はアルバイトとしてその暗唱を披露《ひろう》する機会を晋太郎から得ます。聴衆《ちょうしゅう》は不思議な老婆《ろうば》が1人だけでした。その老婆《ろうば》を前に『たけくらべ』を語る月子。やがて彼女《かのじょ》は物語の世界に入り込《こ》み、幻想《げんそう》的な体験をしていきます。

◇◆

小説の中に、橋は「今いるここを、踏《ふ》みだし乗り越《こ》えていくための装置《そうち》」だとありました。親雄、黎子、月子それぞれの生きざまを考える上での、大きな手がかりを与《あた》えてくれる表現です。

隅田川の橋には夜ライトアップされ、美しい遠景を見せてくれるものがありますが、厩橋はそれとは別の、きれいな「夜の顔」があります。お知りになりたい方も、ぜひこの小説をどうぞ。

# Book 007

# 舞城王太郎『ビッチマグネット』

## 調布市・京王相模原線

### 弟の話に刺激《しげき》 線路を歩く夢《ゆめ》

調布《ちょうふ》市小島《こじま》町2丁目に、品川《しながわ》通りが京王相模原《けいおうさがみはら》線と交差する場所があります。そこから調布市役所を右に見る形で線路沿いを歩くと、やがて京王線調布駅に行き着きます。

◇◆

舞城王太郎《まいじょうおうたろう》『ビッチマグネット』（2009年）の中に、主人公の「私」こと広谷香緒里《ひろたにかおり》がこのあたりの線路の上を深夜に歩く描写《びょうしゃ》がありました。

ただし、これは香緒里の見た夢《ゆめ》。

なぜこんな夢《ゆめ》を見たかというと、1歳《さい》下の弟・友徳《とものり》が語った、夜中の散歩の物語に刺激《しげき》を受けたからでした。この時、香緒里は中3。この姉弟、毎晩一つの布団《ふとん》に寝《ね》て、さまざまな話をし合うという日常をもっています。かなり仲の良い姉弟と言えますが、家族全体としては円満ではなく、父は浮気《うわき》をし、母は無気力状態になっています。

『ビッチマグネット』舞城王太郎（新潮文庫刊）

家族の現状について、友徳は姉に思うことを率直に語ります。夜の布団《ふとん》の中でです。本心むき出しのその率直さは、香緒里を当惑《とうわく》させ、おびえさせました。彼女《かのじょ》は思います。自分はみずからの本当の気持ちを言葉にできない人間であり、誰《だれ》かの本心を話されることにも耐《た》えられない人間であると。香緒里はその時、「物語」というものの存在について考えました。結果、物語とは自分と同じような人たちの一部が創るもの、本当のことを伝えるためのうそであると見いだします。

弟に恋人ができ、2人が別の部屋で寝《ね》るようになったある日、香緒里はマンガという方法で物語を創ろうと試みました。しかしまったくだめ。その事実にがくぜんとする彼女《かのじょ》です。

香緒里が物語を紡《つむ》ぎ出す時は来るのか。彼女《かのじょ》や家族の今後に対してと同様に、読者は大きな関心をもって読み進めていくことでしょう。

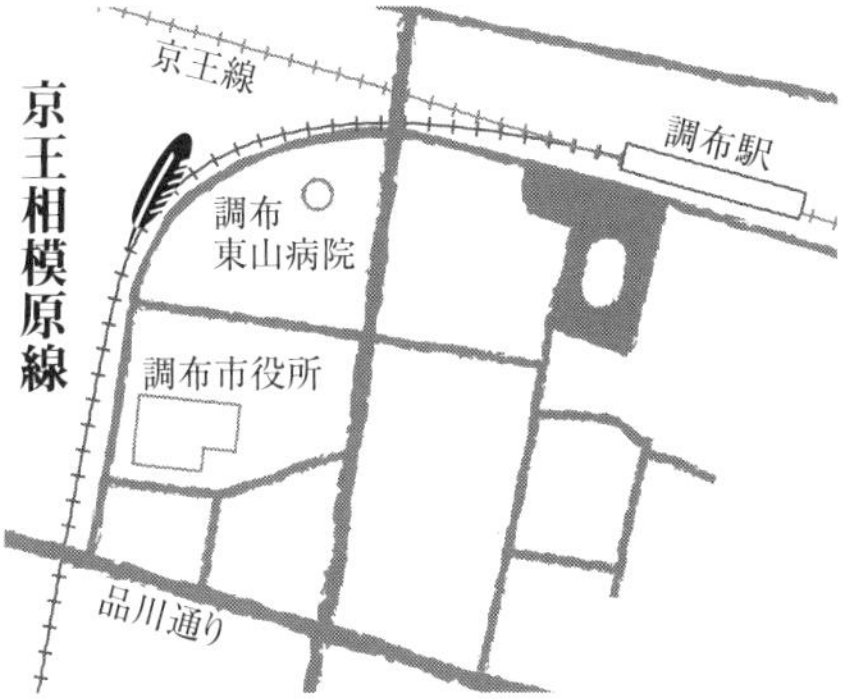


◇◆

作品中の描写《びょうしゃ》と実際とでは前述の品川通りと相模原線の交差の形が違《ちが》っています。夢《ゆめ》の話だからと思っていましたが、そうではなく、線路地下化工事の一環《いっかん》で変化したものと判明しました。もっと早くに訪れるべきでした。

## Book008

# 雪舟えま『バージンパンケーキ国分寺』

**八王子市・高尾山**

早川書房／刊

### 曇《くも》りの日しか開かない店で

標高599メートルの高尾《たかお》山頂（八王子《はちおうじ》市）をめざし、京王線の高尾山口駅から登ってみました。途中《とちゅう》までケーブルカーやリフトを利用することができますし、特徴《とくちょう》の異なる複数のハイキングコースも設けられているので、その時の気分で選ぶ楽しみもあります。

◇◆

雪舟《ゆきふね》えま『バージンパンケーキ国分寺《こくぶんじ》』（2013年）は、特に後半、静かな感動がさざ波のように心に打ち寄せてくる小説です。その中の女子高生・みほも、夏の日曜日、高尾山に登りました。外国人の少女2人と一緒《いっしょ》です。

タイトルの「バージンパンケーキ国分寺」は店の名前です。不思議な店です。曇《くも》りの日にしか営業しません。晴れの日、雨の日に行こうとしてもたどり着けません。そんな店ですから、店のオーナーも常連客もそれぞれ独特な内面の世界をもっています。

　ここでバイトをするみほは、最近心が晴れません。きっかけは親友の久美《くみ》が、みほの幼なじみの岸明日太郎《きしあすたろう》と交際を始めたことです。幼なじみだけに気楽に話せる明日太郎でしたが、久美は、みほと明日太郎の仲をとても気にします。みほは気を使い、久美と明日太郎から距離《きょり》を置くことにしたものの、なんだかぎこちない感じです。事態打開のため、みほは一つの提案を久美にもちかけますが、グラスの水をかけられてしまいました。

　そんな時、店を訪れたアイスランドの2人の少女。国分寺跡《あと》を巡《めぐ》る旅をしているそうです。彼女《かのじょ》たちは、みほとすっかり仲良しになり、みほを高尾山に誘《さそ》いました。みほにとって高尾山は、中学の遠足以来。その時の思い出にも明日太郎は出てきます。今回は明日太郎も久美も誘《さそ》えませんが、それでも十分な思い出が生まれそうです。

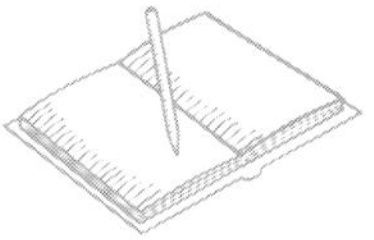

◇◆

　みほたちは往路に沢沿いのコース、復路に寺を通るコースを選んでいます。寺とは薬王《やくおう》院のことでしょう。置かれている天狗《てんぐ》の像の中には迫力《はくりょく》満点なものが何体もあり、眺《なが》め入ってしまいます。

# Book 009

# 加藤シゲアキ『ピンクとグレー』

**渋谷区・美竹公園**

## 忘れられない思い出の場所

渋谷《しぶや》区渋谷1丁目、明治通りから道を一つ隔《へだ》てた場所に公園があります。美竹《みたけ》公園といいます。1953（昭和28）年6月の開園だそうです。開園当時、公園のある場所は美竹町と言っていました。ごく自然な命名です。

◇◆

加藤《かとう》シゲアキ『ピンクとグレー』（2012年）では、この公園がくわしく、かつ何度も描《えが》かれています。主人公・河田大貴《かわだだいき》にとって忘れられない思い出の場所だからです。

大貴と親友・鈴木真吾《すずきしんご》との出会いは9歳《さい》にまでさかのぼります。大貴の父親の転勤で住むことになった横浜《よこはま》。ほんのささいなきっかけで、大貴と真吾は気のおけない仲になりました。

彼《かれ》らの仲の良さは、同じ大学の付属中学を受験したことでもわかります。結果は合格。これで大

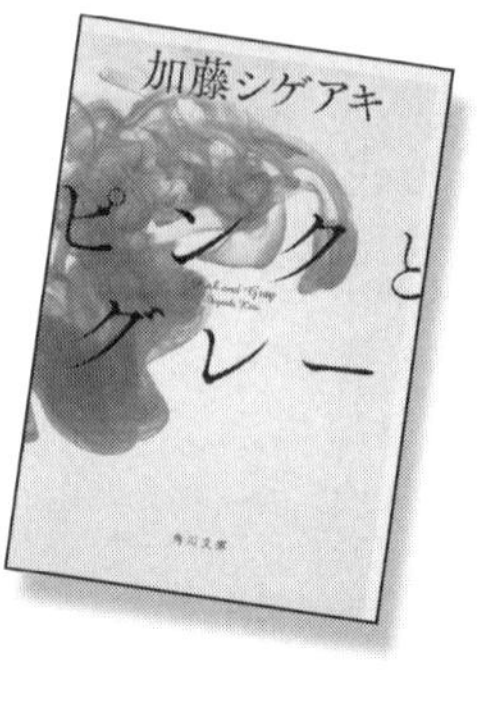


『ピンクとグレー』加藤シゲアキ（株式会社KADOKAWA）

学まで一緒《いっしょ》です。２人は東急東横線《とうきゅうとうよこ》の渋谷駅改札近くで待ち合わせ、登校します。文化祭ではバンドを組んで演奏。青春を楽しんでいます。美竹公園はそんな彼《かれ》らがよく訪れる場所でした。

　つらいこともありました。真吾にとっては、姉の死がその一つです。ただ、真吾は姉の人生から何か大きなことを感じ取ったようです。

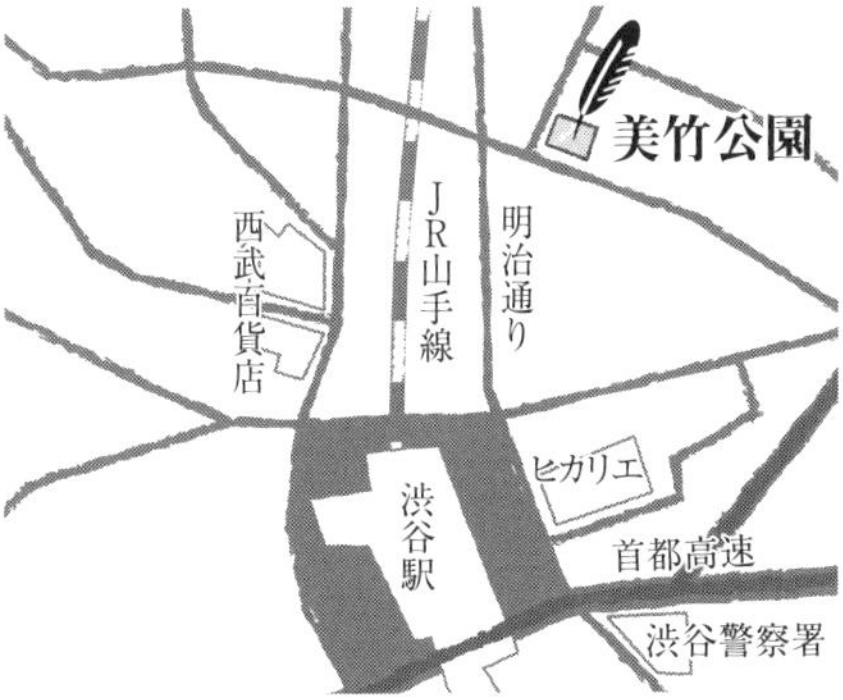

　もう少しで高3という大貴と真吾は、頼《たの》まれて女子中高生向けファッション誌に写真を載《の》せることになりました。ここでも美竹公園は撮影《さつえい》場所として描《えが》かれます。
　それがきっかけで、まもなく彼《かれ》らは芸能プロダクションと契約《けいやく》を交わしました。映画やテレビのエキストラの仕事が入ってきます。のちに振《ふ》り返った時のちょっと特殊《とくしゅ》な思い出作り、２人はそんな気持ちでした。ところが、あるドラマの撮影《さつえい》で彼《かれ》らの1人が発したアドリブのせりふが、その後のそれぞれの生き方を大きく変えていきました。

◇◆

　美竹公園にはマイケル・ジョーダンが寄贈《きぞう》した、その名も「ジョーダンコート」があります。訪れた時は開放時間前でしたが、時間内ならば誰《だれ》でも利用可能だそうです。

# Book 010

## 前川麻子『パレット』

## 目黒区・西郷山公園

### 初キス かき氷 青春の舞台《ぶたい》

目黒《めぐろ》区青葉台《あおばだい》を歩くと、交差点や通りの名に「西《さい》郷《ごう》山」とあるのが目に留まります。西郷隆盛《たかもり》の実弟・従道《つぐみち》の別邸《べってい》があったことによります。このあたりは高低差のある地形なので、「山」というのも納得できます。西郷山公園という眺望《ちょうぼう》のすぐれた区立の公園もあります。

◇◆

西郷山公園を旧山手《きゅうやまて》通り側に出ればもう渋谷区です。前川麻子《まえかわあさこ》『パレット』（2005年）の一《いっ》色尚美《しきなおみ》の通う渋谷区立の中学は、公園からそれほど離《はな》れていません。尚美もこの公園を何度も訪れています。彼女《かのじょ》は生まれも育ちも渋谷。公園の施《し》設《せつ》の変化も、ちゃんと記憶《きおく》しています。

小説の中でこの公園は、尚美が恋人と初キスをした場所として、また、幼なじみの水原絵麻《みずはらえま》とかき氷を食べた場所として描《えが》かれています。

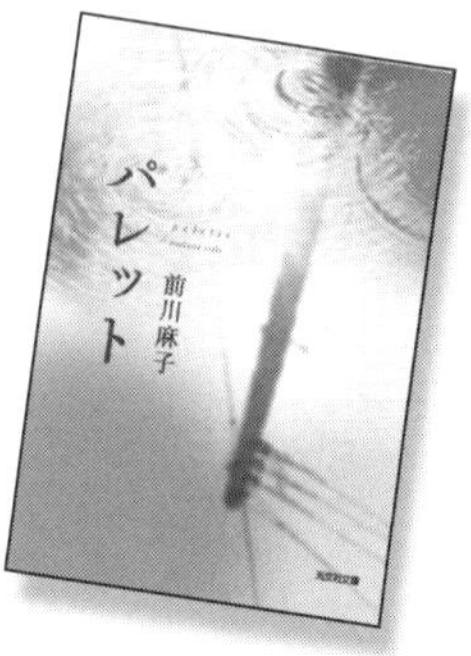


『パレット』前川麻子（光文社文庫）

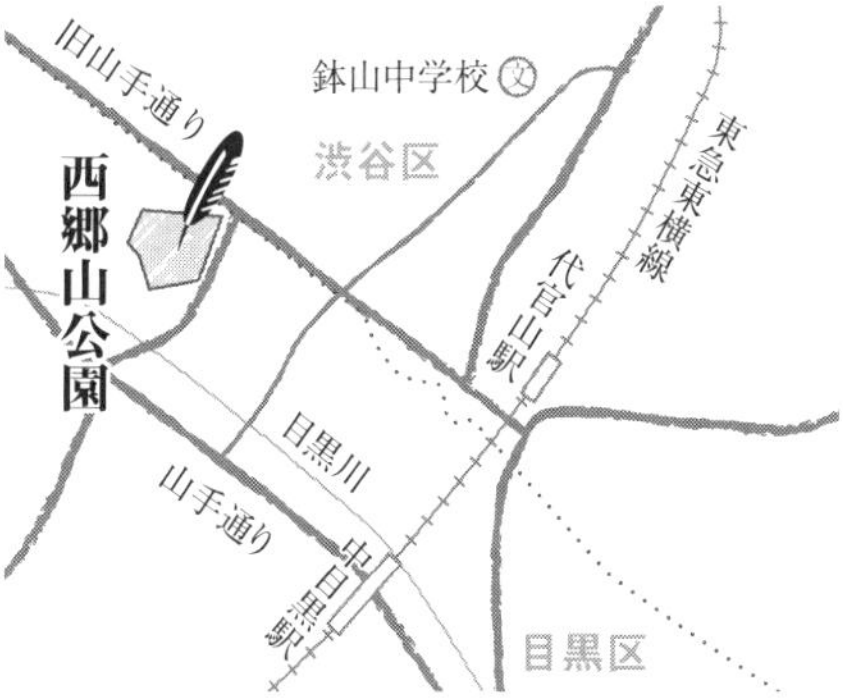


尚美の恋人はかなり年齢《ねんれい》が離《はな》れています。交際が深まる中で、尚美がどのような心の動きを取るかは、物語の重要な読ませどころとなっています。そしてさらに作品を魅力《みりょく》的にしているのが、絵麻という女の子です。

尚美もきれいなら絵麻も大変な美少女です。明るくかつひたむきに、絵麻に交際を申し込《こ》み続ける伊原青二《いはらせいじ》という同級生もいますが、絵麻も明るく断り続けています。

絵麻はまた頭脳明晰《めいせき》。その分析《ぶんせき》力には卓抜《たくばつ》なものがあり、成熟した思考は尚美や青二に影響《えいきょう》を与《あた》え続けます。この物語に欠くべからざる存在です。

物語は9編で構成され、1編ごとに1人の登場人物の心理に寄り添《そ》う形で描写《びょうしゃ》されますが、絵麻の視点からのそれは存在しません。物語における絵麻の重要度がわかります。

◇◆

小説で尚美が絵麻と西郷山公園に来たのは夏。眺望《ちょうぼう》を楽しめるベンチは空いていませんでした。実際に訪れると、ベンチはおろか、公園全体にも人影《ひとかげ》はまばらでした。真冬の朝だったからでしょう。ビルの上から少しだけ顔を出している富士《ふじ》山が非常に印象的でした。

# Book 011 山下卓『RUN RUN RUN』

## 新宿区・新宿駅東南口駅前広場

### 人を結びつける秘めた力

ＪＲ新宿《しんじゅく》駅の東南口の改札を出ました。右手には甲州《こうしゅう》街道が走っています。前方には下り階段、横にエスカレーターもあります。降りた先は開けた空間となっていて、人待ちでしょうか、樹木前の柵《さく》に寄りかかって読書する人の姿が見られました。新宿駅東南口駅前広場です。

◇◆

山下卓《やましたたかし》『ＲＵＮ ＲＵＮ ＲＵＮ』（２００６年）に描《えが》かれるこの広場はとても重要な場所。それは冬のある日、深夜の出来事でした。

岩楯《いわだて》マリ子《こ》は29歳の雑誌編集者。彼女《かのじょ》は社内の異動が元で、すっかり気力を喪失《そうしつ》していました。深夜にこの広場に来たのも、どこに自分を見いだして良いかわからなくなった結果です。

マリ子はその広場で、１人の女子高生を連れた、ルナと名乗る女性に出会います。ルナは勤める

『RUN RUN RUN』山下卓（徳間文庫）

キャバクラを無断欠勤するほど、この時大変に鬱《うつ》屈《くつ》した精神状態でした。

ルナは知り合いからもらった温泉宿の無料宿泊《しゅくはく》券を持っていました。少し後、関越《かんえつ》自動車道を飛ばす車の中に、ハンドルを握《にぎ》るマリ子の姿が。車内にはルナと女子高生もいます。向かう先は雪国の温泉宿。現状からの、また自分自身からの逃避《とうひ》行《こう》です。マリ子もルナ同様に無断欠勤です。

マリ子とルナは心に余裕《よゆう》がない者同士。車内はどうしても殺伐《さつばつ》としたムードです。そんな中、女子高生の存在は、触媒《しょくばい》のように、車内の雰囲気《ふんいき》をやわらげる役割を果たしていきました。ただ、ルナが歌舞伎《かぶき》町で拾ったという、マコトという名のこの女子高生、何やらありそうです。

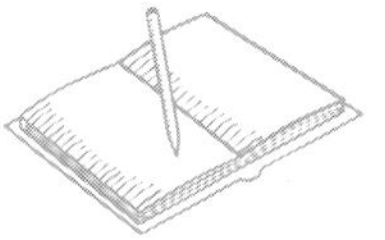

◇◆

読み進むうち、この物語へのいとおしさのような感情が高まってきました。やがて来るであろう物語の山場への不安を抱《いだ》きつつも、先を読まずにはいられませんでした。

それにしても物語の力は大きい。今まで何度も無関心に通り過ぎたこの広場ですが、何か人と人を結びつける大きな力を秘めていそうな場所に感じられてきました。

Book 012

# 赤澤竜也『吹部！』

## 八王子市・ダイワハウススタジアム八王子

### 周囲に振《ふ》り回され少女奮闘《ふんとう》

八王子《はちおうじ》市民球場は2016年6月に「ダイワハウススタジアム八王子」という愛称《あいしょう》がつきました。命名権を取得した企業《きぎょう》が名称《めいしょう》を全国から公募《こうぼ》し、決定したものです。

◇◆

ここは高校野球の地区予選会場としても使われます。赤澤竜也《あかざわたつや》『吹部《すいぶ》！』（2013年）の主人公である高校2年の鏑木沙耶《かぶらぎさや》は生まれも育ちも八王子のニュータウン。自校の勝利を祈ってこの球場に来ています。ブラスバンドの演奏で選手たちを応援《おうえん》する。それが沙耶たちの役目です。

沙耶の通う都立高校の野球部は地区予選の4回戦に進出しています。かなり強い。一方、沙耶の吹奏《すいそう》楽部は現在発展途上《とじょう》。ほんの少し前までほとんど壊滅《かいめつ》状態でしたが、顧問《こもん》として新たに赴任《ふにん》してきた人物が、少しずつ部のムードを変えていま

『吹部！』赤澤竜也（株式会社KADOKAWA）

した。通称《つうしょう》「ミタセン」こと三田村昭典《みたむらあきのり》です。音感は鋭《するど》く、演奏に関する指導力は抜群《ばつぐん》です。ただ、気配りや気遣《きづか》いをまったくしない、超《ちょう》のつくほどのマイペース人間です。

被害《ひがい》は沙耶にも及《およ》びます。荷の重い部長に指名される、未経験のチューバを担当させられる、など。人間関係のややこしい部分もミタセンは沙耶に丸投げ。沙耶にとってはつらい日々です。

沙耶の幼なじみで、ケガで野球部を辞め、入部してきた男子がいます。演奏の腕《うで》は確かですが、応援《おうえん》演奏にはまったく冷ややか。また沙耶の心労が増えてしまいました。

◇◆

部員の成長を楽しみながら一気に読んでしまいました。地元に対する沙耶の思いの変化も興味深く感じました。

親しみやすい球場。場所によっては、外から金《かな》網《あみ》越《ご》しにグラウンドを見ることができます。市民球場らしいおおらかさを感じました。7月半ばに訪れると、高校野球の西東京大会2回戦の最中でした。ブラバンの演奏が応援《おうえん》をリードしています。三塁《さんるい》側でのチューバ演奏は女の子。沙耶がそこにいるかのような気持ちになれました。

# Book 013

## 和智正喜『東京怪異案内処』

**中野区・薬師あいロード商店街**

### 謎《なぞ》解く鍵《かぎ》は「迷子」にあり

中野《なかの》区の「薬師《やくし》あいロード商店街」を訪れました。新井《あらい》薬師梅照院《ばいしょういん》の近くです。懐《なつ》かしい雰囲気《ふんいき》の文具店や履物《はきもの》屋に甘味処《かんみどころ》。「大怪獣《だいかいじゅう》サロン」なる看板も発見。いっぺんで気に入りました。

◇◆

和智正喜《わちまさき》『東京怪異《かいい》案内処《どころ》　この街の憑《よ》り道、お連れします。』（2015年）に、この商店街が登場します。街歩きのガイドともなり、軽妙《けいみょう》かつ幻想《げんそう》的な味も楽しめるという小説です。物語で発生する謎《なぞ》を解く鍵《かぎ》は「迷子」。

喜多野花奈《きたのかな》は吉祥寺《きちじょうじ》の私立高校に通う高校3年生。ある梅雨の日、花奈は薬師あいロード商店街を訪れました。目的は「とうきょう堂」という店です。街歩きのための書籍《しょせき》や散歩のためのグッズを売るという変わった店でした。店主は流瀬春《ながせはる》といい、散歩の相談にも乗るそうです。ところが流

東京怪異案内処
和智正喜
この街の憑り道、お連れします。

『東京怪異案内処 この街の憑り道、お連れします。』（富士見L文庫）

瀬の助言がトラブルを生んでいました。

花奈と同じ学校の男子が1週間ほど前に店を訪れ、流瀬にデート場所の相談をしました。上野《うえの》を勧められた男子はそれに従ったのですが、デートの後、不可解な異変がその男子に起きてしまいます。デートの相手は花奈の友人でした。花奈は彼女《かのじょ》からその話を聞き、流瀬の助言に問題ありと考えて、責任を取ってもらうべく店に来ました。

話を聞いた流瀬は、謎《なぞ》の解決を「先生」に委ねることにしました。店の奥《おく》にある土蔵に長く住んでいるのだと流瀬は言います。この日は不在でしたが、土蔵の中は本の山。こんな場所に住むとはどんな存在なのか。この「先生」にも謎《なぞ》がありそうです。

後日、JR上野駅前で待ち合わせる花奈の前に、その「先生」が意外な姿を現しました。

◇◆

この商店街、個性ある店が多くあって、何度も足を止めました。作者が物語の起点に選んだ理由がわかるような気がします。この小説が今以上に知られることにより、この商店街に一層人が集まって来ることを願ってやみません。続編も出てほしいものです。

Book 014

# 松久 淳＋田中 渉『麻布ハレー』

## 港区・東京天文台跡

### 彗星《すいせい》の伝承　魅了《みりょう》する語り口

港《みなと》区の飯倉《いいくら》交差点から歩いて間もなくの場所に、かつて東京天文台《とうきょうてんもんだい》がありました。現在の地名は麻布台《あざぶだい》2丁目です。1888（明治21）年に東《とう》京帝国《きょうていこく》大学付属の天文台として発足、関東大震災《だいしんさい》の後、三鷹《みたか》に移りました。

◇◆

松久淳《まつひさあつし》と田中渉《たなかわたる》の『麻布《あざぶ》ハレー』（2017年）は、ハレー彗星《すいせい》の出現にまつわる物語。約76年の周期をもつ彗星《すいせい》だけに、物語も複数の時代にまたがっています。1910（明治43）年の物語には、前述の東京天文台も描《えが》かれていました。

24歳《さい》の佐澤國善《さざわくによし》は岩手《いわて》県の早池峰《はやちね》の出身。作家を志していますが、芽が出ません。下宿代も滞《とどこお》りがちです。下宿している家には、栄《さかえ》という8歳《さい》の少年がいました。好奇《こうき》心にあふれた賢《かし》い子で、家の近くにある東京天文台に行くのが大好きです。

『麻布ハレー』
松久淳＋田中渉
（誠文堂新光社）

國善は栄の親に頼《たの》まれ、栄が天文台に行く時の付き添《そ》いをすることになりました。

栄は天文台の職員たちから多くの知識を吸収しますが、國善にはよくわかりません。

でも國善には別の楽しみがありました。天文台で事務作業をする藤崎晴海《ふじさきはるみ》に会うことです。國善は晴海に恋心を抱《いだ》きます。でも國善はそれを告げられません。話すのが苦手なのです。

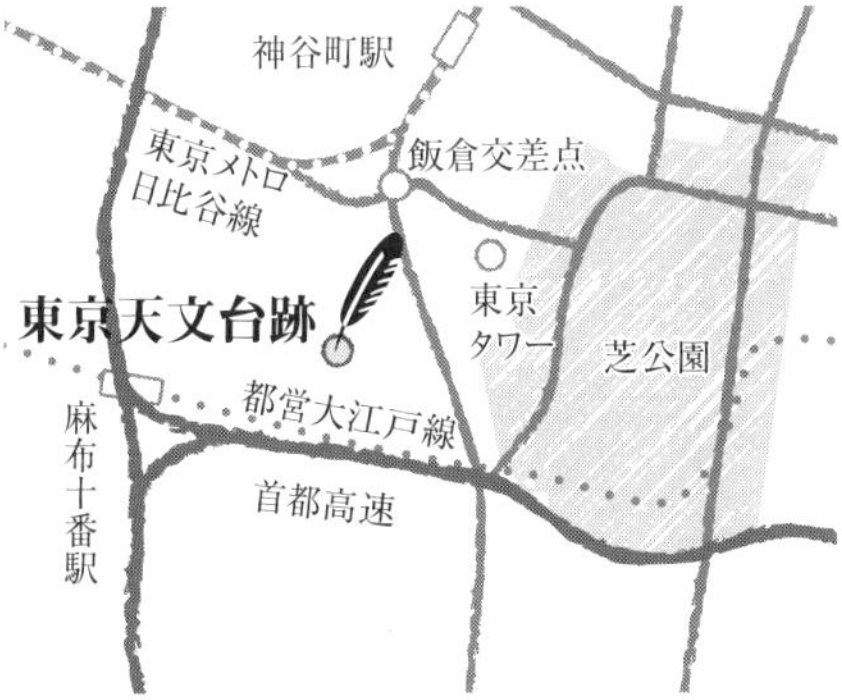


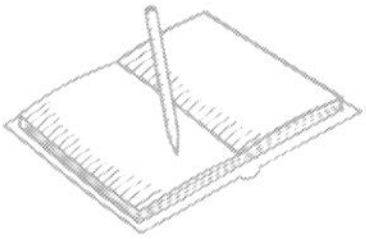

ある日、國善は天文台の職員などに、昔《むかし》故郷で聞いた彗星《すいせい》に関する伝承を語る機会がありました。普段《ふだん》の話し下手はどこへやら、その語り口は絶妙《ぜつみょう》で、皆は思わず聴《き》き入ります。その場にいた1人の男が國善の話をもっと聞かせてくれないかと言ってきました。政府の役人だそうです。

◇◆

この役人の意図、國善の将来や恋の行方などをはじめとして、おおいに堪能《たんのう》できた物語でした。登場人物の名前にも楽しい仕掛《しか》けが施《ほどこ》されています。

麻布の東京天文台の跡地《あとち》には、日本経緯度《けいいど》原点とその案内標示があります。行き止まりになる道なので、多くの人の目に留まる場所ではありません。

# Book 015

## 額賀 澪『さよならクリームソーダ』

**中野区・西武新宿線・沼袋駅周辺**

### 2人の美大生 家族と何が

私的な話で恐縮《きょうしゅく》です。30年以上前のこと、西武《せいぶ》新宿《しんじゅく》線沼袋《ぬまぶくろ》駅（中野《なかの》区）近くにある病院に父が入院していました。ある日激《はげ》しいにわか雨が降り、窓下に流れる妙正寺《みょうしょうじ》川の水位が怖《こわ》いくらいに一気に上昇していきました。今でも時々思い出します。

◇◆

額賀澪《ぬかがみお》『さよならクリームソーダ』（2016年）にも沼袋駅とその周辺が出てきます。詳細《しょうさい》な描写《びょうしゃ》は少ないのですが、家族について考えさせられる物語だったこともあり、「物語散歩」したくなりました。

寺脇友親《てらわきともちか》は美大の1年生。旭《あさひ》学生寮《りょう》という古い学生専用アパートの住人です。目の前に神社があり、最寄り駅は沼袋駅。隣《となり》の部屋の男性、柚木《ゆぎ》若《わか》菜《な》は美大の先輩《せんぱい》です。仕送りを断ってひもじい生活をする友親に多額のお金を貸してくれました。

『さよならクリームソーダ』額賀澪（文藝春秋）

お金になる内緒《ないしょ》のバイトをしているのだとか。良い人のようです。

　ある日、友親は柚木と同郷の進藤恭子《しんどうきょうこ》という学生に声を掛《か》けられました。恭子が言うには、柚木は上京後、家族に全然連絡《れんらく》をしないらしい。自分は柚木に避《さ》けられているから、彼《かれ》の情報を教えてくれないか、と恭子は頼《たの》みました。柚木から目を離《はな》さないでほしい、とも言います。恭子の語る柚木は、自分の知る柚木とは隔《へだ》たりがあるように友親は思います。ただ、まれに柚木は不思議な冷徹《れいてつ》さを見せる時がある、とも思い至りました。

　実家からの仕送りを断る友親に、実家にまったく連絡《れんらく》をしない柚木。どうやら2人とも、家族について何かがあるようです。友親の感じた柚木の冷徹《れいてつ》さはどこに根があるのか、恭子と柚木の関係は？　なども気になってきます。

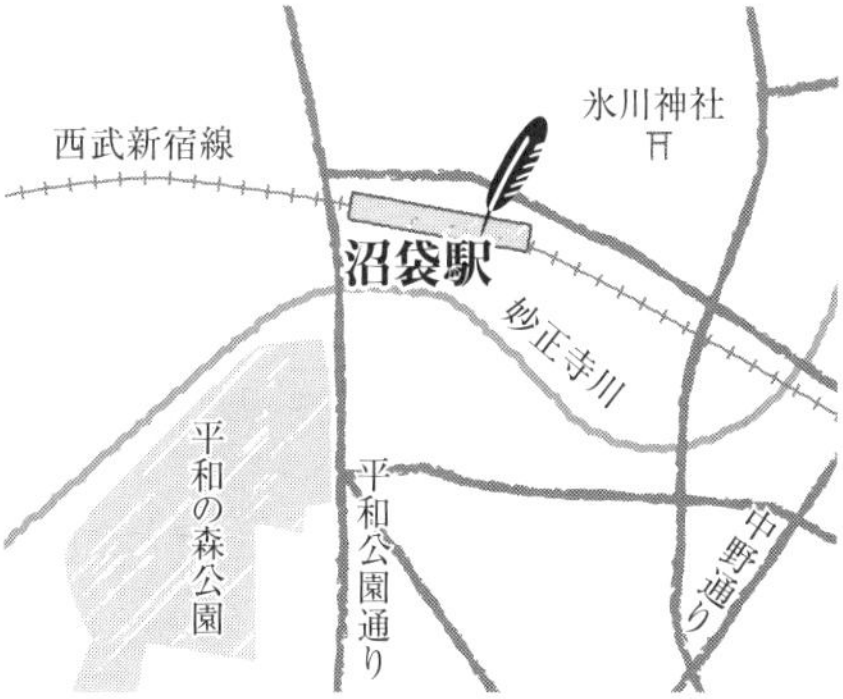

◇◆

　久々の沼袋駅かいわい。町のたたずまいも、この日の妙正寺川の流れも穏《おだ》やかでした。小説の描《びょう》写《しゃ》によれば、アパートは西武新宿線の線路の北側に設定されているようです。物語には妙正寺川近くの平和《へいわ》の森《もり》公園がモデルかと思われる「巨大《きょだい》な公園」も描《えが》かれています。

# 2章

# 大学のある風景を巡る物語散歩

# Book 016

## 笙野頼子『東京妖怪浮遊』

### 豊島区・JR目白駅周辺

**紫《むらさき》の霧《きり》出現、たじろぐ彼女《かのじょ》**

ＪＲ目白《めじろ》駅（豊島《としま》区）。学習院《がくしゅういん》大学の最寄り駅としても知られますが、この駅をスタートとした物語散歩のコースを作れるほど、周辺には興味深い場所がたくさんあります。雑司ケ谷霊園《ぞうしがやれいえん》や鬼子《きし》母神《もじん》もコースに入るでしょうし、歌人の窪田空穂《くぼたうつぼ》旧居跡《あと》近くにある「やかん坂」は、そのユニークな名前の由来が気になる坂道です。

笙野頼子《しょうのよりこ》『東京妖怪浮遊《とうきょうようかいふゆう》』（同名書〈１９９８年〉所収）の主人公もこの辺りを「探検」しています。彼女《かのじょ》は作家で、雑司が谷と目白との境界あたりに位置するマンションに転居してきました。

◇◆

上京して10年、経済的に不安なく生活ができるようになりました。拾った猫《ねこ》と暮《く》らす彼女《かのじょ》は40歳《さい》になろうとしています。独身です。本人は今の生活に幸福を感じていますが、周囲は彼女《かのじょ》にいろい

『東京妖怪浮遊』笙野頼子（岩波書店）

ろとおせっかいな雑音を浴びせます。人間だから煩《わずら》わしい。そこで彼女《かのじょ》はみずから妖怪《ようかい》になってしまいました。その名は「ヨソメ」。次第に妖怪《ようかい》力も身に付き、人間の余計な干渉《かんしょう》に反応せずにすむようになりました。時に空を飛んだりします。「ヨソメ」は「四十女」とも「余所目」とも漢字を当

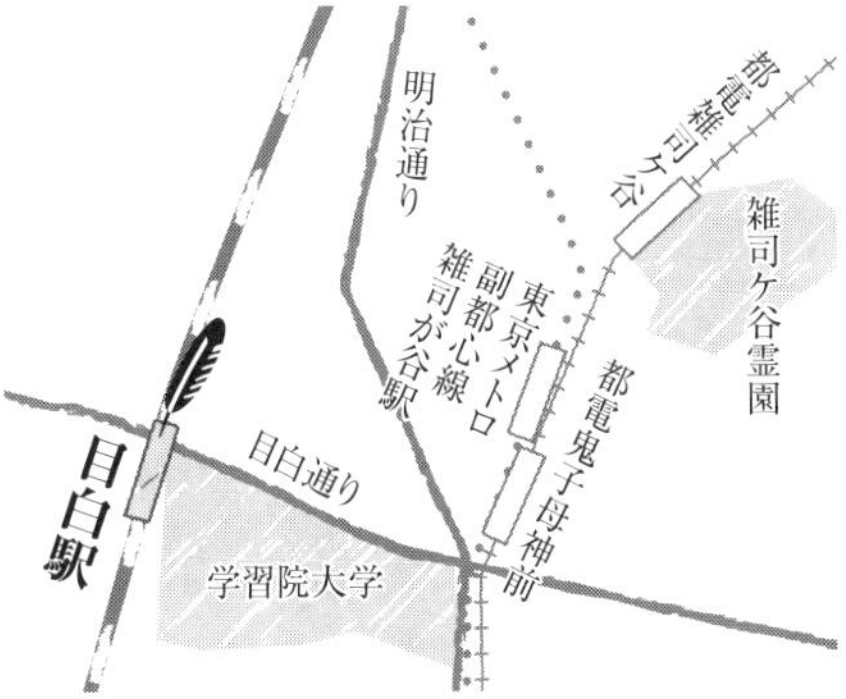


てられるそうです。

妖怪《ようかい》化した彼女《かのじょ》の目に、自分以外の妖怪《ようかい》の姿が認識されるようになりました。同居する猫《ねこ》も、どうやら触感妖怪《しょっかんようかい》「スリコ」らしい。手先が器用で、ワープロも打てます。

新しい編集者のキナシは妙《みょう》にヨソメにストレスを感じさせる人物でした。あつかましく、話も合いません。団塊妖怪《だんかいようかい》「空母幻《そらぼげん》」だったのです。名前からこの妖怪《ようかい》の本性がうかがえそうです。

◇◆

ヨソメはキナシと目白にある喫茶店《きっさてん》で会うことになりました。作品の文庫化に必要な打ち合わせですが、彼《かれ》のペースは相変わらず。紫《むらさき》の霧《きり》まで出現させて彼女《かのじょ》をたじろがせます。

ヨソメがキナシと3度も会ったこの喫茶店《きっさてん》は目白駅前に実在します。駅の脇《わき》、階段を下りた所にありますよ。

# Book 017

## 東川篤哉『謎解きはディナーのあとで』

**国立市・JR国立駅周辺**

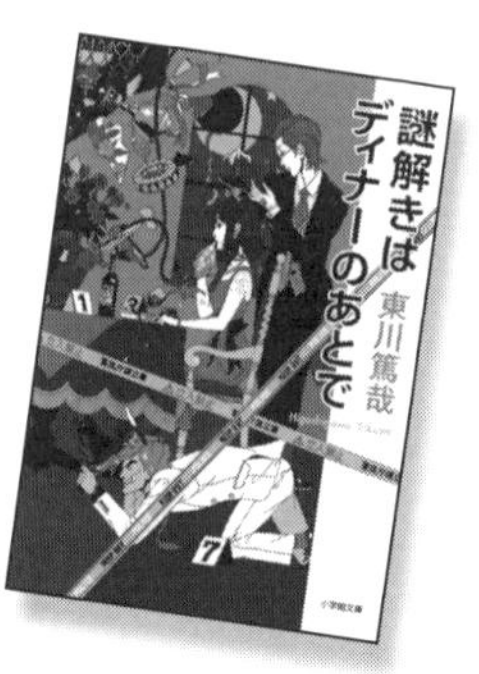


小学館

### 学園都市で令嬢《れいじょう》刑事が活躍《かつやく》

ＪＲ国立《くにたち》駅（国立市）と言えば一橋《ひとつばし》大学が思い浮《う》かびます。駅周辺もこの大学を核《かく》として形成されました。明確なビジョンをもった学園都市です。南口を出ると三つに分かれた通りが走り、整然と区画された街並みが広がる。豊富な緑とあいまって、美しい景観を形作っています。中央《ちゅうおう》線沿線の物語散歩、この駅周辺は見逃《みのが》せません。

◇◆

東川篤哉《ひがしがわとくや》『謎《なぞ》解きはディナーのあとで』（２０１０年）は、２０１１年の本屋大賞を獲得《かくとく》、さらにはドラマ化発表と、知名度の高い作品になりました。読んで抜群《ばつぐん》に楽しく、かつ、質の高いミステリーです。加えて、国立という実在の街を舞台《ぶたい》にストーリーが展開する点で、物語散歩をする者にとって、うれしい作品となっています。

国立の街は駅の南側のイメージが強いですが、

国立市として見ると、駅の北側にも少し領域があります。物語の中で最初の事件が発生するのはそちら、国立市北2丁目でした。南側とは趣《おもむき》を異にし、「生活感漂《ただよ》う」エリアだと作品には描写《びょうしゃ》されています。歩いてみるとそれが実感できます。円《えん》筒《とう》形のポストも良い味を出していました。

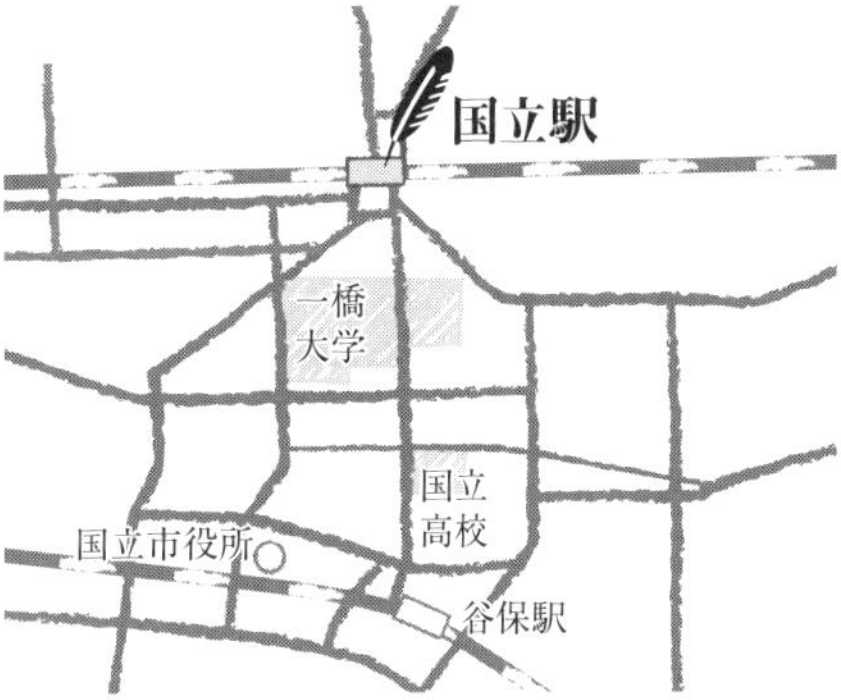


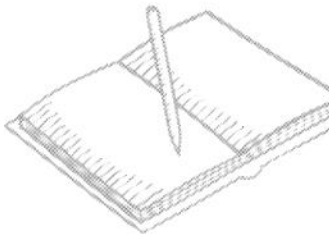

物語の主役は宝生麗子《ほうしょうれいこ》。国立の某所《ぼうしょ》に豪邸《ごうてい》を構える大富豪《だいふごう》の令嬢《れいじょう》であり、国立署の刑事でもあります。そんな彼女《かのじょ》の前に次々と事件が起こります。麗子を助け、解決へと導くのが、宝生家の執《しつ》事《じ》である影山《かげやま》です。明晰《めいせき》な頭脳をもつ影山は、うやうやしく麗子に仕えていますが、時折、執事《しつじ》らしくない毒舌《どくぜつ》を吐《は》いて麗子を刺激《しげき》します。謎《なぞ》解き同様、影山の言葉も楽しみどころです。

◇◆

国立の街は、余裕《よゆう》をもって建てられている家が多く、麗子の邸宅《ていたく》が設定された場所としてふさわしく思います。ただ、唯一《ゆいいつ》気になるのが「東」「中」「西」という地名。１９６６年から70年にかけて整理され、今の名称《めいしょう》になりました。とても簡潔明《めい》瞭《りょう》ですけれど、あっさりしすぎているような気もしてしまいます。

# Book 018

## 神永学『スナイパーズ・アイ』

### 新宿区・西新宿・モード学園コクーンタワー

『スナイパーズ・アイ』神永学（新潮文庫刊）

**人捜《さが》し たどり着いた大事件**

西新宿《にししんじゅく》の高層ビル群の中で、ひときわ異彩《いさい》を放っているのがモード学園《がくえん》コクーンタワーです。学校法人モード学園が運営する三つの専門学校（東京《とうきょう》モード学園・HAL東京・首都医校《しゅといこう》）の総合校舎で、その外見は確かにコクーン（繭《まゆ》）を想像させます。誰《だれ》もが納得する名称《めいしょう》です。

◇◆

神永学《かみながまなぶ》の「天命探偵《たんてい》 真田省吾《さなだしょうご》」シリーズの2作目・『スナイパーズ・アイ』（2009年）に描《えが》かれるコクーンタワーは完成前のものですが、物語の中で大変重要な役割を担って登場します。

省吾の属する「ファミリー調査サービス」は、人捜《さが》しの依頼《いらい》を受けました。捜《さが》す人物は、奈々《なな》という幼い娘を人に預け、失踪《しっそう》した男性です。

省吾のチームの一人・中西志乃《なかにししの》は特異な能力をもっています。夢《ゆめ》で人の死を予見するのです。忌《い》まわしき能力と志乃自身も考えていますが、奈々に手をつかまれたその時、またそれが見えてしまいました。新宿近辺における、1人の男の最期です。

翌日、銃《じゅう》密売の男が警察による移送中に狙撃《そげき》されました。志乃の見た光景でした。

奈々が触《ふ》れた時に、なぜそのイメージが浮《う》かんだのか。その後省吾たちは、5年前に発生した大きな事件にたどり着きます。銃《じゅう》を持った青年が人質を取って病院にたてこもり、最後は自爆《じばく》。多くの被害《ひがい》者が出た事件です。

奈々の失踪《しっそう》した父親は、この事件に関係する人物でした。やがて別の立てこもり事件が起き、奈々にも危機が迫《せま》ります。危機脱出のための重要な手がかりを与《あた》えてくれるのがコクーンタワーです。

◇◆

モード学園のご厚意でコクーンタワーの中を見せていただきました。陽光がたっぷり取り込《こ》まれ、明るい内部です。最新の設備やセンスある備品にも目を奪《うば》われました。また、途中《とちゅう》で数人の学生に会いましたが、皆とても気持ちの良いあいさつをしてくれました。充実《じゅうじつ》しているのがハード面だけではないことがよくわかります。

# Book 019

## 麻見和史『ヴェサリウスの柩』

**文京区・東京大学・本郷キャンパス**

### 解剖《かいぼう》遺体の中から謎《なぞ》の紙片

文京区《ぶんきょう》の東京《とうきょう》大学には、本郷《ほんごう》、弥生《やよい》、浅野《あさの》と三つのキャンパスがあります。今回はその中の本郷キャンパスを散歩します。加賀藩前田家《かがはんまえだ》上屋敷《かみやしき》の御守殿門《ごしゅでんもん》であった、いわゆる赤門から中に入ってみました。なんだかあちこちに猫が寝《ねこね》そべっています。めざすは医学部の建物。赤門を入った正面にあるのが、医学部2号館本館です。

麻見和史《あさみかずし》のミステリー『ヴェサリウスの柩《ひつぎ》』（2006年）で、事件が発生するのは国立大学法人東都《とうと》大学。内容はもちろん虚構《きょこう》ですが、場所としてのモデルは東大の本郷キャンパスです。

◇◆

医学部教授・園部芳雄《そのべよしお》の解剖《かいぼう》学教室において、不可解なことが発生しました。解剖《かいぼう》実習中、女性の遺体の中から、小さなチューブが発見されたのです。その中に入っていた紙には、園部に対する

麻見和史（創元推理文庫）装画：武田典子 装幀：松山はるみ

復讐《ふくしゅう》を宣言するような４行詩が書かれていました。

その場にいた助手の深澤千紗都《ふかざわちさと》は、次の日、医学部本館の標本室で、また不気味な内容の４行詩が書かれた紙片を見つけました。それればかりではありません。すぐその後、今度は３号館の廃棄《はいき》物置き場で、数十四のドブネズミが何かに群がっているのを見てしまいました。ネズミたちが食い荒らしていたものを見た千紗都は、衝撃《しょうげき》で逆に目をそらせなくなります。それは第二の紙片に示された内容と一致《いっち》する光景でもありました。

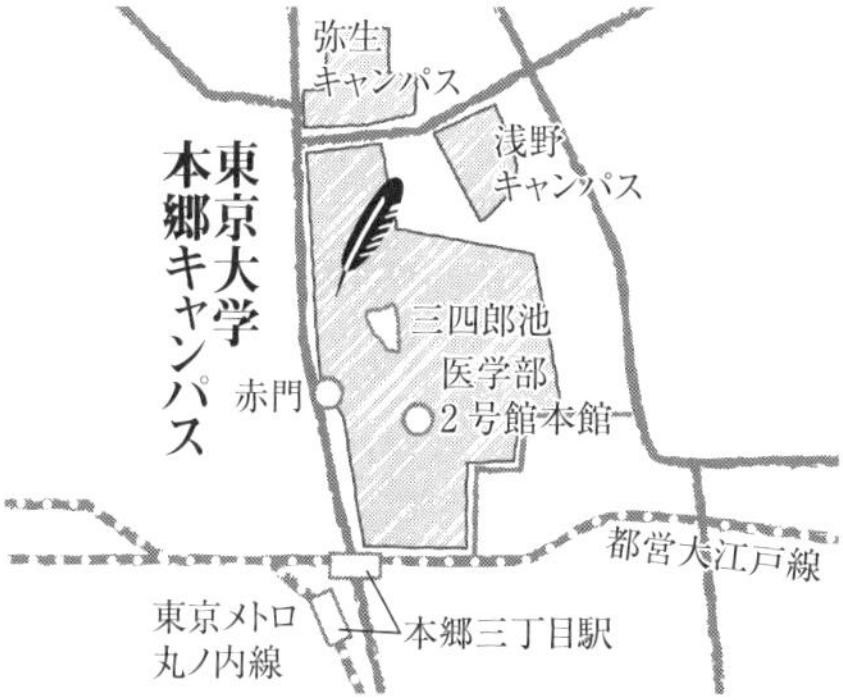


園部を尊敬する千紗都はじっとしていられません。先の遺体のデータを得た彼女《かのじょ》は、その人物と園部との接点を探り始めました。やがて1人の医師の姿が浮《う》かび上がってきますが、ここでさらに大きな壁《かべ》にぶつかってしまいました。

◇◆

作品中の東都大学の描写《びょうしゃ》、現実の東大とどんな接点があるか、歩きつつ確かめるのは楽しいものがありました。たとえば千紗都が昔《むかし》のつらい出来事を思い出す「とんぼ池」。三四郎《さんしろう》池が思い浮《う》かびます。図書館の近くに存在し、藤棚《ふじだな》があるなど、他にもいくつか共通事項《じこう》が見られます。

# Book020

## 喜多喜久『ラブ・ケミストリー』

### 文京区・東京大学・弥生キャンパス

**超能力《ちょうのうりょく》者の恋　死神手助け**

東京大学の本郷キャンパスと弥生キャンパスとは、言問《こととい》通りを隔《へだ》てて隣《とな》り合っています。農学部があるのが弥生キャンパスです。農正門を入った正面に農学部3号館が立っています。都選定歴史的建造物で、堂々としています。

喜多喜久《きたよしひさ》『ラブ・ケミストリー』（2011年）の舞台《ぶたい》は東大がモデル。農学部3号館にある食堂は、主人公・藤村桂一郎《ふじむらけいいちろう》も利用しています。

桂一郎は大学院修士課程の2年生。有機化学に没頭《ぼっとう》し、多くの優れた論文を発表している優秀《ゆうしゅう》な学生です。彼《かれ》には、物質の構造式を見るだけで最適な合成ルートが頭にひらめくという特殊《とくしゅ》能力があります。料理でたとえれば、「完成品の写真を見ただけで完璧《かんぺき》なレシピが分かる」ようなものだそうです。彼《かれ》はこの能力を駆使《くし》し、あるアルカロ

『ラブ・ケミストリー』（宝島社）著者：喜多喜久

イドの合成ルートを見いだそうとしていますが、ここで大きなトラブルに出会ってしまいました。ある女性に片思いをしたため、その能力がなくなってしまったのです。

　恋がかなえば能力が戻《もど》るかもしれません。ただ、恋愛方面にはまったく疎《うと》い桂一郎です。この

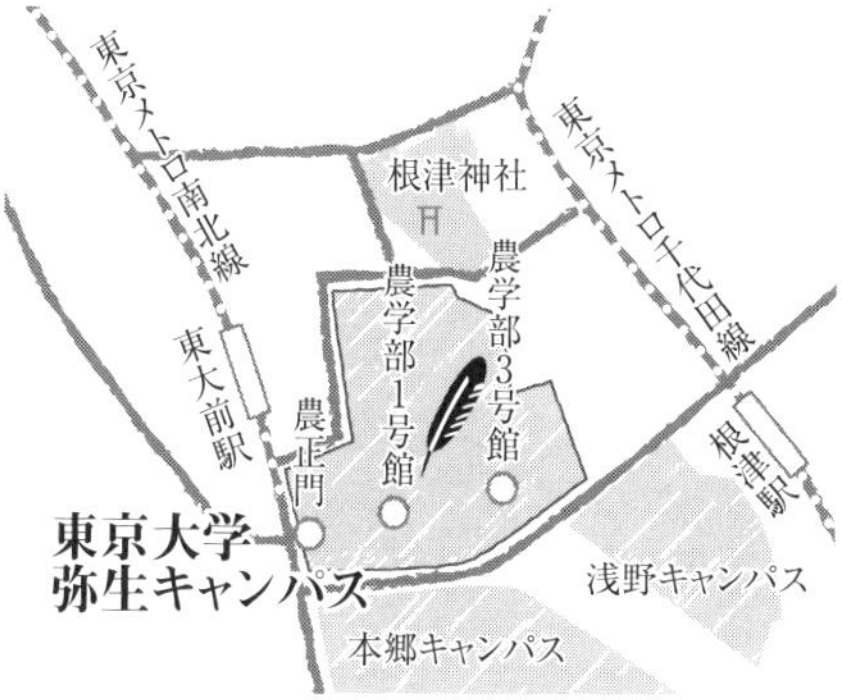


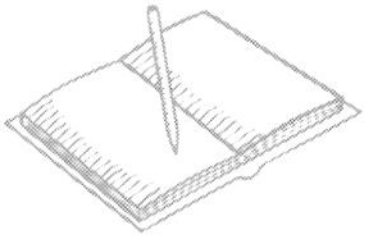

恋の成就にはかなり困難がありそう。
　ここに一風変わったキューピッドが現れました。カロンという死神です。真っ白い肌《はだ》に真っ赤な唇《くちびる》、黒く長い髪《かみ》に黒衣という女性の姿です。カロンは、ある人の依頼《いらい》を受け、桂一郎の恋の成功を助けるつもりです。依頼《いらい》主は現在余命6カ月の身。桂一郎を愛し、何とか彼《かれ》の能力を回復させたいと、心から望んでいるそうです。
　桂一郎の恋の行方は？　能力は回復するか？　依頼《いらい》主は誰《だれ》か？　など、読みどころ満載《まんさい》です。

◇◆

　小説には、農学部をはじめとして、大学のキャンパスの様子が多く描《えが》かれていますので、実際の東大の様子と比較《ひかく》しながら歩きたくなります。根《ね》津《づ》神社付近についての描写《びょうしゃ》もありました。森鷗外《もりおうがい》の『青年』の冒頭《ぼうとう》が思い出され、一層おもしろく感じました。

Book 021

# 小森健太朗『駒場の七つの迷宮』

## 目黒区・東京大学・駒場キャンパス

### 宗教サークル勧誘《かんゆう》 事件呼ぶ

東京大学の物語散歩、今回は目黒《めぐろ》区の駒場《こまば》キャンパスを歩きます。絶好の作品がありました。小《こ》森健太朗《もりけんたろう》『駒場の七つの迷宮』（2000年）です。1985年を舞台《ぶたい》としたミステリーです。

◇◆

葛城陵治《かつらぎりょうじ》は東大の文科三類2回生です。彼《かれ》はみずからが所属するサークルに新入生を入れるべく、勧誘《かんゆう》活動に励《はげ》んでいました。このサークル、実態は新興宗教の天霊《てんれい》会です。

キャンパスでは、陵治が所属するのとは別の新興宗教組織による勧誘《かんゆう》も複数行われています。布教活動には風当たりも強く、勧誘《かんゆう》も一筋縄《ひとすじなわ》ではいきません。ところが、大変な成功率で勧誘《かんゆう》をしているという女性が出現しました。鈴葦想亜羅《すずよしそあら》というこの女性、曜日を分けて複数の教団の勧誘《かんゆう》をするという離《はな》れ業《わざ》まで行っていました。

『駒場の七つの迷宮』小森健太朗（カッパ・ノベルス／光文社）

想亜羅は天霊会の勧誘《かんゆう》も手がけることになります。最初こそ苦々しく思っていた陵治ですが、次第に想亜羅に引かれるものを感じていきます。

想亜羅もすべて順調とはいかず、1人の男子学生とトラブルが生じます。彼《かれ》は少し前に妹を亡くしていました。ある新興宗教が妹の死の原因だと

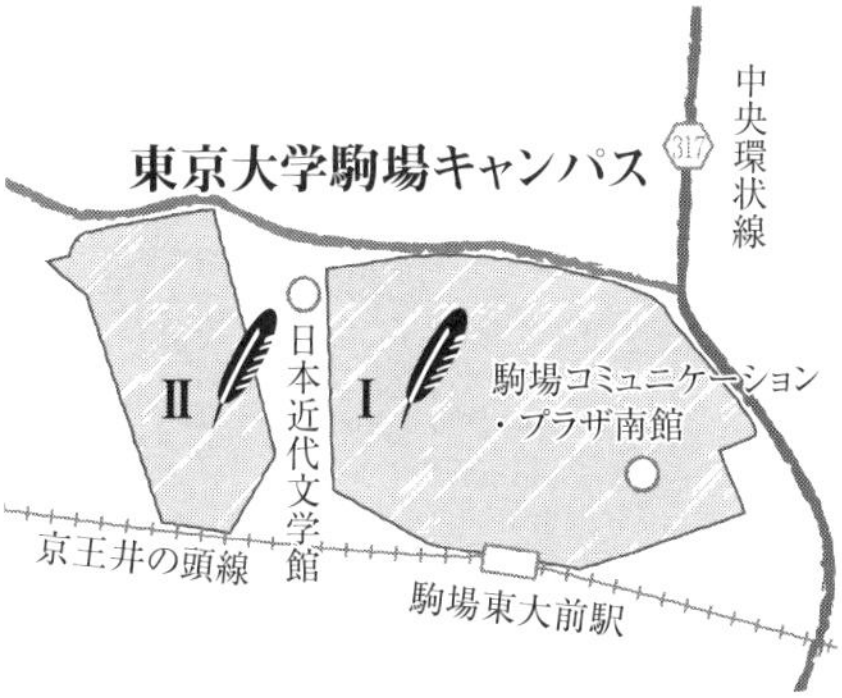

考えるその学生は、妹にその宗教の勧誘《かんゆう》をした想亜羅と険悪な雰囲気《ふんいき》になります。

ある日、寮《りょう》の一室で、その学生が不審《ふしん》な死を遂《と》げました。現場の状況《じょうきょう》から、近くの部屋にいた想亜羅がまずい立場に立たされてしまいます。

謎《なぞ》はその後もさらに発生します。「七つの迷宮」の正体など、事件の真相以外にも魅力《みりょく》のあふれる物語です。

◇◆

駒場キャンパスにはⅠとⅡがあります。今回物語散歩したのはⅠのほうです。

作者は東大出身。あとがきによると、登場する建物・施設《しせつ》は一部を除き、当時実在したものだそうです。作品には駒場キャンパスの地図がついていますので、現在の様子と比較《ひかく》しながら歩くことができます。特にかつての学生寮《りょう》のあたりの変化は顕著《けんちょ》です。

# Book 022

# 大倉崇裕『オチケン！』

## 豊島区・学習院大学

PHP研究所

大倉崇裕《おおくらたかひろ》の楽しいミステリー『オチケン！』（2007年）の舞台《ぶたい》となっているのは、目白にある学同院《がくどういん》大学。大学の名前からも、キャンパスの描写《びょうしゃ》からも、学習院大学が思い浮《う》かびます。

主人公は落語についてあまり関心がありませんでした。それなのに入学式の終了《しゅうりょう》後、先輩《せんぱい》によって落語研究会の部屋に連れていかれ、入部する羽目になります。どうやら越智健一《おちけんいち》という彼《かれ》の名前

### 部室で次々起こる謎《なぞ》 真相は

豊島区目白の学習院《がくしゅういん》大学の敷地《しきち》には、小学生のころ、日曜ごとに入った経験があります。その時通っていた塾《じゅく》が、学習院大の校舎を借りて授業を行っていました。そこで親しくなった友達と、周囲に樹木が茂《しげ》る池のほとりで追いかけっこをしたこともあります。その池にはちょっと怖《こわ》い名前がついていたように記憶《きおく》しています。

◇◆

が気に入られたようです。

かつては豊富な部員数を誇《ほこ》っていた学同院大の落語研究会。現在では健一を含《ふく》め3人しかいません。常に廃部《はいぶ》の危機にひんしています。学窓を巣立っていった先輩《せんぱい》のためにも、部は存続させ、部室は守らねばなりません。落語研究会の何倍もの

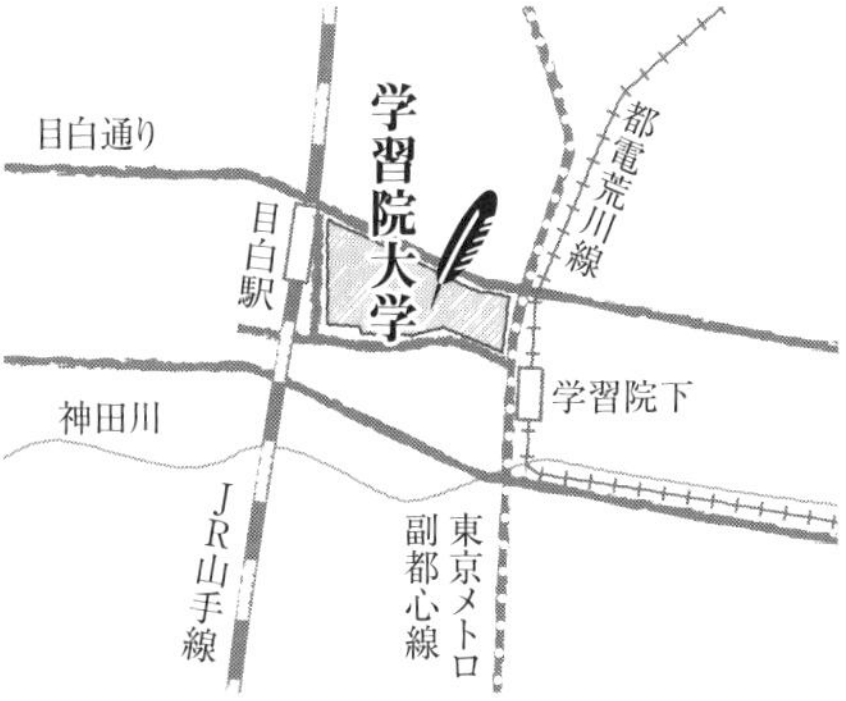


部員をもち、部室が空くのを待ちかまえている団体もあるので、なおさらです。

そんな中、大きな謎《なぞ》が発生します。部室を維持《いじ》するために絶対に必要な書類が、保管していた金庫の中から消えてしまったのです。また、誰《だれ》もいないはずの部室のどこからか、落語「寿限無《じゅげむ》」が聞こえてくるという不思議も起きていました。健一は先輩《せんぱい》部員から、部室に出るという幽霊《ゆうれい》のうわさを聞いています。関係があるのでしょうか。

◇◆

オープンキャンパスの日、高校生と一緒《いっしょ》に学習院大に入りました。小説に出るのと同名の場所がいくつもあることがわかりました。前述の記憶《きおく》の中の池は「血洗いの池」という名でした。名の由来には堀部安兵衛《ほりべやすべえ》が関係しているとか。その真偽《しんぎ》の追究はやぼでしょうね。

# Book 023

## 森 晶麿『名無しの蝶は、まだ酔わない』

新宿区・戸山公園

**大学生 推理ならぬ酔理《すいり》は……**

新宿区の戸山《とやま》公園は、明治《めいじ》通りを挟《はさ》んで東西に存在します。東の地区は早稲田《わせだ》大学の戸山キャンパスのすぐ近く、西の地区は同大学の西早稲田キャンパスの隣《となり》です。今回は箱根《はこね》山を有する東の地区（箱根山地区）を散歩します。いわゆる都市伝説のたぐいもささやかれるエリアです。

◇◆

森晶麿《もりあきまろ》のミステリー『名無しの蝶《ちょう》は、まだ酔《よ》わない』（2013年）の坂月蝶子《さかづきちょうこ》がサークルの仲間たちと花見の宴《うたげ》に向かったのは、戸山公園の箱根山地区でした。

副題は「戸山大学〈スイ研〉の謎《なぞ》と酔理《すいり》」。蝶子はこの戸山大学の1年生です。「岩隈定信《いわくまさだのぶ》」が創設者で、「岩隈講堂」ある大学。

一浪《いちろう》して文学部に入った蝶子は徳島《とくしま》で酒蔵を営む家の娘《むすめ》。かつて有名な子役でした。しかしそれ

『名無しの蝶は、まだ酔わない 戸山大学〈スイ研〉の謎と酔理』森晶麿（株式会社KADOKAWA）

は過去の話。家を継《つ》ぐことへの嫌悪《けんお》から上京し、大学生となった蝶子ですが、自分自身をいまだ探し出せずにいます。

ミステリー好きの蝶子が「推理研究会」と間《ま》違《ちが》って入ってしまったのが「スイ研」。ひたすら酒を飲むという「酔理《すいり》研究会」でした。

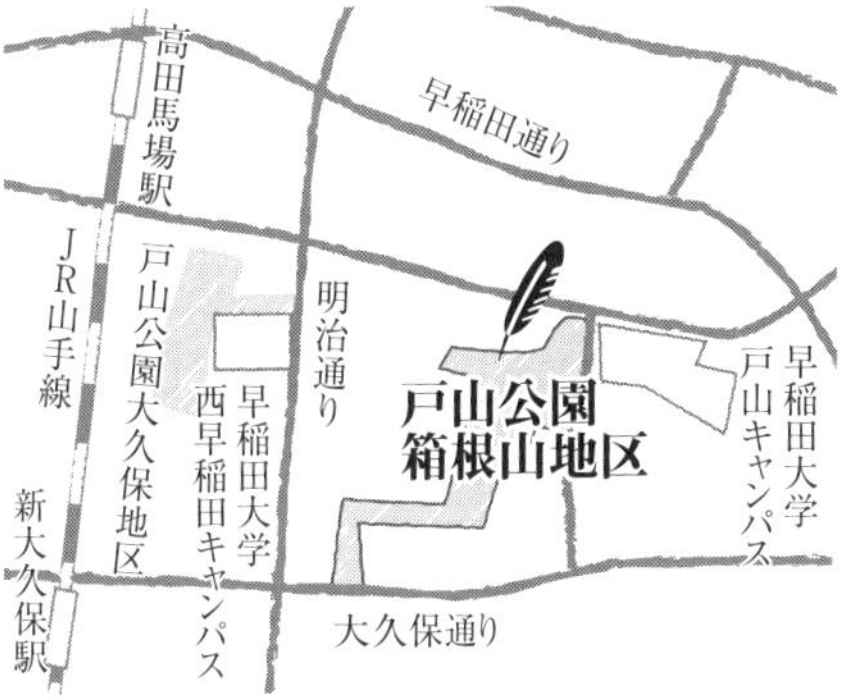


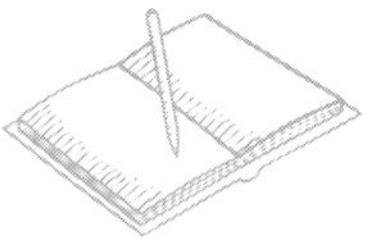

蝶子は酒に強い体質。「サークル活動中」の先《せん》輩《ぱい》たちの言動を見ても、あきれかえるばかりです。ただ、神酒島《みきしま》という先輩《せんぱい》は別。勧誘《かんゆう》された時の言葉や彼《かれ》の瞳《ひとみ》に対して蝶子は強烈《きょうれつ》な印象を受けました。酔《よ》いながらも神酒島の脳細胞《さいぼう》は秀逸《しゅういつ》で、発生する不思議な事態の真相を見抜《みぬ》いていきます。

桜の花の下、戸山公園での飲み会でも奇妙《きみょう》なことがありました。神酒島の推理ならぬ「酔理《すいり》」が楽しみです。蝶子の自分探しや、彼女《かのじょ》と神酒島との関係の進展についても。

◇◆

日曜の夕方近く、戸山公園を訪れると、三味線《しゃみせん》の合奏練習をする4人の若者がいました。とても上手な演奏です。箱根山に登る時も、三味線《しゃみせん》の音色がBGMとなって心地よく耳に流れてきます。何だか非日常の世界に入り込《こ》んだかのように感じられました。

## Book 024

# 結城光流『吉祥寺よろず怪事請負処』

**武蔵野市・成蹊大学**

### 主人公通うレンガ造り校舎

五日市《いつかいち》街道のすぐ近くから続くケヤキ並木《なみき》が印象的な成蹊《せいけい》学園は、武蔵野《むさしの》市吉祥寺《きちじょうじ》北町にあります。この地に移転したのは１９２４（大正13）年のこと。それ以前は池袋《いけぶくろ》にありました。

移転当時から立つ、レンガタイル張りの本館は歴史を感じさせます。

◇◆

結城光流《ゆうきみつる》『吉祥寺よろず怪事請負処《あやごとうけおいどころ》』（２０１４年）の主人公・丹羽保《にわたもつ》が通う大学は武蔵野市にあり、レンガ造りの校舎やケヤキ並木《なみき》があるそうです。名前こそ出ませんが、成蹊大学が自然と思い浮《う》かびます。

保は大学近くの、ガーデンショップを営む大叔父《おじ》の家に居候しています。男所帯のその家では、料理番的役目を受け持っています。

ある時保は、大学の友人から救いを求められま

『吉祥寺よろず怪事請負処』結城光流（株式会社KADOKAWA）

す。部屋に羽アリが出るので何とかしてほしいという内容です。時を前後して、大学の1年先輩《せんぱい》の美女からも、梅の木にかかわる別の依頼《いらい》を受けました。

　保が庭師の家に住んでいることを認識しての頼《たの》みでした。ただ、それぞれの話には奇妙《きみょう》な事態が付随《ふずい》しており、常識的な解決を拒《こば》むような問題だとわかってきます。

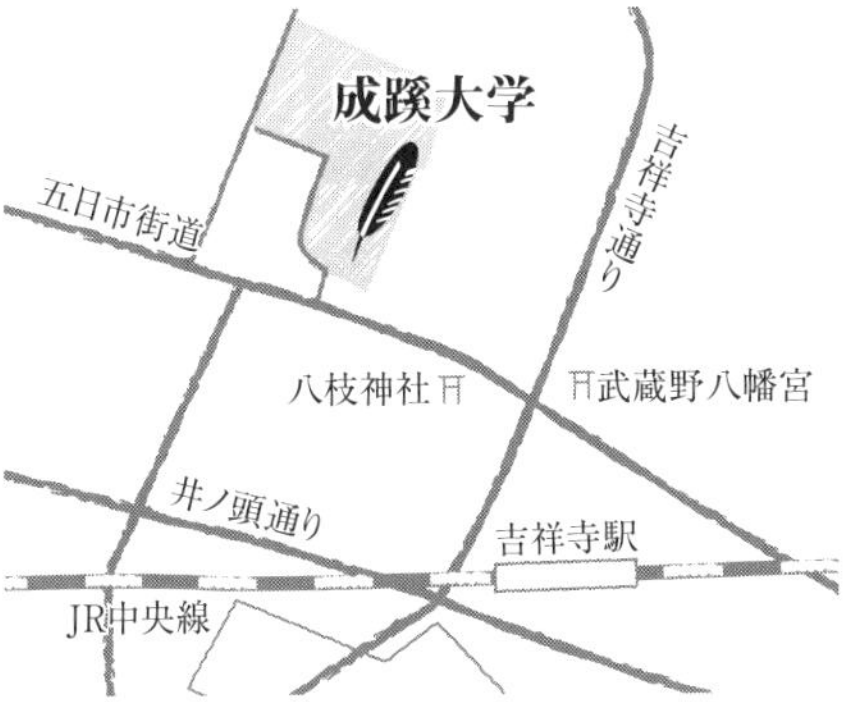

　保のいるガーデンショップの住み込《こ》み職人に久《く》世啓介《ぜけいすけ》という若者がいます。保にとっては頼《たよ》れる兄貴分です。保もずっと知らなかったのですが、彼《かれ》の本職は陰陽師《おんみょうじ》でした。保の依頼《いらい》された件は、啓介の目を通すことにより、真相をあらわしていきます。

◇◆

　成蹊大学は情報図書館も非常に魅力《みりょく》的。「プラネット」と呼ばれるドーム形のグループ閲覧《えつらん》室や「クリスタルキャレル」という個室閲覧《えつらん》室など、特徴《とくちょう》的な施設《しせつ》があり、頻繁《ひんぱん》に利用されています。若者の活字離《ばな》れ改善には、図書を利用したくなるような環境《かんきょう》作りもとても重要であると実感しました。

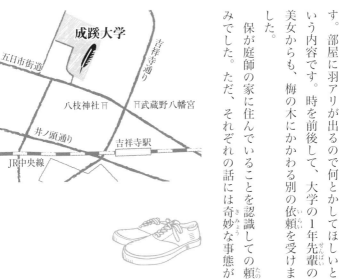

# Book 025

# 佐島佑『ハサミ少女と追想フィルム』

## 練馬区・西武池袋線・江古田駅周辺

**「魔女《まじょ》」から紹介《しょうかい》バイトで……**

今回は佐島佑《さじまゆう》『ハサミ少女と追想フィルム』（2014年）をたずさえて、西武池袋《せいぶいけぶくろ》線江古田《えこだ》駅（練馬《ねりま》区）周辺を散歩します。主人公の都築道郎《つづきみちろう》は帝陽美術《ていようびじゅつ》大学文芸学科1年生。この駅近くと埼《さい》玉《たま》県の所沢《ところざわ》に校舎があるそうです。

◇◆

なれなれしく厚かましい先輩《せんぱい》・檜垣鷹士《ひがきたかし》に誘《さそ》われた道郎は、ホラー映画を制作することになりました。道郎の担当は脚本《きゃくほん》。映画のシナリオ作りは初めての体験です。

檜垣が「見ろ」と押《お》しつけた映画のDVDを鑑《かん》賞《しょう》中、画面から女の子が飛び出してきました。見ていたホラー映画の中の人物でした。

少女はカルミンと名乗ります。金髪《きんぱつ》の魅力《みりょく》的な美少女ですが、手には恐《おそ》ろしげな巨大《きょだい》なハサミを持っています。彼女《かのじょ》は道郎たちの住む「こちら」

『ハサミ少女と追想フィルム』佐島佑（株式会社KADOKAWA）

の世界にとどまることになります。少女が持つ巨《きょ》大《だい》なハサミの刃《は》が光るのは、良くない出来事の発生を示すシグナルです。

　ある日、道郎はバイト情報を仕入れるため、檜垣と江古田駅で下車しました。「江古田の魔女《まじょ》」と呼ばれる先輩《せんぱい》の女性から紹介《しょうかい》されたのはいわゆるゴミ屋敷《やしき》の清掃《せいそう》でした。

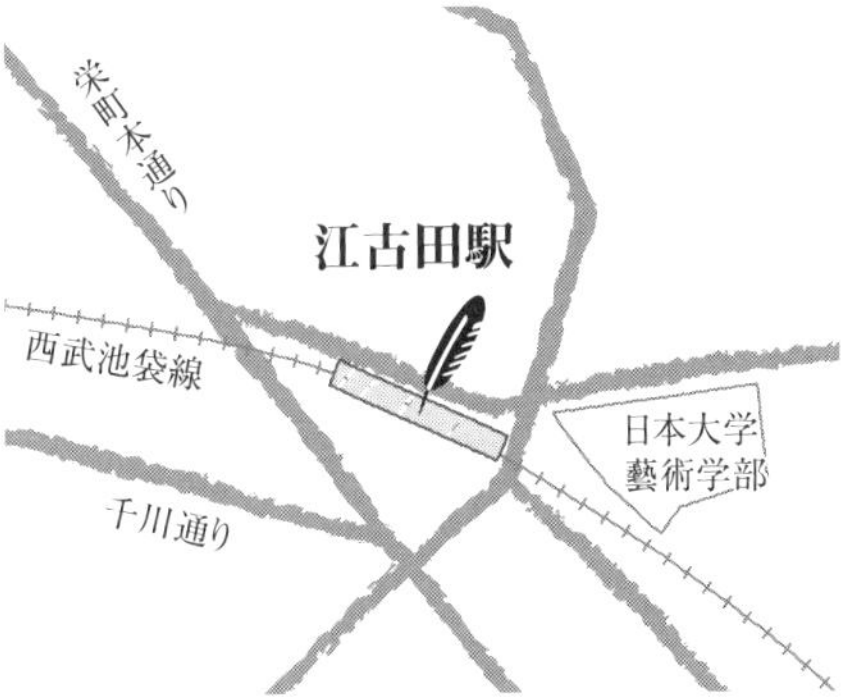


　異臭《いしゅう》や虫に閉口しつつも作業を進める道郎たち。その時です。あちこちに散乱した廃棄物《はいき》が音を立て始めました。音の共振《きょうしん》によって周囲までもが揺《ゆ》れています。そこにカルミンが姿を現しました。手にした大ハサミの刃《は》は青白く光っています。奥《おく》の居間に何かがあるようです。

◇◆

　現在、江古田の地名があるのは中野区《なかの》。練馬区にあった江古田町の名称《めいしょう》は現在失われているため、誤解しやすい。

　江古田駅の近くには日本《にほん》大学藝術学部があり、ここも所沢に校舎を有します。駅付近の栄町《さかえ》本通りを歩いていると路傍《ろぼう》に庚申塚《こうしんづか》を見つけました。この道も古くからあるのでしょう。近くには中古レコード屋と懐《なつ》かしい雰囲気《ふんいき》のたばこ屋も。好きな街角の風景がまた一つ増えました。

# Book 026

## 里見 蘭『藍のエチュード』

**台東区・東京藝術大学**

### さえない男が恋するお嬢様《じょうさま》

猛暑《もうしょ》の土曜日、東京藝術《とうきょうげいじゅつ》大学に行ってみました。上野《うえの》(台東区《たいとう》)のキャンパスです。上野《うえの》公園を通っていくと、右手に音楽学部、左手に美術学部の門が見えてきます。美術学部の門をくぐりました。

◇◆

里見蘭《さとみらん》『藍《あい》のエチュード』(2014年)では、東京藝術大の剣道《けんどう》部員を中心に全9章の物語が展開します。語り手の視点は、3人の登場人物に寄り添《そ》っており、章ごとにその人物が替《か》わります。主人公は剣道《けんどう》部の主将で美術学部3年生の粟生野《あおの》壮介《そうすけ》です。

壮介が剣道《けんどう》を始めたのは小学2年生の時です。上京して1年間の予備校通いの後、晴れて大学生となりました。

壮介は女の子と親しいつきあいをした経験がほとんどありません。そんな彼《かれ》は、剣道《けんどう》部にひそか

『君が描く空』として文庫化

に思いを寄せている女性がいます。法眼寺綾佳《ほうがんじあやか》です。彼女《かのじょ》は音楽学部の2年生。まさにお嬢様《じょうさま》といった綾佳に対し、さえない男を自認する壮介は何のアプローチもできずにいます。

ある日、女子部員が入りました。高杉唯《たかすぎゆい》という、美術学部3年生で剣道《けんどう》初心者です。壮介は顧問《こもん》の先生から、唯を指導して、半年ほど後にある昇段《しょうだん》審査《しんさ》で初段を取らせるようにと依頼《いらい》されます。かなり訳ありのようです。

その唯は非常に癖《くせ》のある人間で、部員とのつきあいを拒絶《きょぜつ》します。壮介の指導にも素直に従おうとしません。先が思いやられます。

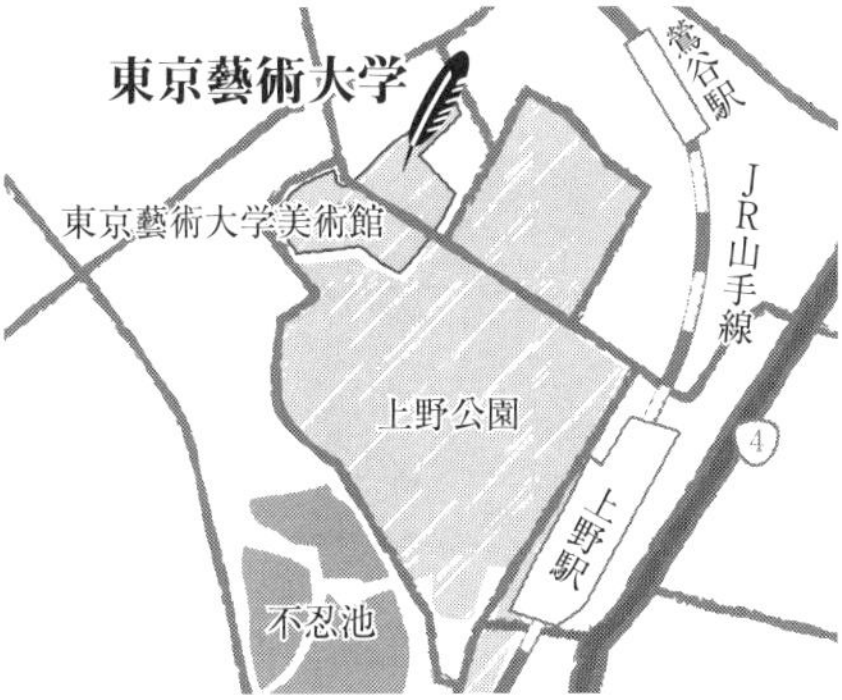


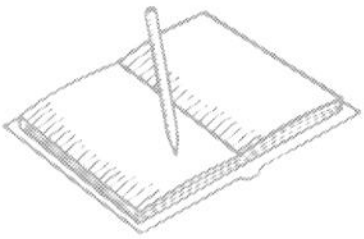

◇◆

部員たちの自分探しや恋愛が描《えが》かれますが、その展開は予想を大きく超《こ》えるものでした。「三年後」というタイトルの最終章で、どんな部員たちの姿に会えるのか、わくわくしました。加えて、剣道《けんどう》やアートに関して得るところが多くあり、親子についても考えさせられる小説でした。

訪れた時、大学美術館では幽霊《ゆうれい》画などの展示を行っていました。そのおかげで、よそ者でも堂々と学内に入れます。過酷《かこく》な暑さでしたから、涼《すず》しくなるにはもってこいでした。

# Book 027

## くらゆいあゆ『世界、それはすべて君のせい』

### 北区・醸造試験所跡地公園

**まるで別人のよう 彼女《かのじょ》は……**

くらゆいあゆ『世界、それはすべて君のせい』（2017年）を読んだ後、描《えが》かれた場所への興味がむくむくとわいてきました。早稲田大学や豊島区雑司が谷周辺など、訪れたい場所が多くある中、今回は北区の醸造《じょうぞう》試験所跡地《あとち》公園を「物語散歩」します。

◇◆

咲原貴希《さきはらたかき》は、早稲田大学がモデルと思われる大学の2年生。映画サークルを仲間と立ち上げて活動しています。仲間たちが東京メトロ東西《とうざい》線を利用する中、彼《かれ》は都電荒川《あらかわ》線に乗ってアパートに帰ります。また彼《かれ》だけが古い携帯《けいたい》を使い続けるなど、独自のこだわりがあるようです。

貴希には気にくわない人物がいます。同じ法学部に所属する村瀬真葉《むらせまは》です。お嬢様《じょうさま》で美人ですが、性格は最悪。ある日ついに彼《かれ》は真葉と衝突《しょうとつ》しまし

『世界、それはすべて君のせい』くらゆいあゆ（集英社オレンジ文庫）

た。警備員が呼ばれる騒ぎになってしまいます。

真葉はしばらく大学に来なくなります。心の安らぎを感じる貴希。やがて再び姿を現した真葉は、貴希の映画サークルに入部すると言い出し、彼《かれ》を驚《おどろ》かせます。自分で脚本《きゃくほん》まで書いたとのこと。

その脚本《きゃくほん》はかなりの出来でした。それをもとに映画を撮《と》ることに話は進みますが、貴希は奇妙《きみょう》でなりません。真葉がまるで別人のような穏《おだ》やかな性格に変わっていたからです。40℃の高熱を出して1週間寝込《ねこ》んだせいだと真葉は言っています。

いつかまた以前の真葉に戻《もど》るかも。不安を感じる貴希ですが、目が合った彼女《かのじょ》にニコッとされたりすると、以前にはなかった感情も生じてしまいます。さてこの2人、この後どうなるでしょうか。

◇◆

貴希は映画の重要場面のロケ地として醸造試験所跡地公園を選びました。小説の中で、ラストも含め3回も登場する場所です。ここにはかつて旧大蔵《おおくら》省の醸造試験所がありました。日本酒の品質向上や醸造方法の研究などのために、明治政府が設立した施設《しせつ》です。公園の隣《となり》には「赤レンガ酒造工場」と呼ばれる重厚な建造物があります。国の重要文化財です。

# 3章

# 歩いて楽しい 23区物語散歩

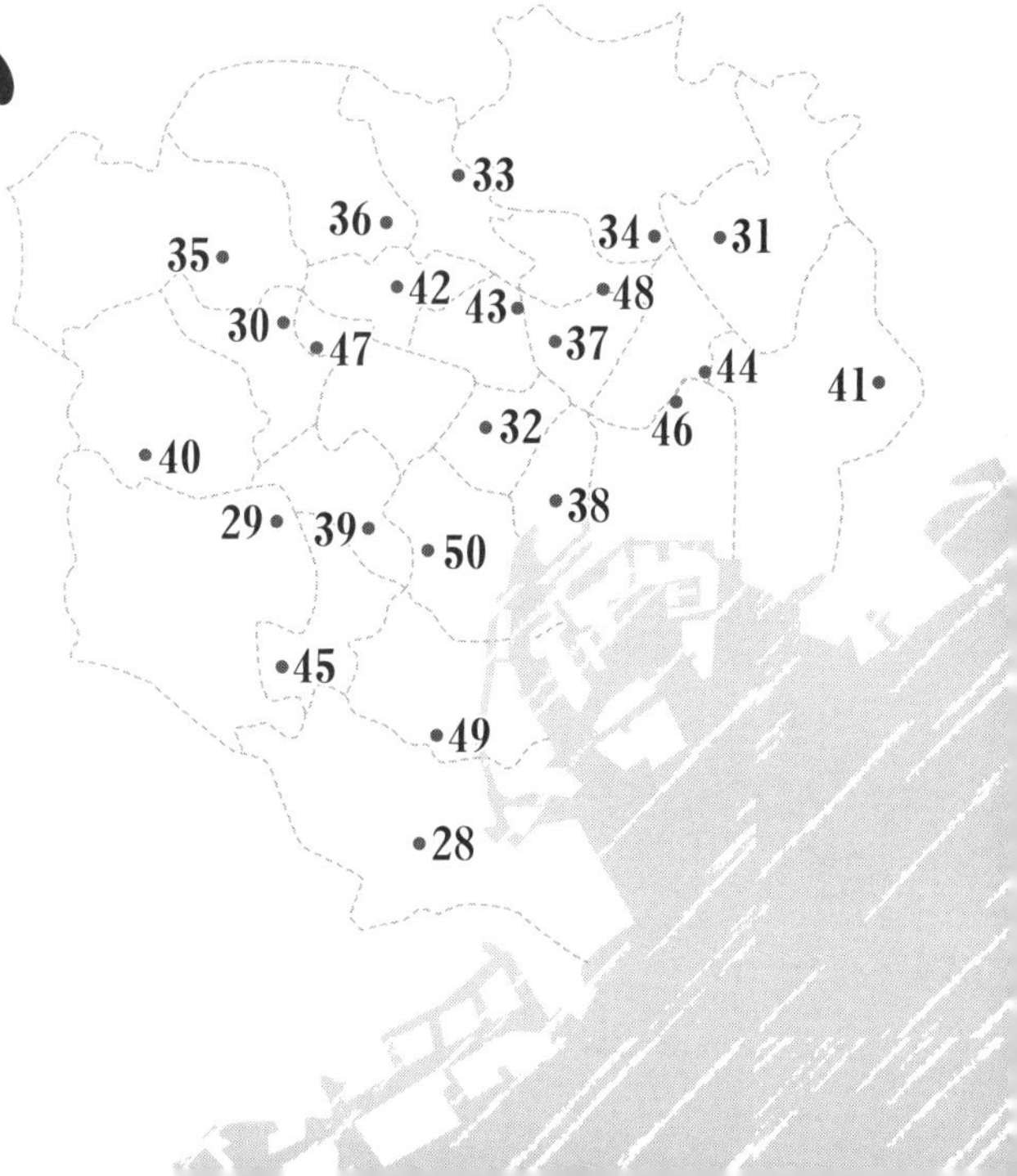

# Book 028

## 佐藤正午『ジャンプ』

**大田区・京浜蒲田駅前通り**

### 失踪《しっそう》したガールフレンドの行方

京急蒲田《けいきゅうかまた》駅（大田区）の東、第一京浜《けいひん》に面するあたりは、佐藤正午《さとうしょうご》の小説『ジャンプ』（2000年）に描《えが》かれた時の光景とかなり変わってしまいました。小説の描写《びょうしゃ》は京急空港線の踏切《ふみきり》がまだあった時代のものです。ただ、近くの「京浜蒲田駅前通り」は幸い健在でした。

◇◆

ある日の夜遅《おそ》く、1人の女性が泥酔《でいすい》状態の男性を介抱《かいほう》しながら、この通りを自宅へと向かっていました。男性の名前は三谷純之輔《みたにじゅんのすけ》。彼《かれ》は翌日からの出張に備え、ガールフレンド・南雲《なぐも》みはるのマンションに泊《と》めてもらうことにしていました。自分の住む寮《りょう》よりも空港へのアクセスが良いからです。しかしこの日、彼《かれ》は非常に強いカクテルを飲み、べろべろになってしまいました。

純之輔は毎朝リンゴを食べるという習慣があり

『ジャンプ』佐藤正午（光文社文庫）

ます。翌朝の分のリンゴを買い忘れたので、みはるはマンションの前でUターンし、1人でコンビニに買いに出かけました。そして、そのまま失踪《しっそう》してしまいます。

　その後純之輔は、みはるの姉と共にその行方を尋《たず》ね回ります。みはるがリンゴを買いに来たと思

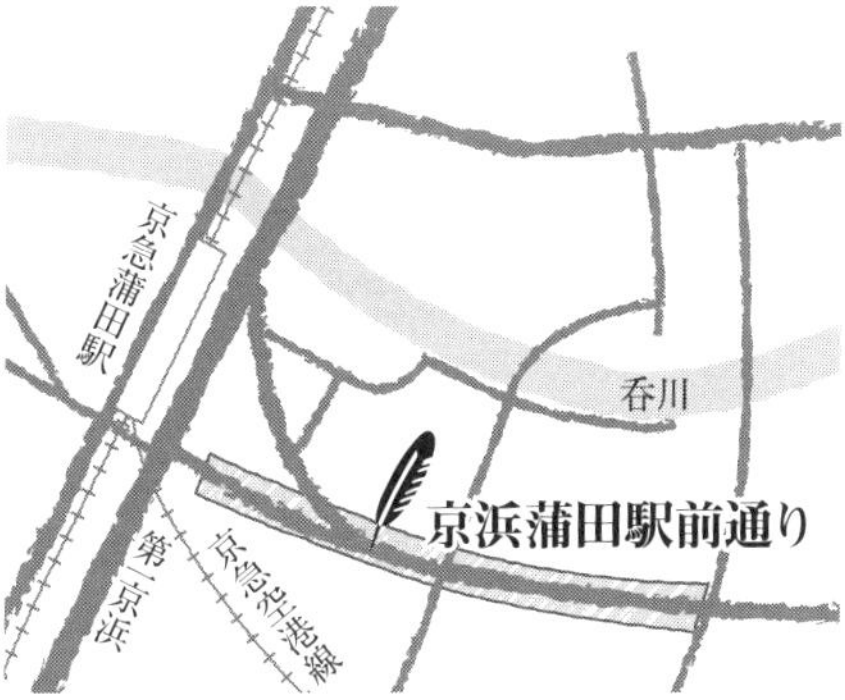


われるコンビニでは、突然《とつぜん》具合が悪くなった女性客に付き添《そ》って、救急車で東邦《とうほう》大学の付属病院に向かったという情報を得ました。病院でも新たな情報が手に入りました。ただ、結局は壁《かべ》と謎《なぞ》とにぶつかってしまいます。

　出会って半年目のガールフレンド・みはる。彼《かの》女《じょ》の失踪《しっそう》は意志的なものなのか、あるいは別のなんらかの事情によるものなのか、引き込《こ》まれるように読んでいってしまう作品です。

◇◆

　この作品、当時の町の実際をよく踏《ふ》まえた描写《びょうしゃ》がなされていました。みはるがリンゴを買うために入り、物語の展開において重要な役割を果たしたコンビニも、そのモデルと思われる店が描写《びょうしゃ》の通りの場所に２００６年まで存在していました。

Book 029

# 鷺沢 萠

# 『遮断機』

**世田谷区・下北沢駅前食品市場跡**

## 心に優しく響《ひび》く懐《なつ》かしの場所

これも過去の話。下北沢駅《しもきたざわ》（世田谷区《せたがや》）北口近くにあった「下北沢駅前食品市場」に入ると、時が昭和に戻《もど》ったような錯覚《さっかく》にとらわれたものです。八百屋・魚屋・乾物屋《かんぶつ》などが並《なら》んでいたこの商店街、入り口にある名称《めいしょう》標示も「沢」や「駅」の字が旧字体でした。

市場を抜《ぬ》けた右手に踏切《ふみきり》がありました。小田急《おだきゅう》線の踏切《ふみきり》でしたが、その遮断機《しゃだんき》はしょっちゅう下りているように思えました。

◇◆

鷺沢萠《さぎさわめぐむ》の短編小説「遮断機《しゃだんき》」（『さいはての二人』〈1999年〉所収）の舞台《ぶたい》は下北沢でした。

主人公の笑子《えみこ》は冒頭《ぼうとう》、駅の北側から「終戦直後の闇市《やみいち》」のような市場に入っていきます。そしてその市場を通り過ぎると「開かずの踏切《ふみきり》」が現れます。

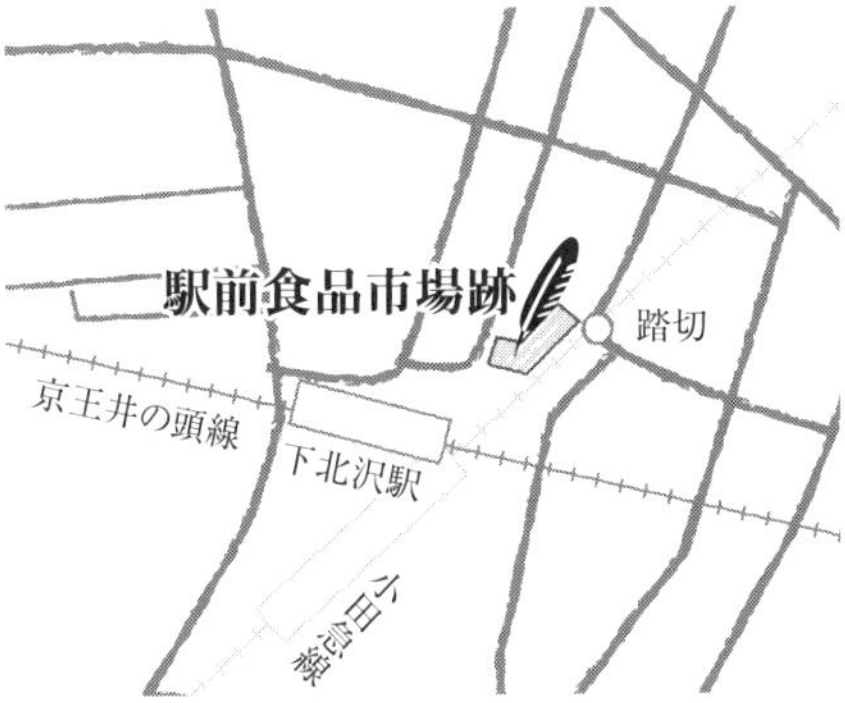


この市場も踏切《ふみきり》も笑子にとっては懐《なつ》かしい存在でした。笑子は幼い時、父を亡くしました。母はこの市場の中の揚《あ》げ物屋で働くことになります。「おじい」のもっている店でした。「おじい」というのは、踏切《ふみきり》の向こうにある飲み屋「菊《きく》家」の主人です。とても情のある人で、幼い笑子を抱《かか》えて

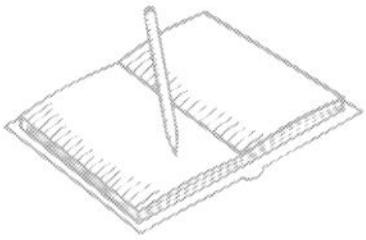

困っている母親に職を世話したのです。笑子も「おじい」やその家族たちとなじんでいきます。自分の本当の家族のようにも思えてきました。

しかし、笑子が成長するにつれてさまざまなことが起こり、彼女《かのじょ》はこの駅前からも「おじい」から離《はな》れることになってしまいました。

◇◆

現在笑子は29歳《さい》、独身です。この日、彼女《かのじょ》は大変に心傷つくことがあり、お酒をたくさん飲みました。その酔《よ》った足が向かったのは、懐《なつ》かしい市場であり、踏切《ふみきり》の向こうにある「おじい」の店でした。ところがあいにく市場を抜《ぬ》けたところで踏《ふみ》切《きり》につかまってしまいました。電車は次々にやって来ます。どうやら長く待たされそうです。

心に優しい物語です。市場の温かな雰囲気《ふんいき》が、作者にこの物語をつづらせたのかもしれません。

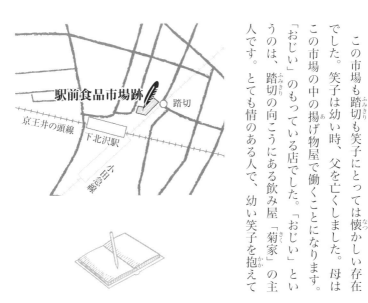

Book 030

# 田中芳樹『創竜伝』

## 中野区・哲学堂公園

### 邪悪《じゃあく》な敵に挑《いど》む4兄弟

中野《なかの》区松《まつ》が丘《おか》にある哲学堂《てつがくどう》公園は、一般《いっぱん》の公園とはかなり趣《おもむき》を異にしています。哲学《てつがく》者の井上円了《いのうええんりょう》博士が精神修養の場として作った施設《しせつ》をその前身としているからです。

入り口を進むとまず現れるのが左右に幽霊《ゆうれい》と天狗《てんぐ》の像が置かれた門。「哲理《てつり》門」という名がついています。公園の中にはその他にも、宇宙館・四聖堂・髑髏《どくろ》庵《あん》など、個性的な名称《めいしょう》の建築やモニュメントが数多く存在しています。

◇◆

この公園の北方、歩いて5分ほどの場所に家がある4人の兄弟は、公園に負けず非常に個性的です。1987年に第1巻が上梓《じょうし》された、田中芳樹《たなかよしき》の壮大《そうだい》な伝奇《でんき》小説『創竜《そうりゅう》伝』の主人公である、竜《りゅう》堂《どう》家の4兄弟です。

彼《かれ》らの名前は長兄から順に始《はじめ》・続《つづく》・終《おわる》・余《あまる》。ユ

『創竜伝』田中芳樹（講談社）

ニークな名前ですが、あなどれません。彼《かれ》らは人間をはるかに超《こ》える力を有しているからです。

実は彼《かれ》らは竜王《りゅうおう》が転生した存在です。この4兄弟を圧しようと、巨大《きょだい》で邪悪《じゃあく》な存在が迫《せま》ります。それに立ち向かう彼《かれ》らの生命に危機が迫《せま》った時、人間から竜《りゅう》へと姿を変じます。最初にその超絶《ちょうぜつ》した力を敵に見せつけたのは末弟の余でした。本人さえも認識していなかったすさまじいパワーでした。

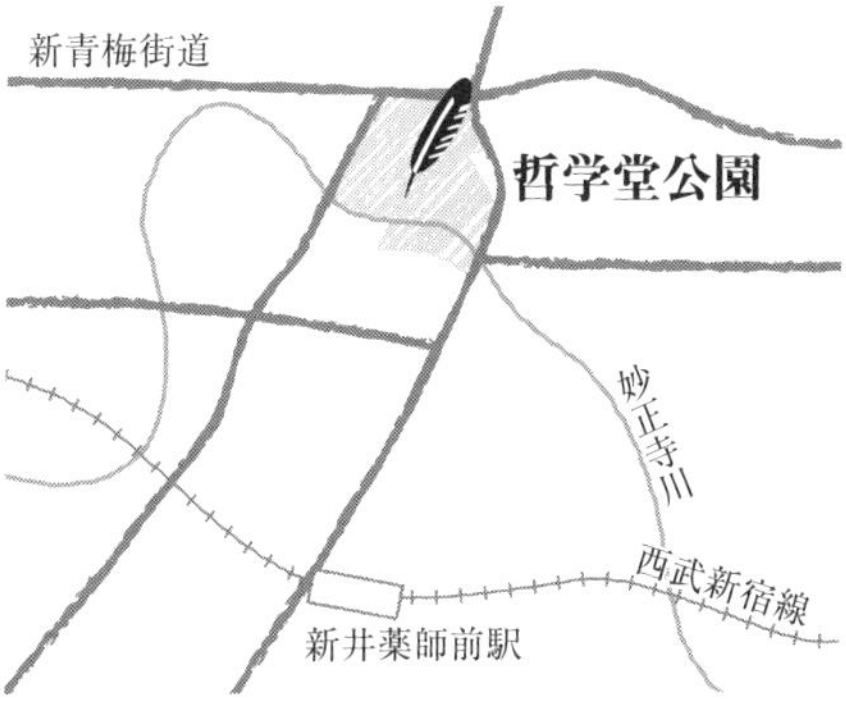

4兄弟それぞれ、竜《りゅう》に変じた時の能力が異なります。それぞれの竜《りゅう》がどのような力を発揮して敵を倒《たお》すのか。そして彼《かれ》らの存在にはどのような秘密が隠《かく》されているのか。読者はわくわくしながら次から次へと巻を読み進めていくことになるでしょう。

◇◆

哲学堂公園も物語に登場します。たとえば春の夜、余はこの公園で女とお楽しみの最中であったチンピラ男の邪魔《じゃま》をしてしまいます。余には夢遊《むゆう》病の気《け》があり、無意識での行為《こうい》でしたが、チンピラ男は激怒《げきど》、余に暴力をふるいます。余は眠《ねむ》ったまま、超能力《ちょうのうりょく》で男を簡単にふっとばしてしまいました。

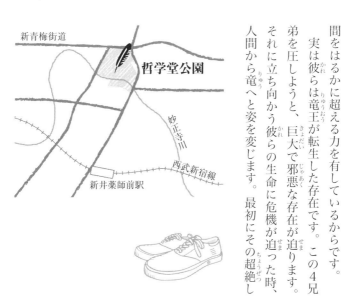

# Book 031

## 山本幸久『幸福ロケット』

**葛飾区・お花茶屋**

### 元気な少女と魅力《みりょく》的な大人たち

葛飾《かつしか》区にお花茶屋《はなぢゃや》というかわいらしい響《ひび》きの地名があります。京成《けいせい》線の駅名にもなっています。

伝説によると、江戸時代、この地で狩りを楽しんでいた将軍が急に腹痛を起こし、近くの茶屋に手当てを求めたそうです。新左衛門《しんざえもん》という店主が娘《むすめ》のお花に看護させたところ、まもなく腹痛は治まりました。将軍は喜び、茶屋にみずから「お花茶屋」の名を付けたということです。

---

山本幸久《やまもとゆきひさ》の小説『幸福ロケット』（２００５年）の舞台《ぶたい》はこのお花茶屋です。

◇◆

主人公の山田《やまだ》香《か》な子《こ》は小学5年生。年度初めに文京《ぶんきょう》区の小石川《こいしかわ》からお花茶屋小学校に転校してきました。本が大好きな女の子で語彙《ごい》も豊かです。両親はとても仲良し。お父さんはかつてテレビのドキュメンタリーで取り上げられたこともある企《き》

『幸福ロケット』山本幸久（ポプラ社）

業戦士《ぎょう》でした。香な子は今もそのことをとても誇りにしているのですが、現在は転職し、お花茶屋で働いています。

ある時、町野《まちの》さんという、クラスで一番かわいい女の子が香な子に近づいてきました。町野さんはクラスメートの小森《こもり》くんが好き。でも近づくきっかけがつかめません。そこで小森くんとも気軽に口をきける香な子に仲立ちを頼《たの》もうとしたのです。

小森くんは町野さんの思いにまったく気づかないので、なかなかうまくいきません。彼《かれ》はどうやら町野さんよりも香な子のほうが気になるようです。そのうち、ふとしたきっかけから、小森くんの家の事情を香な子は知りました。加えて、お父さんの転職にも何か秘密があるらしいことがわかってきます。

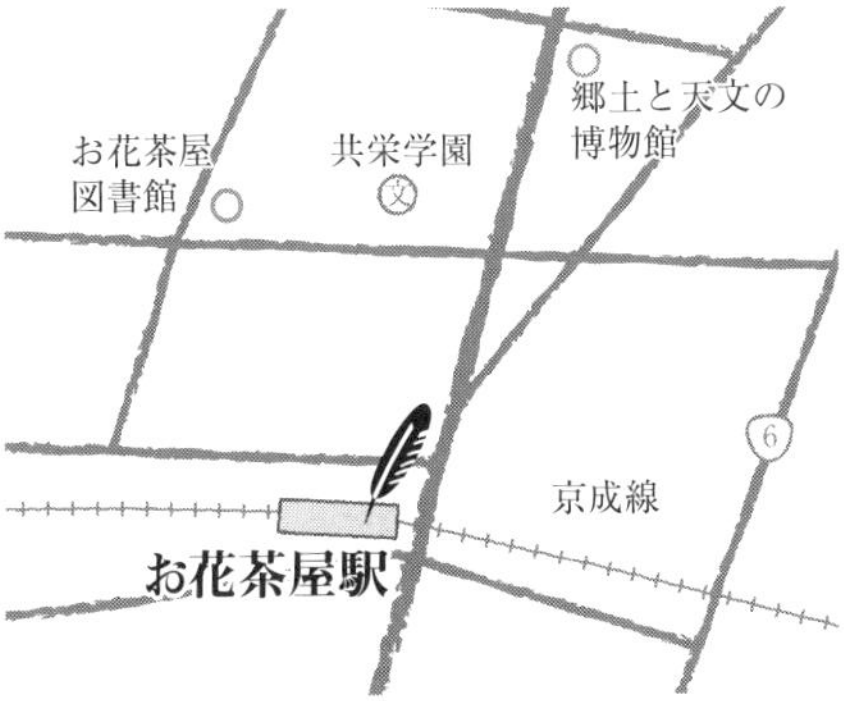

◇
◆

香な子が心の中で入れるツッコミが、とても楽しい物語です。登場する大人たちも皆、とても魅《み》力《りょく》的に描《えが》かれています。

物語には実在する施設《しせつ》やお店が複数登場します。町を歩くと、香な子たちの元気な笑い声が聞こえてきそうです。

Book 032

西澤保彦

# 『春の魔法のおすそわけ』

千代田区・千鳥ケ淵

中公文庫

## 年下青年との不思議なデート

都内の花見の名所を挙げる際、落とせないのが千代田《ちよだ》区の千鳥ケ淵《ちどりがふち》です。お堀を挟《はさ》んで向かい合う満開の桜を見る時、陶酔《とうすい》に近い感覚にとらえられます。千鳥ケ淵緑道にはボート乗り場もありますので、視点を変えた花見も楽しめます。

◇◆

4月8日の朝のこと、西澤保彦《にしざわやすひこ》『春の魔法のおすそわけ』（2006年）の主人公・鈴木小夜子《すずきさよこ》も、桜花の舞《ま》い散る千鳥ケ淵緑道にいました。でも彼女《かのじょ》の場合、花見目的ではありません。それどころか、ほんの少し前まで、自分がどこにいるのかさえわかりませんでした。原因は酒。昨夜どこかで痛飲し、泥酔《でいすい》状態で地下鉄に乗り、夢《ゆめ》うつつで下車して今に至ったようです。

小夜子は自分のものでないバッグを持っていました。車内で取り違《ちが》えた可能性があります。中にはなんと2千万円の現金が入っています。今まで彼女《かのじょ》がこつこつとためた預金と同額です。

小夜子はまもなく45歳《さい》を迎《むか》える小説家です。独身で恋人はなく、自分の容姿にも自信がもてずにいます。来し方行く末を思うとむなしさに襲《おそ》われるばかり。記憶《きおく》がなくなるほど酒を飲んだのも、それが原因かもしれません。今までためてきたお金も、一つのバッグに納まる程度なのかと考えると、余計がっかりです。

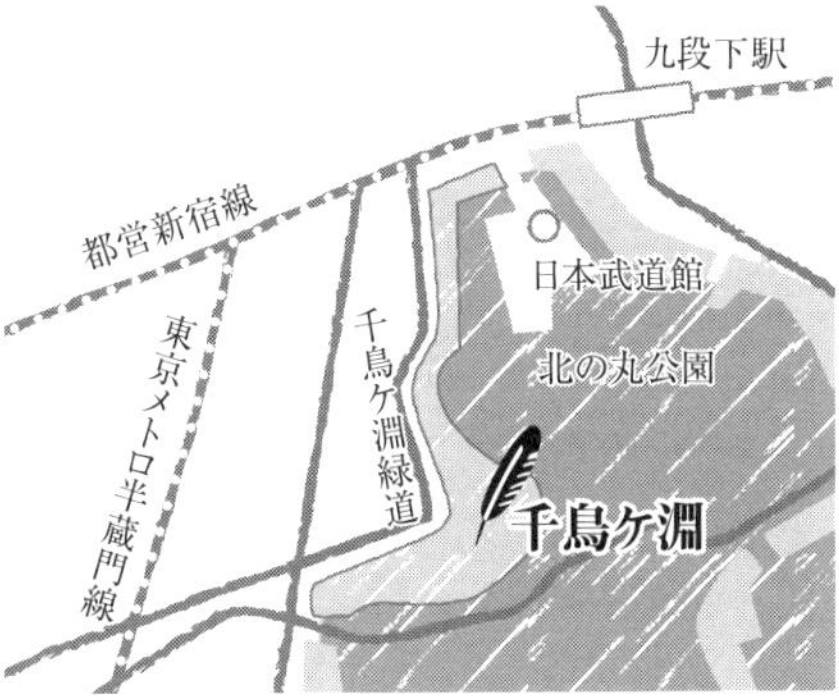


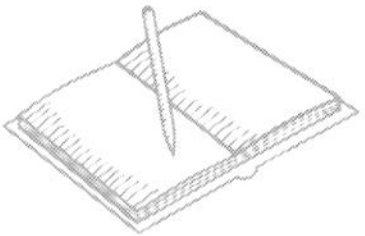

千鳥ケ淵緑道を歩く小夜子は、ボート場の石段に座る若い男性を見つけます。その青年を見て天《てん》啓《けい》を感じた小夜子は、自分に最後までつきあってくれたらバッグの中の大金をあげようともちかけました。

一体どう思ったのか、この奇妙《きみょう》な取引を青年は受け入れました。21歳《さい》も年の離《はな》れた2人の、不思議なデートの始まりです。

◇◆

読んでいくほど、青年の不思議さは増すばかり。意味深なタイトルも利いています。ラストは幻想的な形になるのか、はたまた現実的な整理がなされるのか、気になってどんどんとページを繰《く》ってしまう、そんなおもしろさをもつ物語です。

# Book 033

## 高野和明『グレイヴディッガー』

**北区・東京水辺ライン**

### 神谷《かみや》発着場から始まる逃亡《とうぼう》劇

隅田《すみだ》川を走る水上バスの一つに東京《とうきょう》都《と》公園《こうえん》協会が運営する東京水辺ラインがあります。両国《りょうごく》を起点に浜離宮《はまりきゅう》やお台場《だいば》海浜《かいひん》公園などを結ぶものをはじめ、複数のコースがあります。

◇◆

ある夕方、東京水辺ラインの神谷発着場（北《きた》区）に水上バスの到着《とうちゃく》を待つ1人の男の姿がありました。高野和明《たかのかずあき》『グレイヴディッガー』（2002年）の主人公・八神俊彦《やがみとしひこ》です。

32歳《さい》になる八神は、中学時代の万引きから始まって、多くの悪事をやってきた人間です。ただ、彼《かれ》は現在、生き方を改めようとしています。転機として、白血病患者《かんじゃ》にみずからの骨髄《こつずい》を提供することを考えました。そのための入院を翌日に控《ひか》え、八神は借金のために、北区に住む知人の部屋を訪れます。ところがその知人は殺されていました。

『グレイヴディッガー』高野和明（講談社）

大変猟奇《りょうき》的《てき》な方法で。

その部屋は、ある事情から八神名義で借りていたものでした。死体が発見されれば第一に八神が疑われるでしょう。せっかくの善行を前に、まずい展開です。

その時、目つきの異様な数人の男が現れ、八神を捕《と》らえようとします。訳がわからないまま、八神は男たちと格闘《かくとう》し、逃《に》げ出すことに成功します。ですが、その騒ぎで呼ばれた警察が部屋の死体を発見したため、重要参考人として追われる身になってしまいました。

なんとしても翌日までに大田区《おおた》にある病院に行かねばなりません。彼《かれ》の骨髄《こつずい》を待つ患者《かんじゃ》がいるからです。しかし監視《かんし》カメラがあるルートは避《さ》けたい、そんな彼《かれ》が偶然《ぐうぜん》見つけたのが水上バスの神谷発着場でした。船での移動という彼《かれ》の選択《せんたく》は正しかったのでしょうか。また八神を襲《おそ》った男たちと死体の関係は？　物語への興味は尽《つ》きません。

◇◆

作品には八神の「逃亡《とうぼう》」ルートとして、実に多くの場所が登場します。ただ、彼《かれ》は大変独特な方法も使って移動しているため、物語散歩として同じコースをたどるのは無理でしょう。

# Book 034

## 山田宗樹『嫌われ松子の一生』

### 足立区・荒川河川敷

### 川を眺《なが》めてわかった涙《なみだ》の理由

荒《あら》川の河川敷《かせんしき》の中でも、北千住《きたせんじゅ》駅近くのエリアは特に興味深いところです。足立《あだち》区日ノ出《ひので》町の先、左手に東武伊勢崎《とうぶいせさき》線やJRの鉄橋、正面には東京拘置《こうち》所の巨大《きょだい》な建物が見える場所。ここは山田宗《やまだむね》樹《き》『嫌《きら》われ松子《まつこ》の一生』（2003年）の冒頭《ぼうとう》近くに描《えが》かれた、物語の展開の上でも大きな意味をもつ場所です。

◇◆

『嫌われ松子の一生』山田宗樹（幻冬舎）

夏のある日、川尻笙《かわじりしょう》という福岡《ふくおか》県出身の大学生が、北千住駅の東口を出た先にある商店街を歩いていました。彼《かれ》の目的地は日ノ出町にあるひかり荘《そう》というアパートです。

このアパートで一人暮《ぐ》らしの女性の死体が見つかりました。全身に暴行の跡《あと》があり、内臓破裂《はれつ》による失血が死因です。この女性は川尻松子といい、笙には伯母《おば》にあたります。笙は福岡県から上京してきた父親に頼《たの》まれ、アパートの後かたづけなどをするために日ノ出町に来ました。

笙はそのような伯母《おば》がいるとは初耳でした。無理もありません、30年も前に蒸発して、それきりだったそうです。父親は自分の姉に当たる松子のことを悪く言い、アパートの住人も彼女《かのじょ》を鼻つまみ者だったと言います。しかし笙は、松子が荒川の土手で川を見て泣いていたのを見たという話を聞いて、心にひっかかりを感じました。彼《かれ》は荒川の河川敷《かせんしき》に上がってみます。先述の場所です。眺望《ちょうぼう》を確かめた笙は、松子が泣いていた理由が理解できたようです。

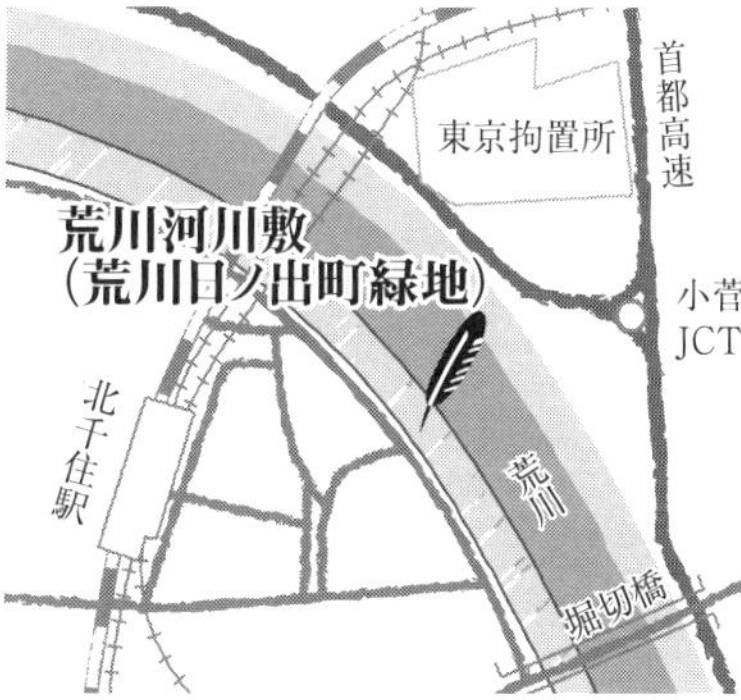


笙はその後、亡き松子伯母がどのような人だったのかを追い始めます。次第に読者の前に示されていくのは、笙の父やアパートの住人が言うような見方でくくることなどできない、1人の女性のとても哀《かな》しい一生でした。

◇◆

作品は北千住東口から荒川河川敷《かせんしき》まで、街の様子がとてもくわしく描《えが》かれています。時の流れによる若干の変化はありますが、物語散歩的視点でも味わえる作品だということが、実際に歩いてみてわかりました。

# Book 035

## 矢崎存美『ぶたぶた』

**練馬区・としまえん周辺**

### 心の穴を埋《う》めるぬいぐるみ

矢崎存美《やざきありみ》の『ぶたぶた』（1998年）の舞台《ぶたい》となる場所名は、あまりはっきりと記されてはいません。ただ、「銀色のプール」の章に出てくる遊園地は、としまえん（練馬《ねりま》区）がモデルとわかるように書かれています。遊園地と同じ名前の駅がある、広いプールを有する、隣接《りんせつ》する区の名前が冠《かん》されている、など、ヒントが多くちりばめられていますので。

◇◆

物語の主役はぶたのぬいぐるみです。大きさはバレーボールほどでピンク色。目が黒いビーズでできています。このぬいぐるみ、人のようにしゃべり、動きます。ある時には運転の上手なタクシー運転手、ある時には腕《うで》の良いシェフ等々、さまざまな役柄《やくがら》で登場します。名前もあります。「山崎《やまざき》ぶたぶた」。男性です。初めて「ぶたぶた」

『ぶたぶた』矢崎存美（徳間文庫）

に会った人はみなびっくりしますが、「彼《かれ》」を囲む人たちは、まったく違和《いわ》感がないようです。身長の点で少しだけハンディのある人、といった感じの扱《あつか》いです。初めて会った人も「ぶたぶた」の言動に接するうちに違和《いわ》感が取れていき、かつ、心にぽっかりとあいていた穴が埋《う》まっていくのを

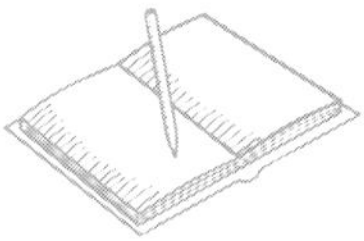

感じるようになります。

「銀色のプール」の沢木毅《さわきつよし》もその一人でした。小学3年生です。ある冬の日、塀《へい》を登って遊園地に入り込《こ》んだ彼《かれ》は、客のいないプールで釣《つ》りをする「ぶたぶた」を見つけました。この章では風来坊《ふうらいぼう》としての「ぶたぶた」です。次の日から毅と「ぶたぶた」との交流が始まります。家に満ち足りないものを感じていた毅は、家出をして「ぶたぶた」と一緒《いっしょ》に旅をしたいと考えました。しかし「ぶたぶた」は、家出するには守らねばならないしきたりがあるのだと言います。

◇◆

毅のように、としまえんの外塀《そとべい》に沿って歩いてみました。彼《かれ》が駆《か》け抜《ぬ》けた「どんぶり坂」は、地元の人に聞いて名前を確認できましたし、その近くに毅の家が設定されている石神井川《しゃくじい》も清らかで、満足のいく散歩となりました。

# Book 036

## 長崎尚志『闇の伴走者』

### 板橋区・仲宿商店街

**マンガそっくりの犯罪に迫《せま》る**

区名にもなっている板橋《いたばし》は旧中山道《なかせんどう》にあります。橋の南に長く続くのが仲宿《なかじゅく》商店街です。商店街にはかつての本陣《ほんじん》や脇本陣《わきほんじん》の跡《あと》を示す案内標識が立っていて、街の歴史を感じます。道幅《みちはば》のゆったりした、活気ある商店街です。

◇◆

長崎尚志《ながさきたかし》『闇《やみ》の伴走《ばんそう》者—醍醐真司《だいごしんじ》の猟奇《りょうき》事件ファイル』（2012年）に出る、元大手出版社のマンガ編集者で現在フリーの醍醐真司は、自分を「商店街フェチ」だと言っています。仲宿商店街は彼《かれ》のお眼鏡《めがね》にかなう優良商店街だそうです。

彼《かれ》がこの商店街を訪れた元々の理由は、既《すで》に他界している阿島文哉《あじまふみや》という有名マンガ家に関係していました。阿島の死後、仕事場から未発表のマンガが発見されます。殺人に関係する衝撃《しょうげき》的な内容でしたが、過去にマンガそっくりの犯罪が起き

『闇の伴走者』長崎尚志（新潮文庫刊）

ていました。その他の事情からも、事件とマンガの間には何らかの関係があると判断せざるを得ません。しかも事件は未解決。

阿島の妻は、そのマンガが本当に夫が描《か》いたものかどうか知りたく思います。彼女《かのじょ》は水野優希《みずのゆうき》という元警察官の女性に依頼《いらい》しました。優希は調査のため、マンガにくわしい人物を紹介《しょうかい》してもらい、その人から情報を得ようとします。それが醍醐真司でした。

醍醐は偏屈《へんくつ》ですが、マンガ編集者として筋の通ったところもあり、おもしろい人物です。優希は心に抱《かか》えるものをもっていて、ひとごとではなく思う読者もいることでしょう。

彼《かれ》らが真相をつかもうとする過程で、大きな転《てん》換《かん》になる場面があります。なるほど！　とおおいに納得しました。

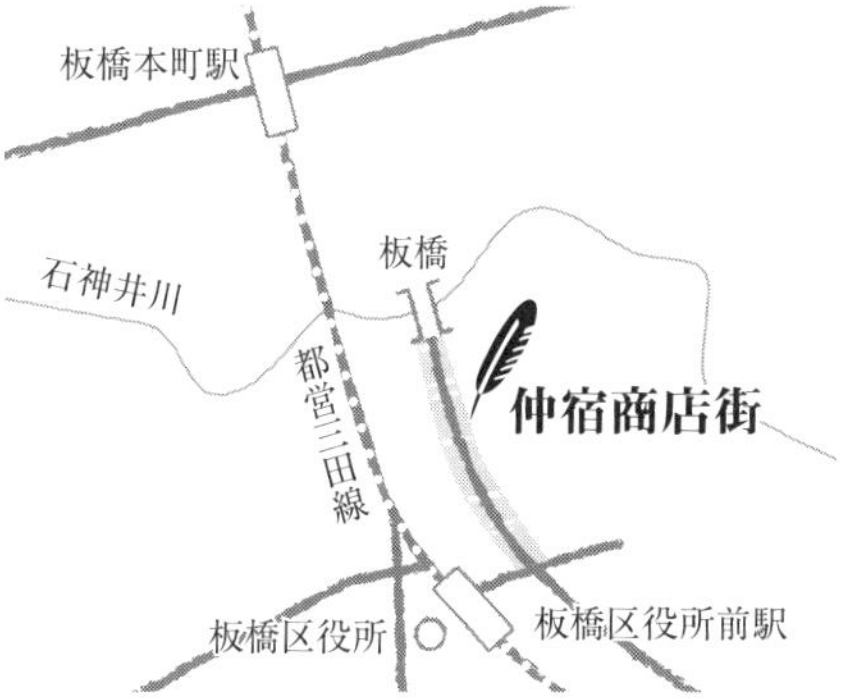

◇◆

仲宿商店街。醍醐と優希はある重要人物を捜《さが》した後で訪れました。良い商店街だと言うためのこだわりが醍醐にはあります。彼《かれ》の挙げる複数の条件を確かめつつ商店街を歩くのは楽しいものでした。個人的には「おもちゃ屋がある」という条件も醍醐のそれに加えたく思っています。

# Book 037

## 沢村 凛『夜明けの空を掘れ』

**台東区・国立科学博物館**

### 1等賞金 運命握《にぎ》る女性待つ

上野《うえの》（台東区《たいとう》）の国立《こくりつ》科学《かがく》博物館を久々に訪れたところ、昔《むかし》と変わってかなり明るい雰囲気《ふんいき》でした。少年のころ、そこで印象に残ったものは、恐《きょう》竜《りゅう》の化石、鈍《にぶ》い光を放つ鉱物標本、長いワイヤーでつるされた金属球がゆうらりと揺《ゆ》れ続けるフーコーの振《ふ》り子……。不思議なことに、かつてそれらのものから感じたのは、「科学」とは対照的な幻《げん》想《そう》やあやかしのにおいだったような気がします。

◇◆

沢村凛《さわむらりん》『夜明けの空を掘れ』（原題『笑うヤシュ・クック・モ』〈2008年〉）の戸樫皓雅《とがしてるまさ》にとって、この博物館は重要な場所となりました。

大学時代の友人5人が10年ぶりにそろった日でした。彼《かれ》らはサッカーくじをやりますが、なんと試合の予想結果がすべて的中。6700万円の大当たりとなりました。くじは海外に行ってしまっ

『夜明けの空を掘れ』沢村凛（双葉社）

た友人の実家に置いてあります。すぐにそこに向かう彼《かれ》らでした。

数日後、国立科学博物館の入り口近くにたたずむ皓雅の姿がありました。しかし、博物館の中に入る気はなさそうです。なぜなのか。それは例のサッカーくじに大きく関連していました。

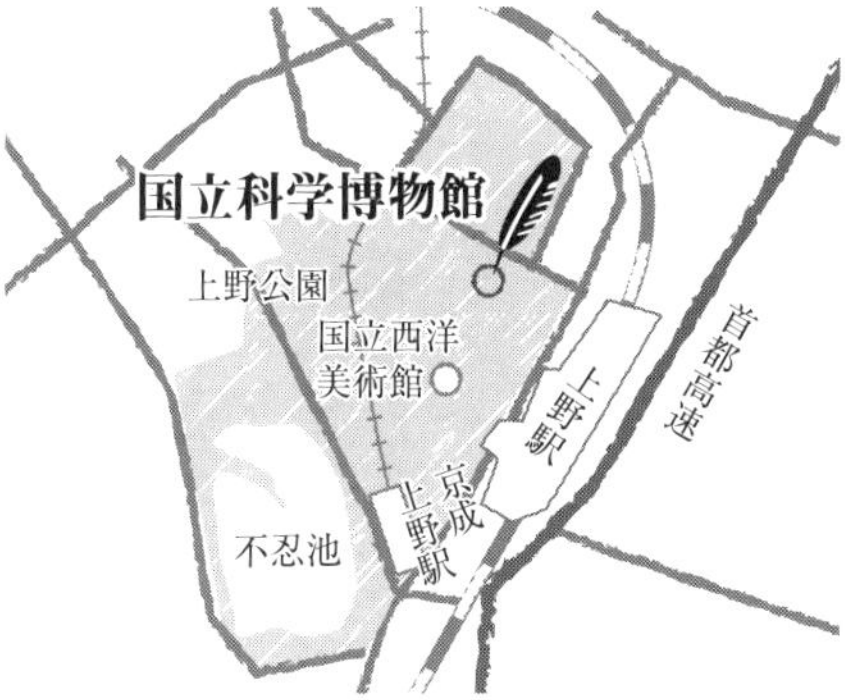


博物館では古代マヤの文明展が開かれていました。皓雅の行動は、その文明展を見に来るであろう1人の女性を見つけるのが目的でした。

実は例の1等賞金を彼《かれ》らはまだ手にしていません。手に入るかどうかさえも怪《あや》しくなっていました。ただ、探す女性が見つかれば、事態が好転するかもしれないのです。

後半の急展開が魅力《みりょく》的です。登場人物の心情もしっかり描《えが》かれ、質の高い内容となっています。

◇◆

今思えば、昔《むかし》自分が感じた博物館の奇妙《きみょう》な印象は、行き帰りに利用した京成本線の博物館動物園駅（廃止《はいし》）の構内のムードも大きく関係していたように思われます。

皓雅のように博物館の前にしばらくいると、子どもが次々に入っていきました。彼《かれ》らはどのようなことを思い出として残すのでしょう。

# Book038

## 桐衣朝子『薔薇とビスケット』

**中央区・中央区立明石小学校**

### この時代で会いたい人とは

中央《ちゅうおう》区立明石《あかし》小学校は今、立派な新校舎が立っています。その旧校舎は、関東大震災《かんとうだいしんさい》を教訓として建てられた「復興小学校」の一つでした。完成は1926年。その老朽《ろうきゅう》化を巡《めぐ》り、保存か解体かで議論が起こったこともありました。思えばそれは東日本大震災《ひがしにほんだいしんさい》の発生以前のことでした。

◇◆

時は1938年。旧校舎の時代です。その丸い柱や、アーチ型に美しい曲線を描《えが》く窓などを眺《なが》めながら呆然《ぼうぜん》としている若者がいます。彼《かれ》の名は竜《りゅう》崎徹《ざきてつ》。桐衣朝子《きりえあさこ》『薔薇《ばら》とビスケット』（2013年）の主人公です。

彼《かれ》が驚《おどろ》いているのも無理からぬこと。彼《かれ》は2009年からこの時代にタイムスリップしてしまった人間だからです。明石小学校の校舎、新しさがまったく違《ちが》います。

小学館

徹は明石町にある特別養護老人ホームに勤める介護福祉士《かいごふくし》です。働き始めて5年。老人たちのケアで失望を多く経験しました。彼《かれ》は今、心をあえて鈍感《どんかん》にしています。自分の気持ちの奥《おく》を探るのは危険だと思うからです。

ふとしたきっかけで来ることになった過去の時代。銀座《ぎんざ》の芸者置屋で、徹は介護《かいご》士としての技術を使い、老主人を助けました。先方は大喜び。徹はその置屋に居候することになります。そこには、千菊《せんぎく》という、19歳の美しい芸者がいました。徹は彼女《かのじょ》に引かれていきます。

徹はあることに気づきました。彼《かれ》が今まで生きてきた「現代」で老人だった人は、今彼《かれ》が来たこの時代でも当然存在している、ということです。それも若者として。ならば、彼《かれ》にはぜひとも会いたい人がいました。言いたいことがあるのです。

◇◆

明石小学校の新校舎は旧校舎の外見の特徴《とくちょう》を踏《ふ》まえたデザインです。また、小学校前の歩道際に設置されたベンチは、旧校舎の階段に使われた石材の再利用だそうです。エリアの歴史を語るモニュメントが学校付近にいくつもあり、歩いて楽しい場所です。

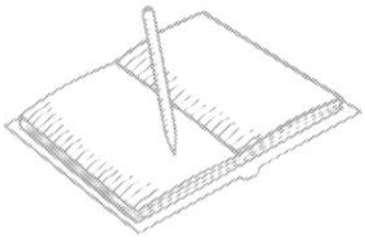

# Book 039

## 長沢 樹『リップステイン』

### 渋谷区・渋谷駅東口歩道橋

**制服の少女と連続凶悪《きょうあく》事件**

ＪＲ渋谷《しぶや》駅前（渋谷区）には東西両側に歩道橋があります。共にエレベーターが付いているのがさすが渋谷駅前という感じです。今回は東口の歩道橋に注目します。一言では説明しづらい、独特な形状をもっています。

◇◆

長沢樹《ながさわいつき》の魅力《みりょく》的な小説『リップステイン』（２０１４年）は、この歩道橋上から物語が動き出します。

専門学校生の夏目行人《なつめゆきと》は、この歩道橋上で１人の制服姿の少女に目を留めました。着ていた制服が夏目の母校のものだったからです。その制服を含《ふく》め、彼女《かのじょ》の身なりは大変に汚《よご》れていました。

姉の制服を着ているというこの少女、城丸香砂《じょうまるかずな》と名乗りました。さらに、自分は正義の味方であり、その修行中であるのだと言います。心が壊《こわ》れ

『リップステイン』長沢樹（双葉社）

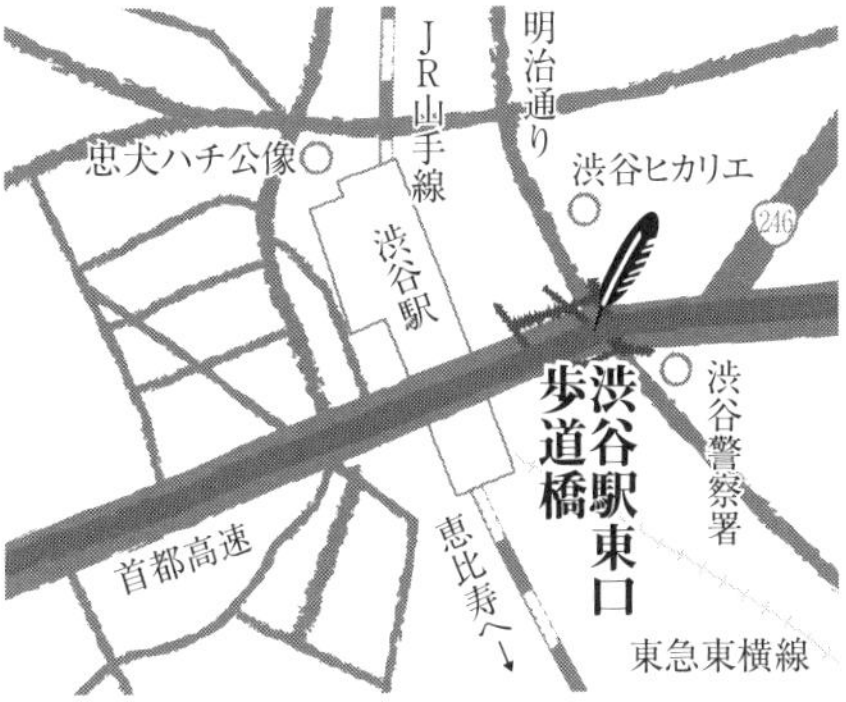

そうになったら助けてあげるよと言われた夏目は、まともに相手をすべきではないと判断しました。

ただ、少女のこの言葉は、次第に単なる妄想《もうそう》とは見なせなくなってきます。渋谷を中心に7件の強盗事件が発生中でした。犯人は捜査《そうさ》1課の女性刑事らによって逮捕《たいほ》されますが、香砂は犯人の「悪意」を除去すべく、既《すで》に7度も戦いを交えていたのだとか。

夏目は香砂の姉・香歩《かほ》について情報を集める中で、前年に別の場所で連続暴行事件が発生していたことを知りました。二つの連続凶悪《きょうあく》事件と、その近くに存在する香歩、香砂の姉妹。単なる偶然《ぐうぜん》の一致《いっち》とは思えません。

渋谷でまた新たな傷害事件が発生。物語は香砂の行動ばかりでなく、先の女性刑事にも焦点《しょうてん》が当てられ、非常に厚みをもった内容で進んでいきます。結末はどのような形で現れるのか。興味が尽《つ》きることはありません。

◇◆

この歩道橋から見る風景はよく変化します。渋谷ヒカリエの誕生《たんじょう》や東急百貨店東横店東館の閉館などもそれに関係しています。駅前は今も工事中。景色の安定はまだまだ先の話でしょう。

Book 040

# 本谷有希子『あの子の考えることは変』

## 杉並区・井の頭線高井戸駅周辺

『あの子の考えることは変』本谷有希子（講談社）

### 清掃《せいそう》工場の煙突《えんとつ》と2人の女

京王井《けいおうい》の頭《かしら》線の高井戸《たかいど》駅（杉並《すぎなみ》区）に近づくと、駅近くに存在する杉並清掃《すぎなみせいそう》工場の高く白い煙突《えんとつ》が迫《せま》ってきます。今回の作品を語るには、この清掃《せいそう》工場と煙突《えんとつ》は外せない場所です。

本谷有希子《もとやゆきこ》『あの子の考えることは変』（2009年）では、清掃《せいそう》工場と線路を隔《へだ》てた場所に住む、2人の独身女性が登場します。23歳《さい》の2人は高校時代の同級生。地方から上京後、しばらくして同居するようになりました。物語はそのうちの1人、巡谷《めぐりや》の視点で描《えが》かれています。

◇◆

巡谷から見て、同居人の日田《にった》はかなりの変人です。無職で散らかし魔《ま》。服装《ふくそう》に気を使わず、異性との交際経験なし。かつ突拍子《とっぴょうし》もない持論を振《ふ》り回します。たとえば、自分の体を「獣臭《けものくさ》い」と本気で考え、それは自身に潜在《せんざい》する悪さが、清掃《せいそう》工場から出る有害物質によって引き出されているからだ、と考えるなど。

そんな日田の言動にツッコミを入れつつあしらっている巡谷ですが、彼女《かのじょ》にも時折、魔《ま》の時が訪れます。心の中の毒素が増して意識が拡散し、自分で自分が制御《せいぎょ》できなくなることがあるのです。

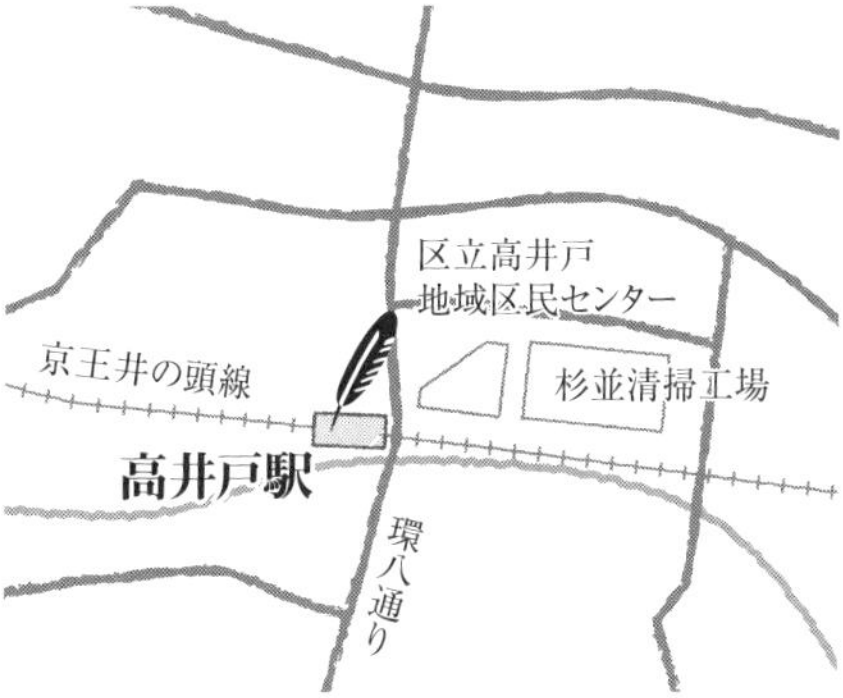


---

巡谷には体の関係もある、好きな男がいます。彼《かれ》には別に恋人がいるので、なんとか振《ふ》り向いてもらおうと、一つの計画を実行中です。彼《かれ》の誕生日《たんじょうび》、彼《かれ》の家です。幸い巡谷はお泊《と》まりに成功。ただ、この後トラブルが起こります。

◇◆

思わず爆笑《ばくしょう》した小説でした。同時に人の心の闇《やみ》について考えさせられた物語でもあります。物語のラストの舞台《ぶたい》は清掃《せいそう》工場の煙突《えんとつ》。大変に印象的な場面となっています。

清掃《せいそう》工場の隣《となり》の高井戸地域区民センター近くから望むと、建物の死角になって煙突《えんとつ》が見えなくなるポイントがあります。そこから少しずつ回り込《こ》むと、いきなり目前に巨大《きょだい》な白い「塔《とう》」が全貌《ぜんぼう》を現します。その瞬間《しゅんかん》はちょっとした衝撃《しょうげき》です。

（この作品は２０１３年に文庫化されましたが、今回は単行本をもとに紹介《しょうかい》しました）

# Book041 小野寺史宜『それは甘くないかなあ、森くん。』

**江戸川区・江戸川河川敷 篠崎駅付近**

## 知人宅を泊《と》まり歩くはずが

ＪＲ総武《そうぶ》線で江戸《えど》川を渡《わた》ると、眼下《がんか》に広い広い河川敷《かせんしき》が見えます。グラウンドや二輪車の訓練場などが設けられ、見るたびに散歩してみたいという思いにとらわれます。

場所はもっと下流になりますが、小野寺史宜《おのでらふみのり》『それは甘《あま》くないかなあ、森《もり》くん。』（２０１４年）にも江戸川の河川敷《かせんしき》が描《えが》かれていました。

◇◆

26歳《さい》の主人公・森由照《よしてる》は顧客とトラブルを起こし、会社とおさらばしました。社員寮《りょう》に住んでいたため、宿無しです。栃木《とちぎ》県の実家に戻《もど》るつもりはありません。姉の所に行くつもりです。ただ姉は現在恋人と海外旅行中。帰国する1週間後まで、どこか宿泊《しゅくはく》先を確保する必要があります。とはいえ、今後のことを考えると、余計な出費は極力抑《おさ》えたい。そこで森は知り合いに連絡《れんらく》を取り、彼《かれ》ら

『それは甘くないかなあ、森くん。』小野寺史宜（ポプラ社）

の家を泊《と》まり歩く作戦に出ます。

ところがうまくは運びません。初日に泊《と》まろうと思っていた旧友にドタキャンされてしまいました。その後も綱渡《つなわた》り的な状況《じょうきょう》は続きます。かつ、時を隔《へだ》てて再会した知人たちはそれぞれ抱《かか》えるものをもっており、森はみずからの行いを振《ふ》り返らずにはいられません。まさに小説のタイトルそのものです。かつてなかったほど、重みのある1週間が過ぎていきます。

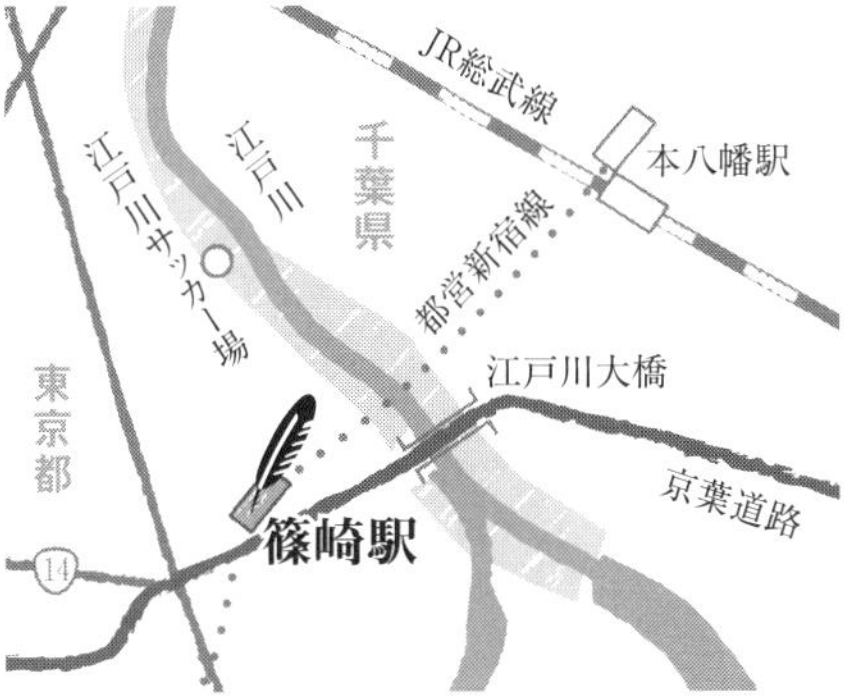


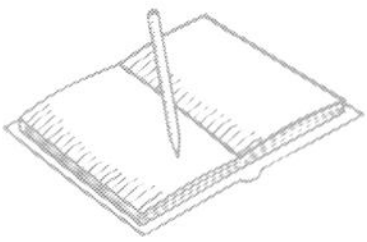

◇◆

前述のドタキャンをした友人が住むのは、都営地下鉄新宿《しんじゅく》線の篠崎《しのざき》駅（江戸川区）の近く。のち、森にとって大きな出会いが生まれる場所となります。江戸川の河川敷《かせんしき》も、駅から歩いて行ける距離《きょり》です。実際に行ってみると、小説の描写《びょうしゃ》通りの場所がいくつも見つかりました。何面もあるサッカー場、海からの距離《きょり》を記した標示板、椅子《いす》にもなる動物形のオブジェなど。作者が実際に訪れたであろうことが確信できます。

河川敷《かせんしき》は、そこに着く途中《とちゅう》さえも楽しい。土手を上り詰《つ》めた瞬間《しゅんかん》、それまでさえぎられていた視界が一気にスコーンと開ける。実に爽快《そうかい》な気分になれます。

# Book 042

# 坂井希久子『ただいまが、聞きたくて』

## 豊島区・池袋大橋

### ヘタな生き方 出会いの風景

下を川が流れ、人が渡《わた》る。私にとって、「橋」とはそのようなイメージですが、それから外れるものもかなりあります。豊島《としま》区の池袋《いけぶくろ》大橋もその一つ。下を行くのは川ではなく、JR山手《やまのて》線や埼《さい》京《きょう》線、東武《とうぶ》東上《とうじょう》線などの線路です。橋の上はいかにも車の天下といった印象。やや広めの歩道はあるものの、片側だけにしか存在していません。

◇◆

冬のたそがれ時のこと。この橋の上に1人たたずむ女子高生がいました。坂井希久子《さかいきくこ》『ただいまが、聞きたくて』（原題『ただいまが、聞こえない』〈2014年〉）に描《えが》かれる和久井《わくい》家の次女・杏奈《あんな》です。何やら浮《う》かない顔をしています。それもそのはず、つい少し前、彼《かれ》氏に振《ふ》られたばかり。やけ食いしても気分は最低のままです。

その時、新たな出会いがありました。男性が声

『ただいまが、聞きたくて』坂井希久子（株式会社KADOKAWA）

をかけて来たのです。スーツ姿の大人でした。まだ若く、さわやかな雰囲気《ふんいき》でしたが、その口から出た言葉は杏奈を驚《おどろ》かせるに十分でした。下着を譲《ゆず》ってほしいというものだったからです。

もちろん杏奈はきっぱりと断ります。ところがその少し後、喫茶店《きっさてん》で向かい合う彼《かれ》らの姿がありました。ちょっとした事情からそうなってしまったのです。

その男性に特殊《とくしゅ》な趣味《しゅみ》があることは確かです。ただ、杏奈は彼《かれ》を変質者として一蹴《いっしゅう》することができずにいます。それにも理由がありました。

◇◆

展開を楽しみつつ、しみじみとした思いに浸《ひた》れる物語です。六つの章で構成されていて、それぞれ和久井家に関係する人物が主人公となっています。彼《かれ》らは皆生き方がヘタというか不器用です。その不器用さが彼《かれ》ら自身のせいだけでないということも共通しています。

池袋大橋に立つと、隣接《りんせつ》した豊島清掃《せいそう》工場の巨《きょ》大《だい》な煙突《えんとつ》に目を奪《うば》われます。まさに機能美の極み。橋上の歩道が片側だけなのは、関係車両が橋から清掃《せいそう》工場へ入れる構造になっているためです。

Book 043

# 渡辺淳子『東京近江寮食堂』

文京区・須藤公園

## 夫待つ妻 食が取り結ぶ縁《えん》

東京メトロ千代田《ちよだ》線千駄木《せんだぎ》駅のそばにある須藤《すどう》公園（文京《ぶんきょう》区）は、起伏に富む地形を利用した緑豊かな公園です。池には弁財天がまつられています。ただ、不忍《しのばず》通りから少し入った場所にあるので、そばを通りながら気づかない人もいるかもしれません。なにせ私自身がそうでしたから。

◇◆

渡辺淳子《わたなべじゅんこ》『東京近江寮《おうみりょう》食堂』（２０１５年）の中に登場する団子《だんご》坂近くの公園。描写《びょうしゃ》を読むと、自然と須藤公園が思い浮《う》かんできます。

主人公の寺島妙子《てらしまたえこ》は59歳《さい》。滋賀《しが》県の人です。休《きゅう》暇《か》をもらって上京してきました。ところが上野で財布を紛失《ふんしつ》。拾ってくれたのは、団子坂近くにある滋賀県公認の宿泊施設《しゅくはくしせつ》「東京近江寮」の管理人、鈴木安江《すずきやすえ》でした。妙子はこの寮《りょう》に一泊《いっぱく》します。

寮《りょう》の隣《となり》は池を有する日本庭園風の公園でした。

『東京近江寮食堂』渡辺淳子（光文社文庫）

そこで妙子は昔《むかし》の自分の写真を持ったホームレスに出会います。

　妙子が上京したのは、10年前に蒸発した夫の捜《そう》索《さく》のためです。夫は元料理人。近江料理の店を出したものの失敗して、その後失踪《しっそう》。ホームレスが持っていた写真は、夫が家から持って出たものでした。

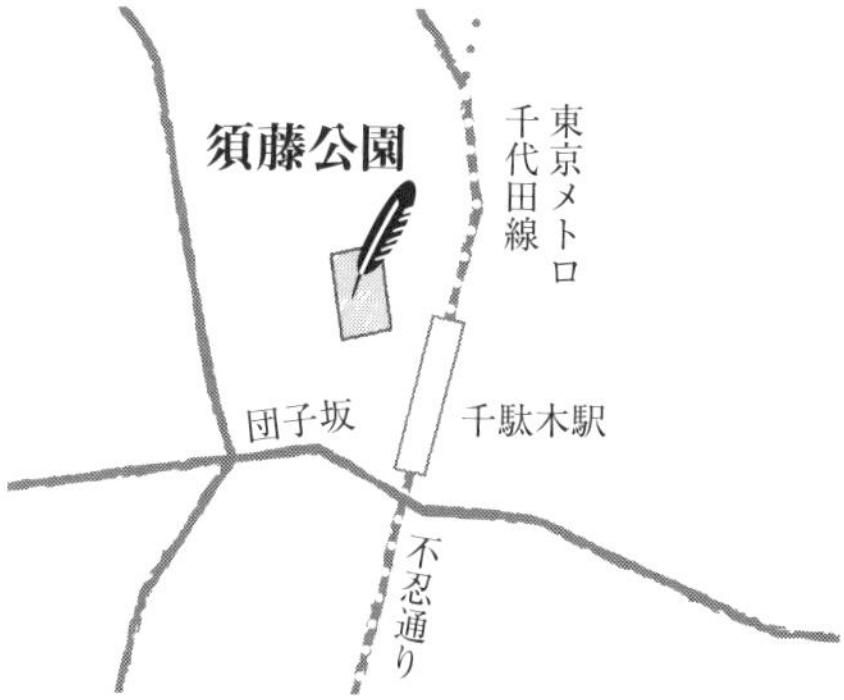

　ホームレスは逃《に》げてしまいましたが、また来るかもしれません。妙子は近江寮に滞在《たいざい》することにしました。かつ、ある事情から寮《りょう》の利用者に食事を作る役を引き受けます。妙子には幼い時からの料理経験がありました。彼女《かのじょ》が作る郷土の家庭料理は、少しずつ寮《りょう》の雰囲気《ふんいき》を変えていきます。

　一方、肝心《かんじん》な夫の行方と蒸発理由ですが、意外な内容が次第に明らかになっていきました。

◇◆

　食が取り結ぶ人と人との縁《えん》、食事というものはすばらしいと実感できる物語です。寮《りょう》の関係者は皆個性的で存在感があります。特に安江のしゅうとめさんはこの上なく良い味を出しています。

　須藤公園の池のほとりには「かっぱに注意」という札がぶら下がっています。水の事故防止用でしょうか。しゃれっ気《け》があっておもしろいです。

# Book 044

## 新野剛志『明日の色』

墨田区・立花

**金になる でもその条件は**

東武《とうぶ》亀戸《かめいど》線の東《ひがし》あずま駅で下車しました。東京スカイツリーが実に大きい。新野剛志《しんのたけし》『明日《あした》の色』（２０１５年）で松橋吾郎《まつはしごろう》がこの電波塔《とう》を見て恐《おそ》れに近い感情を抱《いだ》いたのも納得です。

◇◆

吾郎はホームレスを宿泊《しゅくはく》させる施設《しせつ》の雇《やと》われ施《し》設《せつ》長をしている男です。施設《しせつ》の場所は墨田《すみだ》区立《たち》花《ばな》。東あずま駅から丸八《まるはち》通りを渡《わた》った先、「立花いきいき商店街」という架空《かくう》の商店街の近くに設定されています。施設《しせつ》の運営は良心的とは言いがたく、吾郎の仕事に対する姿勢も適当です。

吾郎はバツイチ。元の妻や彼女《かのじょ》が引き取った息子の大樹《だいき》に未練があります。事業の失敗が離婚《りこん》の大きな原因なので、吾郎は金もうけの話には敏感《びんかん》になっています。

施設《しせつ》の住人・尾花魁多《おばなかいた》は27歳《さい》という年齢《ねんれい》の割に

『明日の色』新野剛志（講談社）

言動が妙《みょう》に幼い。ある時、吾郎は魁多に絵の才能があることを知りました。金になる、そう思った吾郎は絵の売り込《こ》みを開始します。ところが、それが元で施設《しせつ》長をクビになってしまいました。

　吾郎は魁多のためにギャラリーを開くことを決心します。先立つものは資金ですが、まとまった金などありません。吾郎が金を借りることになった相手は元妻の交際相手でした。しかも大樹と会わないという条件付きです。仕方なく了承《りょうしょう》する吾郎です。

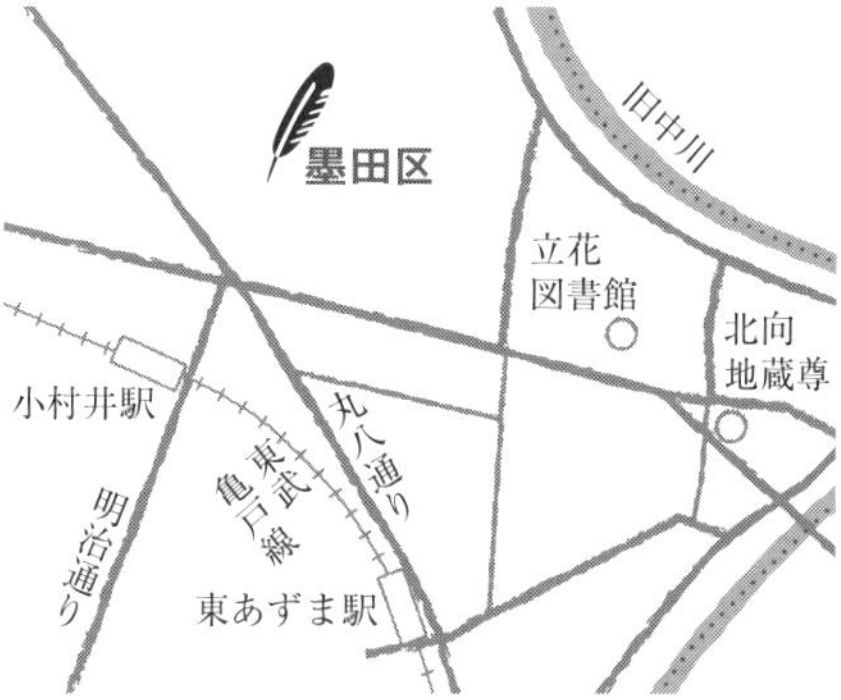


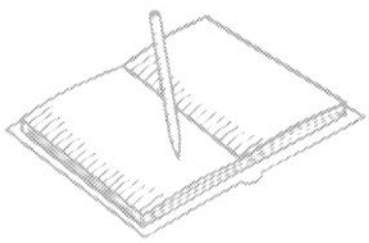

　新たな問題が発生。肝心《かんじん》の魁多の絵が進みません。どうやら魁多が絵を描《か》き出すためには、ある奇妙《きみょう》な条件が必要だということがわかってきました。魁多が語りたがらない、自分の過去にかかわることでもあるようです。

◇◆

　吾郎がギャラリーを開いた「立花いきいき商店街」の旧名称《めいしょう》は「立花地蔵小路商店街」だそうです。北向地蔵尊が立花6丁目にあることと小説の記述をよりどころに、同4、5、6丁目を中心に歩き回りました、イメージにぴったりの場所は見つかりませんでしたが、想像を巡《めぐ》らせながらの街歩きは十分に楽しいものでした。

# Book 045 七月隆文『ケーキ王子の名推理』

目黒区・太鼓坂周辺

## 描写《びょうしゃ》通りの坂道 まさに絶景

東急電鉄の自由《じゆう》が丘《おか》駅で下車、学園通りを通って目黒《めぐろ》通りに出ました。目黒通りを渡《わた》ると、目黒区自由が丘2丁目だった地番が八雲《やくも》3丁目に変わります。更《さら》に進むと桜並木《なみき》の道に出合います。呑《のみ》川《かわ》緑道です。

◇◆

七月隆文《ななつきたかふみ》『ケーキ王子の名推理《スペシャリテ》』（2015年）では、この桜並木《なみき》の近くに1軒《けん》のケーキ屋が設定されています。店名は「Mon Seul Gâteau《モン スール ガトー》」。ケーキの大好きな女子高生・有村未羽《ありむらみう》がこの店に来たのはまったくの偶然《ぐうぜん》でした。それは1月末、あるつらい出来事があった後です。未羽は自由が丘でお目当ての店をうっかり通り過ぎてしまい、歩いているうちにこの店に行き着きました。

未羽は驚《おどろ》きました。その店で働いている男の子は、未羽がよく知る人物だったからです。最上《もがみ》颯《はや》

『ケーキ王子の名推理』七月隆文（新潮文庫刊）

人《と》。未羽と同じ高校に通う、人気ナンバーワンのイケメンでした。「王子」と呼ばれています。ただこの「王子」、女性に冷たいことでも有名でした。勇気をもって近づこうとする女の子もいますが、まったく無視、なのだそうです。

颯人は未羽が同じ高校であることを見抜《みぬ》きました。自分がここで働いていることを学校に言うなと猛烈《もうれつ》な迫力《はくりょく》で彼女《かのじょ》に命じます。

さらに未羽を驚《おどろ》かせることがありました。それは颯人の観察力と洞察《どうさつ》力の鋭《するど》さ。未羽がなぜこの店に行き着いたのかをズバリ言い当てました。

この力は、この物語の中で十分に発揮されます。もちろんケーキ職人としての颯人の力も非凡《ひぼん》。物語を読む大きな楽しみとなっています。

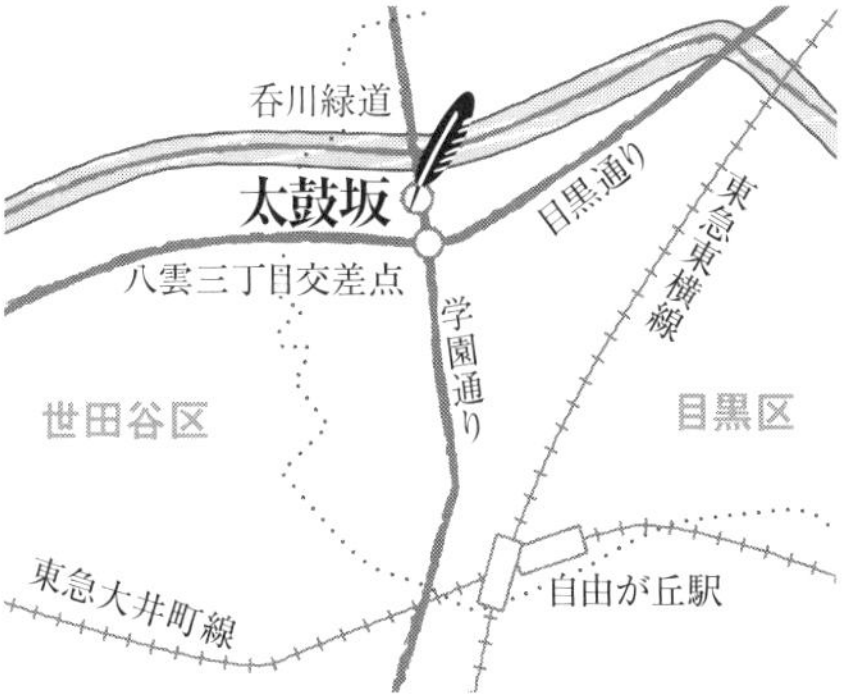

◇◆

未羽が颯人の働く店を知ったきっかけの一つは坂道。長くまっすぐな下り坂は未羽を感動させます。描写《びょうしゃ》通りの場所がないか探してみました。

ありました。太鼓《たいこ》坂という名前の坂道です。坂の上からの眺望《ちょうぼう》は、未羽に「非日常の絶景」とまで言わしめたそのまま。しばらくたたずんで、じっくりと味わいました。

Book 046

# 中島たい子『ぐるぐる七福神』

## 江東区・普門院

**朱印帳 欠けた一つを求め**

中島《なかじま》たい子《こ》『ぐるぐる七福神』（2011年）には、タイトル通り七福神をまつる寺院や神社が数多く紹介《しょうかい》されています。とてもくわしく描写《びょうしゃ》されている寺社も複数ありました。今回はその中から江東《こうとう》区の普門《ふもん》院を散歩しに行こうと思います。ここには亀戸《かめいど》七福神の毘沙門《びしゃもん》天があります。

◇◆

32歳《さい》の派遣《はけん》社員・船山《ふなやま》のぞみが都内にある七福神の寺社を巡《めぐ》るようになったのは、祖母の入院と関係があります。祖母の家を掃除《そうじ》していると、七福神巡《めぐ》りの朱印帳を見つけました。全部で七つの朱印があるはずなのに、なぜか六つだけです。のぞみは足りない一つを補おうと谷中《やなか》七福神に向かいました。祖母の状態があまりよろしくないため、気になったからです。

のぞみには、もう一つ心にひっかかっているこ

『ぐるぐる七福神』中島たい子（幻冬舎）

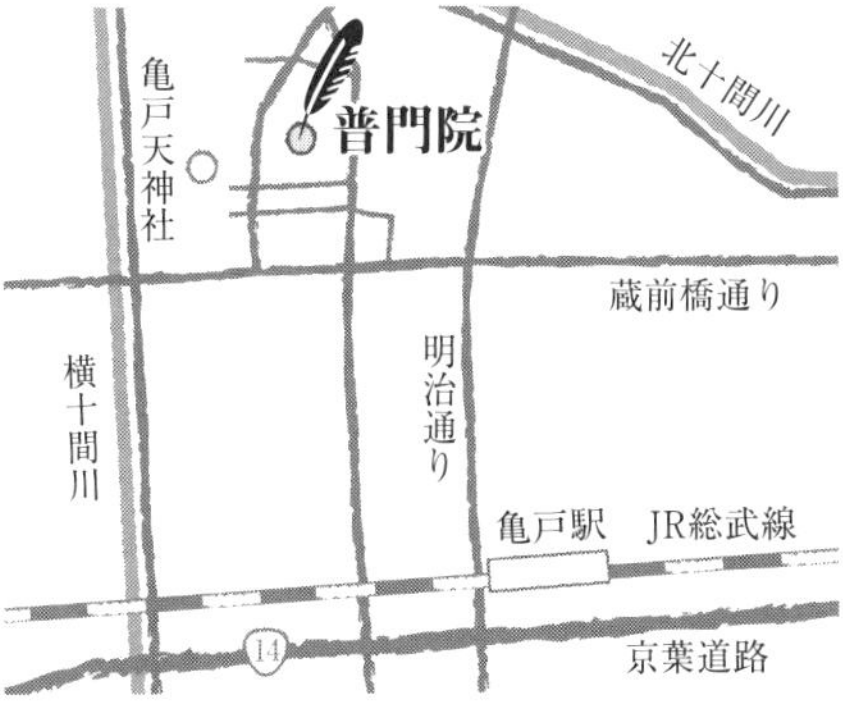


とがありました。それは長くつきあっていた元カレ・黒田大地《くろだだいち》についての情報。インドで亡くなったというのです。それ以上くわしいことはわかりません。のぞみは大地の死について、その責任の一端《いったん》が自分にあるように思えてなりません。

のぞみの七福神詣《もう》での目的は、残念ながら谷中では達成できませんでした。他の場所の七福神も巡《めぐ》ってみることにします。やがて大地に関する新たな情報も入ってきて、のぞみは次第に考えを深め、変化させていきました。

◇◆

魅力《みりょく》的な小説。爆笑《ばくしょう》したり思わず納得したり、いろいろな気持ちにさせられました。

普門院に参拝《さんぱい》しました。境内の様子も毘沙門《びしゃもん》天のお堂も小説の描写《びょうしゃ》通りでした。のぞみは境内の印象をある一言で表していますが、それが実にぴったりです。

ぴったりと言えばもう一つ。のぞみは普門院近くの喫茶店《きっさてん》で休憩《きゅうけい》しています。実際に散歩してみると「くらもち珈琲《コーヒー》」というお店を発見しました。あるいはここがモデルかもしれません。店の雰囲《ふんい》気《き》、ご主人のお人柄《ひとがら》やそのお話が小説の中の描写《びょうしゃ》と見事に重なりましたから。

# Book 047
## 佐川光晴『あたらしい家族』
### 新宿区・上落合

**妙《みょう》なグループホームの魅力《みりょく》**

西武《せいぶ》新宿《しんじゅく》線中井《なかい》駅のホームは妙正寺《みょうしょうじ》川のすぐ近くです。改札を出たらすぐ川を渡り、新宿区上落合《かみおちあい》を散歩します。佐川光晴《さがわみつはる》の連作短編小説『あたらしい家族』（原題『家族芝居《しばい》』〈2005年〉）の主要舞台《ぶたい》であるグループホーム「八方園《はっぽうえん》」が設定されている場所だからです。

◇◆

八方園には女性ばかり計7人の高齢《こうれい》者がいます。ほとんどが認知症《しょう》とは無縁《むえん》で、すこぶる元気が良い人たちです。八方園は元々は下宿屋でしたが、次第に他に行く所のない独り暮《ぐ》らしのおばあちゃんたちが集まりだし、最終的に現在の形になりました。

このグループホームの成立や維持《いじ》運営については、後藤善男《ごとうよしお》という30代の人物を抜《ぬ》きには語れません。長身で独特の風貌《ふうぼう》をもつこの男性は、元役

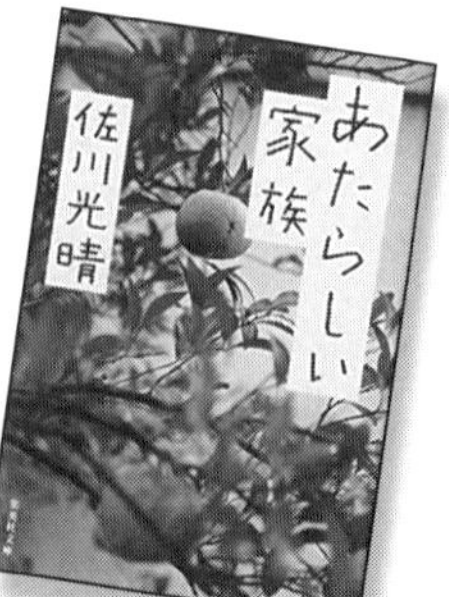


『あたらしい家族』佐川光晴（集英社文庫）

者であり北海道《ほっかいどう》で結婚《けっこん》もしました。それがなぜ、上落合で介護福祉士《かいごふくし》をしているのかについては、それ相応の事情があるようです。

善男は毒舌。おばあちゃんたちに対して平気で悪口雑言《あっこうぞうごん》を吐《は》きます。でも決して相手を傷つけるものではありません。おばあちゃんたちも平気で

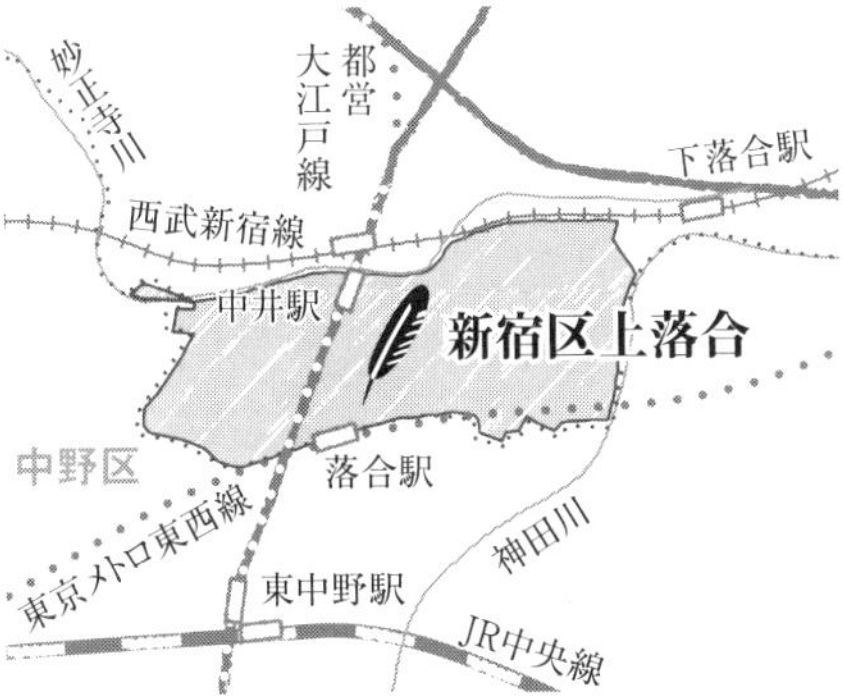


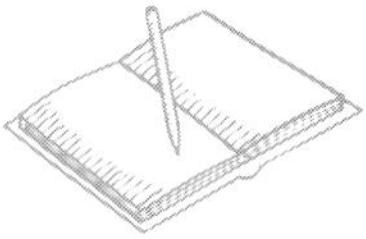

言い返しますし、時に微妙《びみょう》になる彼女《かのじょ》たちの仲をとりもつ潤滑油《じゅんかつ》の役割も果たします。

物語のほとんどは善男の18歳《さい》下のいとこと、八方園の経理を担当する30代の女性の視点によって描《えが》かれていきます。彼《かれ》らにとって善男の言動は予想しえないものばかり。善男に振《ふ》り回されつつ、おばあちゃんたちとかかわっていくうちに、彼《かれ》らはこの妙《みょう》なグループホームにこの上ない魅力《みりょく》を見いだしていきます。

◇◆

八方園の設定場所として、描写《びょうしゃ》に適合するところがあるか。そんなことを考えながら上落合を歩き回りました。中井駅からあまり遠ざからず、近くに急な坂があり、その先に小さな商店街がある場所。銭湯も近くにあるようです。散歩前の段階ではあまり期待をもてずにいたのですが、実際に歩いてみると意外に収穫《しゅうかく》を多く得られました。

# Book 048

## 深水黎一郎『テンペスタ』

荒川区・浄閑寺

### 失った純粋《じゅんすい》さ・正義感顧《かえり》みる

荒川《あらかわ》区の浄閑寺《じょうかんじ》は阿弥陀如来《あみだにょらい》を本尊とする、浄《じょう》土《ど》宗の寺院です。境内には亡くなった新吉原《しんよしわら》の遊女を供養する慰霊塔《いれいとう》が立ち、「生まれては苦界 死しては浄閑寺」と表現された、不幸な女性たちの悲しみが伝わってくるような思いになります。

◇◆

この寺の境内を歩く30代の男性と10歳《さい》くらいの少女がいます。特に少女はこの寺の史跡《しせき》に大きな興味をもっているように見えます。深水黎一郎《ふかみれいいちろう》『テンペスタ――天然がぶり寄り娘《むすめ》と正義の七日間――』（2014年）の主要登場人物たちです。

男性の名は賢一《けんいち》。大学で美学を教えています。身分は非常勤講師で収入が少なくまだ独身。そんな彼《かれ》は、郷里に住む弟夫婦の娘《むすめ》を1週間預かることになりました。

ミドリというこの娘《むすめ》がすごい。大きな目につや

『テンペスタ 最後の七日間』深水黎一郎（幻冬舎）

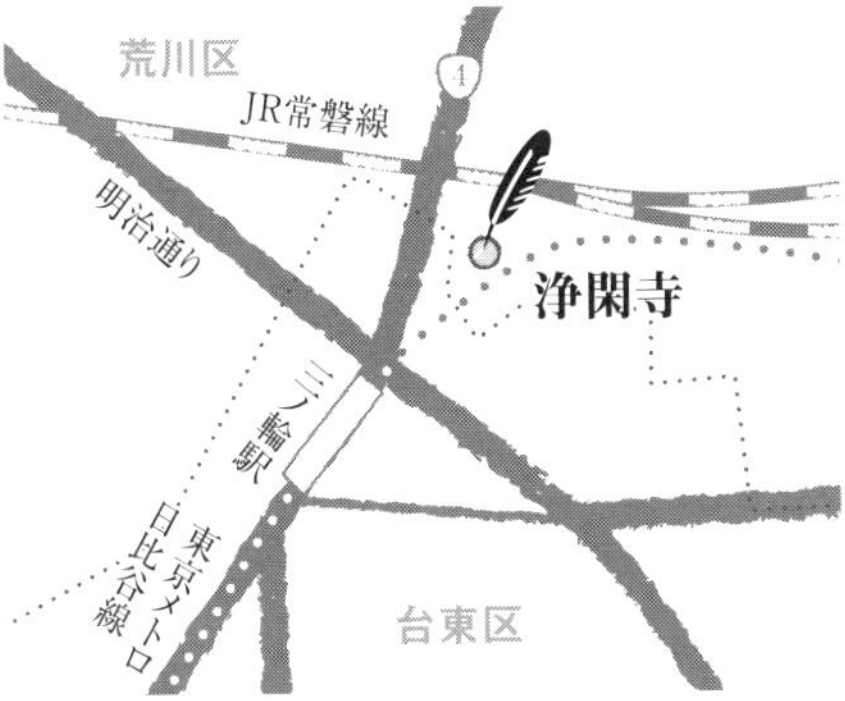

やかな黒髪《くろかみ》という美少女なのですが、頭の回転がとびきり速く、思いがけない言動に賢一は振《ふ》り回されっぱなし。その「テンペスタ（嵐《あらし》）」のような暴れっぷりは爆笑《ばくしょう》ものです。

ミドリが東京で行きたいという場所も独特で、いわゆる「歴史の闇《やみ》」にかかわる場所が中心。浄閑寺もその一つでした。ここでは比較《ひかく》的神妙《しんみょう》でしたけれど、どこでもそのような態度でいる訳では決してなく、千代田区の将門塚《しょうもんづか》では首塚《くびづか》に蹴《け》りを入れたりして、賢一を青ざめさせます。

極端《きょくたん》な行動ばかりのミドリですが、それは旺盛《おうせい》な好奇心《こうきしん》の反映。そしてまったく世間ずれしていない純粋《じゅんすい》さと正義感もうかがえるものでした。賢一はミドリに手を焼きながらも、自分がいつの間にか失ってしまったものについて顧《かえり》みることになります。読者も同じかもしれません。

◇◆

この小説、文庫版の副題は「最後の七日間」です。意味深な表現で、この物語が単に楽しさを中心としたものでないことをうかがわせます。

浄閑寺には、孤独《こどく》のうちに人生を終えた山谷《さんや》の日雇《ひやと》い労働者を慰《なぐさ》める「ひまわり地蔵尊」もあります。優しさを感じるお寺です。

# Book 049

# 長江俊和『東京二十三区女』

## 品川区・大森貝塚遺跡庭園

### 巡査《じゅんさ》の記憶《きおく》に浮《う》かんだ女性

すぐ脇《わき》をＪＲの線路が走る、品川区《しながわ》の大森貝塚《おおもりかいづか》遺跡《いせき》庭園を訪れました。公園内には大森貝塚を発見したアメリカの動物学者・モース博士の像が置かれています。

◇◆

長江俊和《ながえとしかず》『東京二十三区女』（２０１６年）は怖《こわ》い物語です。品川区を含《ふく》め、東京の五つの区について、いわく因縁《いんねん》のある場所が案内されます。

物語全体を通じて中心となるのは、フリーライターの原田璃々子《はらだりりこ》。霊感《れいかん》が強く、何かを探し求めて東京を巡《めぐ》っているようです。璃々子の先輩《せんぱい》である島野仁《しまのひとし》も彼女《かのじょ》につきあいます。島野は大学で民俗学を教えたこともある人物。璃々子が訪れる場所の歴史について非常にくわしい。検索《けんさく》サイトより速くて助かると璃々子は言います。

品川区に関する章の冒頭《ぼうとう》、１人の警察官が気に

『東京二十三区女』長江俊和（幻冬舎）

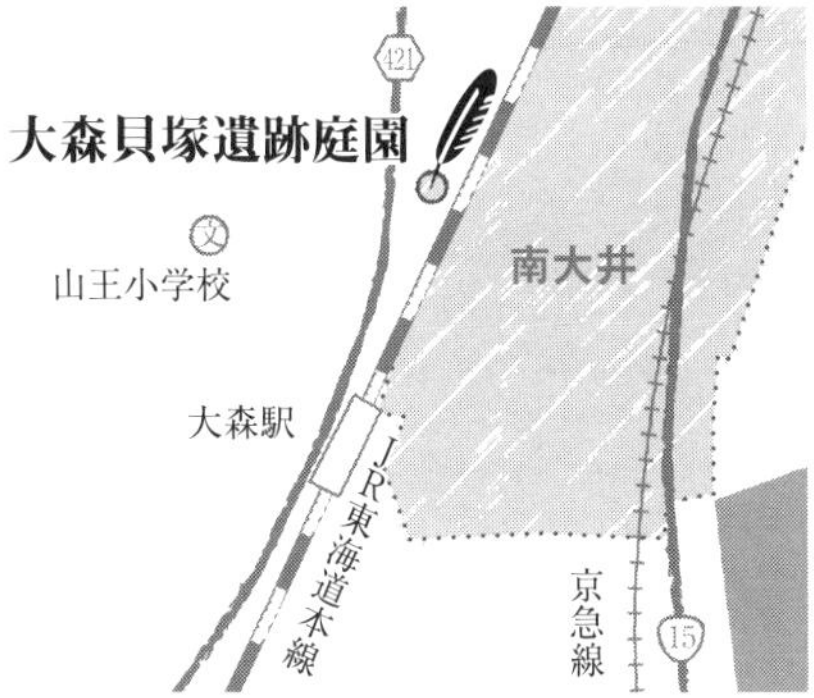


している奇妙《きみょう》な感覚が描《えが》かれます。彼《かれ》は区の交番に勤務する木内修平巡査《きうちしゅうへいじゅんさ》。誰《だれ》かが自分をじっと見ているような気がしてならないのだそうです。

木内巡査の記憶《きおく》に1人の女性が浮《う》かびます。木内は彼女《かのじょ》を2度見かけていました。その女が立っていた場所は、共に過去に死者が出た場所でした。

---

その時その女と目を合わせて以来、誰《だれ》かの視線を感じるようになった、そう彼《かれ》は思います。

品川区の南大井《みなみおおい》で火災がありました。翌日、当番明けの木内は火災現場の近くで例の女を発見しました。足早に立ち去る女。木内は思わずあとを追いました。初めての尾行に気持ちが高まります。やがて女が入ったのが大森貝塚遺跡庭園でした。どう声を掛《か》けようか木内は悩《なや》みます。あの島野と璃々子はここにどうかかわってくるでしょうか。

◇◆

公園内は高低差が豊富でいろいろと遊べそうです。お勉強方面では、土器や貝塚《かいづか》などの説明板が知識増加の手助けをしてくれます。

小説のほうは、この章をはじめ、魅力《みりょく》的な場所が盛《も》りだくさん。どこを取り上げるか迷ったくらいです。東京に関するディープな情報も得られるありがたい一冊です。

# Book 050

# 碧野 圭『半熟ＡＤ』

**港区・有栖川宮記念公園**

## ある少女からの撮影《さつえい》依頼《いらい》

有栖《ありす》川宮《がわのみや》記念公園（港区《みなと》）は、東京メトロ日比《ひび》谷《や》線広尾《ひろお》駅から歩いてすぐです。盛岡《もりおか》南部《なんぶ》藩《はん》下屋《しもや》敷《しき》、有栖川宮家御用地《ごようち》などの歴史を経ています。学生時代、都立中央《とりつちゅうおう》図書館を利用する時には、必ずここを通って行きました。

◇◆

この公園の中で小型犬のビデオ映像を撮《と》っている男性たちがいます。碧野圭《あおのけい》『半熟ＡＤ』（原題『失業パラダイス』〈２０１０年〉）の田野倉敦《たのくらあつし》とその同居人です。

敦は27歳《さい》。映像制作会社でＡＤをしていましたが、リストラに遭《あ》ってしまいました。今はハローワークに通う身です。有栖川宮記念公園近くの格安アパートで、フリーカメラマンの阿藤《あとう》カズオと、敦同様にリストラされた元ディレクター・岡本順《おかもとのり》正《まさ》と同居しています。

『半熟AD』碧野圭（光文社文庫）

ある時、岡本が「映像屋本舗《ほんぽ》」なるビジネスをもちかけてきます。敦の恋人である川島瑞稀《かわしまみずき》は、その仕事を「映像の何でも屋」とまとめました。気の進まない敦でしたが、まもなく客が現れます。要望は、家族同様に思っている小型犬の、誕生日《たんじょうび》記念のビデオを撮《と》ってほしいというもの。撮影《さつえい》場所となったのが有栖川宮記念公園でした。

プロならではの機材を使って撮影《さつえい》は進みます。かなり人目を引くので、敦は恥《は》ずかしくてなりません。予想外のトラブルに見舞《みま》われつつも、なんとか終了《しゅうりょう》しました。

4件目の依頼《いらい》はメールで来ました。自分の歌う姿をビデオに収めてほしいという内容でした。約《やく》束《そく》した場所に現れたのは、おどおどした少女。何か事情がありそうです。会った後で彼女《かのじょ》から再び届いたメールを開いた敦は、この上ない衝撃《しょうげき》を受けました。

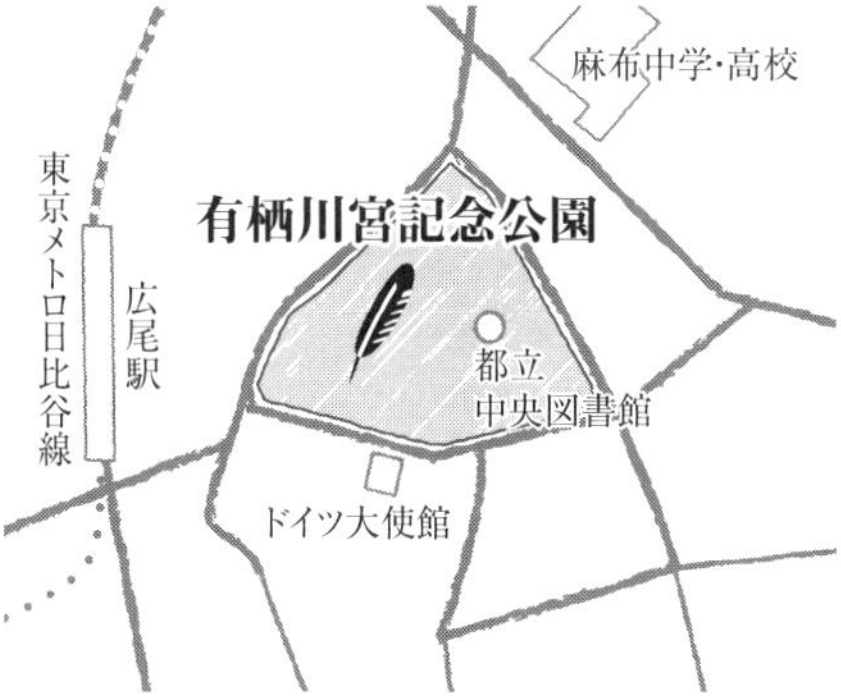


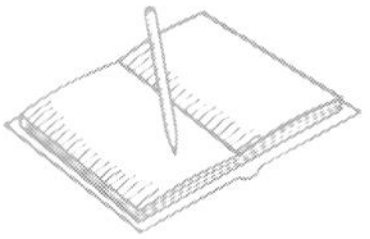

◇◆

有栖川宮記念公園をじっくり歩いてみました。緑が多く、池やせせらぎが心をなごませてくれます。歩を進めると小さな滝《たき》がありました。これは池の水をポンプで循環《じゅんかん》させているのだそうです。

# 4章

# 東京の名所が出てくる物語散歩

# Book 051

## 辻仁成『代筆屋』

**武蔵野市・吉祥寺・井の頭公園**

### 思い託《たく》され書き上げる手紙

井《い》の頭《かしら》公園（武蔵野市《むさしの》）は、正式名称《めいしょう》を「井の頭恩賜《おんし》公園」といい、1917（大正6）年からの歴史をもっています。公園の中心である井の頭池には豊かな水がたたえられ、周囲の樹木の緑と共に、散歩する人の気持ちをなごませてくれます。

◇◆

吉祥寺《きちじょうじ》駅からこの公園へと通じる路地の一角に「レオナルド」という喫茶店《きっさてん》があり、その上の部屋に住んでいたのが、辻仁成《つじひとなり》『代筆屋』（2004年）の主人公「私」です。本業は小説家ですが、副業として手紙の代筆をしていました。

さまざまな人がさまざまな思いを抱《かか》えて「私」に代筆を頼《たの》みに来ます。その思いに応えて彼《かれ》はどのような手紙を書くのか、そしてその結果は？というのがこの小説の読みどころです。

そこにあるのは10のエピソード。ある時には子

『代筆屋』辻仁成（幻冬舎）

どもを捨てて新しい男に走った女性が、捨てた長男の結婚《けっこん》のうわさを聞き、お祝いの手紙を頼《たの》みます。またある時には88歳《さい》の老婆《ろうば》が、90歳《さい》になった夫に宛《あ》てる離婚《りこん》宣言の手紙を頼《たの》みます。

代筆屋の「私」は、依頼《いらい》人の要求を受けて考え、時にためらい、悩《なや》みながら手紙を書き上げていきます。できあがった手紙の内容はすばらしく、我々に感動を与《あた》えてくれます。

メール全盛《ぜんせい》の今の時代ですが、手紙という伝達手段の魅力《みりょく》について改めて考えさせてくれます。もちろん言葉のもつ大きな力についても。

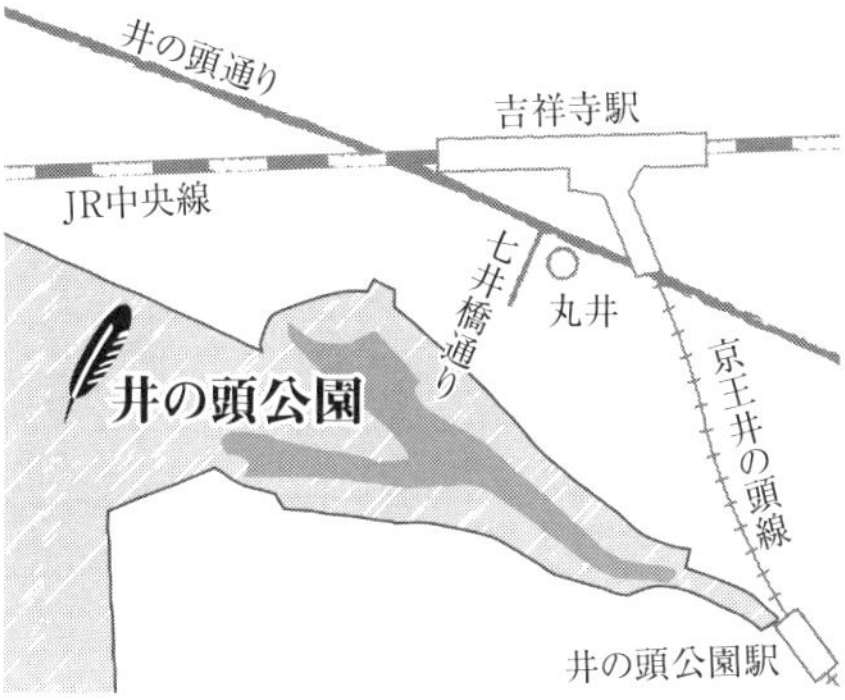

◇◆

代筆屋の「私」が散歩し、依頼《いらい》人の何人かも利用する井の頭公園は、吉祥寺駅から歩いてすぐの所にあります。公園口から井の頭通りを横切り、その先の路地に入ると突《つ》き当たりが公園です。その路地の一つ、七井《なない》橋通りは『代筆屋』に描《えが》かれているような焼き鳥屋やブティックが並《なら》んでいます。思わず「私」が愛用するカフェ「レオナルド」を探したくなってしまいますが、残念ながら、代筆屋の営業はかなり前のことなのだそうなので、きっと難しいでしょう。

Book 052

# 池澤夏樹『キップをなくして』

千代田区・JR東京駅

## 人知れず暮《く》らす子どもたちの任務

東京《とうきょう》駅といえば丸《まる》の内《うち》駅舎が思い浮《う》かぶ、という方も多いのではないでしょうか。趣《おもむき》ある、この赤レンガの建物は、改修工事により、1914（大正3）年の開業時の姿に戻《もど》され、丸いドーム形の屋根が復元されました。

　歴史ある重要な駅であるだけに、腰《こし》を据《す》えてじっくり見て回れば、ここで起きたさまざまなドラマの跡《あと》を見いだすこともできるでしょう。足早に通り過ぎる人たちには気づかれることのないような、興味深いスポットもかなりありそうです。

◇◆

　フィクションの世界の話になりますが、池澤夏《いけざわなつ》樹《き》『キップをなくして』（2005年）では、人知れず存在するものとして、物語に登場する「駅の子」たちのための「詰所《つめしょ》」を挙げています。「駅の子」とはキップをなくしてしまって改札の外に

『キップをなくして』池澤夏樹（株式会社KADOKAWA）

出られなくなった子どもたちのことで、別名をステーション・キッズと言います。

彼《かれ》らはこの東京駅の中にある「詰所《つめしょ》」で集団生活をしているのです。食事も散髪《さんぱつ》も買い物もお金はまったく必要ありません。仮眠《かみん》所も浴室もあります。勉強は互《たが》いに教え合います。そして電車は乗り放題です。ただし、改札の外には出られません。そして彼《かれ》らは普通《ふつう》の人には認識されない存在になっています。

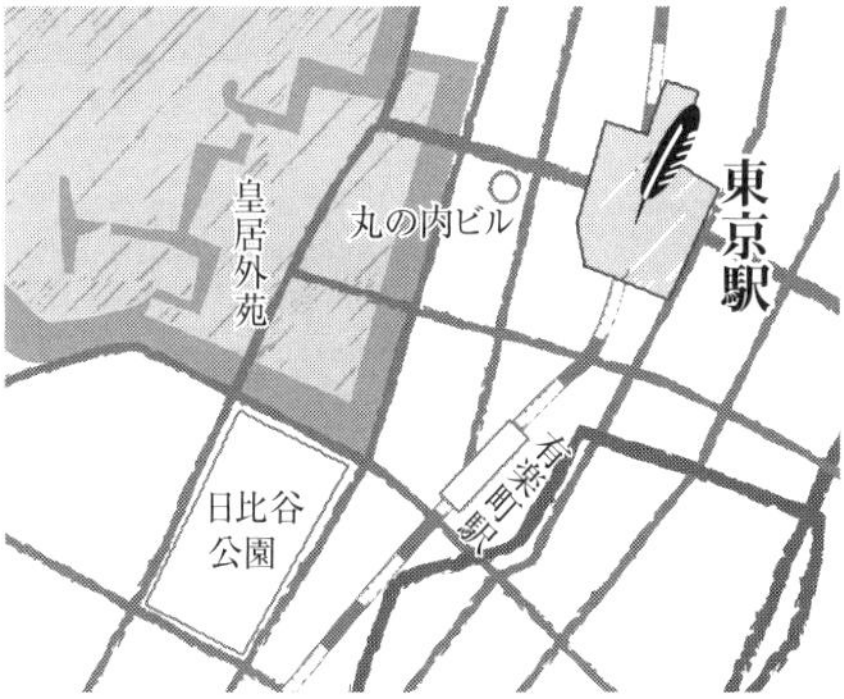


彼《かれ》らには重要な任務があります。電車で学校に通う子どもたちの安全を守ることです。危険回避《かいひ》の非常手段として、時を止める力が与《あた》えられています。

イタルも「駅の子」になった1人です。最初は戸惑《とまど》いますが、次第に様子がわかってきます。「駅の子」の中で彼《かれ》が特に気になったのは、ミンちゃんという、食事をしない女の子でした。彼女《かのじょ》には何か大きな秘密がありそうです。

◇◆

平易《へいい》な語り口の中に、命とは何なのか、心とは何なのかについての示唆《しさ》が含《ふく》まれている、味わい深い物語です。

Book 053

# 絲山秋子『アーリオ オーリオ』

豊島区・池袋・サンシャインシティ

## 若い姪《めい》と交わす天体の手紙

水族館や劇場、博物館など、魅力《みりょく》的な施設《しせつ》がたくさんあるサンシャインシティ（豊島《とし ま》区）。その中のプラネタリウム「満天《まんてん》」に注目してみました。絲山秋子《いとやまあきこ》『袋小路《ふくろこうじ》の男』（２００４年）所収の「アーリオ オーリオ」での話です。家族連れや恋人たちで賑《にぎ》わうこのプラネタリウムに、松尾哲は姪《めい》の美由《みゆ》を連れて行くことになりました。

◇◆

哲は38歳《さい》。勤務先は環八《かんぱち》沿いにある清掃《せいそう》工場です。工場での廃棄物《はいきぶつ》処理はコンピューターで制御《せいぎょ》され、哲の仕事は中央制御《せいぎょ》室で全体の動きを監視《かんし》することにあります。人と交わることのほとんどない仕事であり、親しい同僚《どうりょう》はいません。

そんな哲がプラネタリウムに連れて行った姪《めい》の美由は中学3年生。年齢《ねんれい》差は20歳《さい》以上もあり、最初は何となくぎこちない2人です。

しかし、哲は高校時代からの友人と週末、群馬《ぐんま》県の天文台に星を見に行くほどなので、天体にはくわしい。美由も星の世界に興味をもち始めたようです。

叔父《おじ》さんにメールを出したいと言う美由に、哲は手紙ならいいよと言います。美由は初めは気が進まなそうでしたが、その後届いた手紙には、中3らしい素直な文面でお礼と近況《きんきょう》が綴《つづ》られていました。

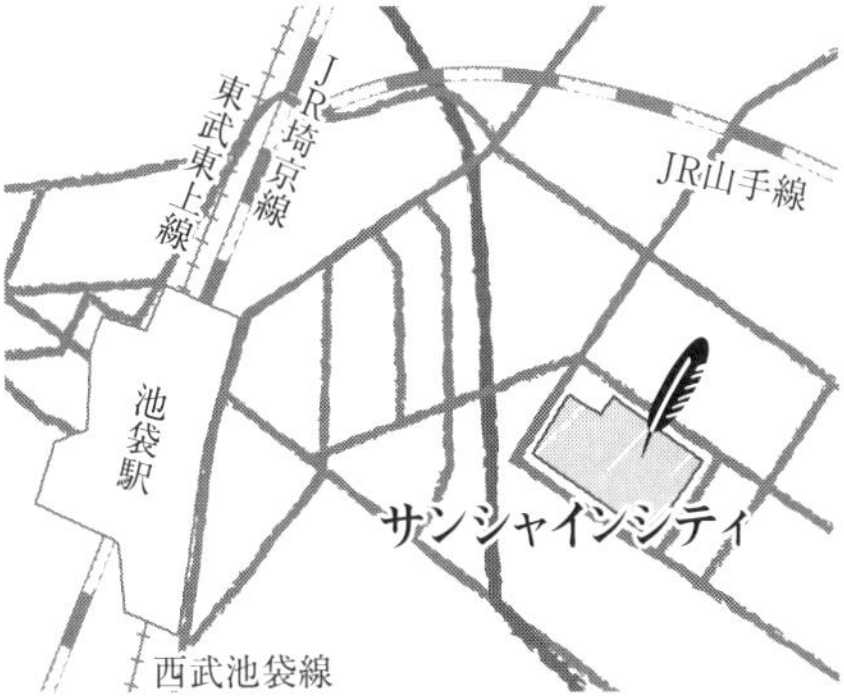


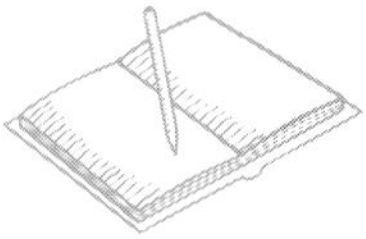

今度は哲が返事を出す番。哲の手紙は、思いがうまく文章にならない典型のようで、相当に淡泊《たんぱく》です。話題も天体が中心。しかし美由はそんな哲の手紙を若い柔軟《じゅうなん》な感性できちんと受け止め、「自分探し」の一つの手がかりにしていきます。次々に届く美由の手紙は、幼さのまじる表現の中に内面の成長が見られます。

◇◆

表題はサンシャインシティで哲が食べたパスタの名の一部です。印象的な名前に思えたのか、美由はそれを、彼女《かのじょ》の、ある大事なものの名称《めいしょう》として利用することにしました。

Book 054

# 荒俣 宏『新宿チャンスン』

新宿区・都庁舎

## 地下から掘《ほ》り出された魔《ま》よけ

新宿《しんじゅく》西口に屹立《きつりつ》する高層ビル群。これらは1965（昭和40）年に閉鎖《へいさ》された淀橋浄水場《よどばしじょうすい》の広大な跡地《あとち》に立っています。どのビルも特徴的《とくちょう》な外見をもっていますが、丹下健三《たんげけんぞう》設計の東京都庁舎もその一つです。

特に第一本庁舎の双頭《そうとう》のフォルムは、個性派の代表と言ってもよいでしょう。この外見は、あるいは2本の角をもつ鬼《おに》を連想させるかもしれません。そして、荒俣宏《あらまたひろし》の「シム・フースイ」シリーズ第3作『新宿チャンスン』（1995年）では、強力な鬼神《きしん》がその地に出現します。

◇◆

東京都庁舎の着工は1988年のことでした。そして作品は、都庁舎の建築現場が舞台《ぶたい》となっています。

現場に不可思議かつ不吉なことが相次ぎます。

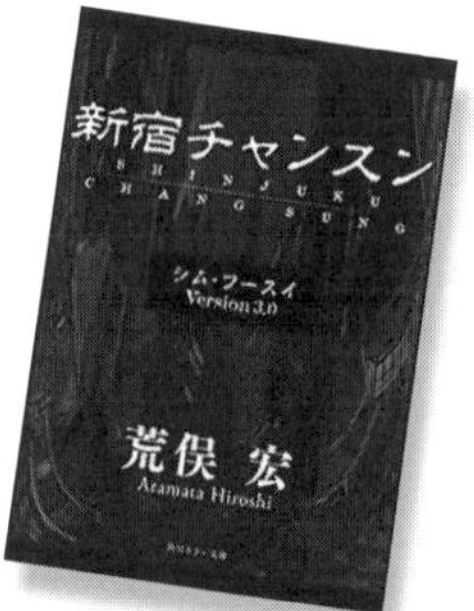


『新宿チャンスン シム・フースイ Version 3.0』荒俣宏（株式会社KADOKAWA）

人のいない工具置き場から火が出る、機械類が作動しなくなる、夜中に砂利が降ってくる、など。そして、ついに作業員が1名、24階の作業現場で行方不明になるという事件が発生しました。現場には謎《なぞ》めいた黒色の丸い足跡《あしあと》が残されています。足跡《あしあと》は一本足のそれでした。一体この建築現場に

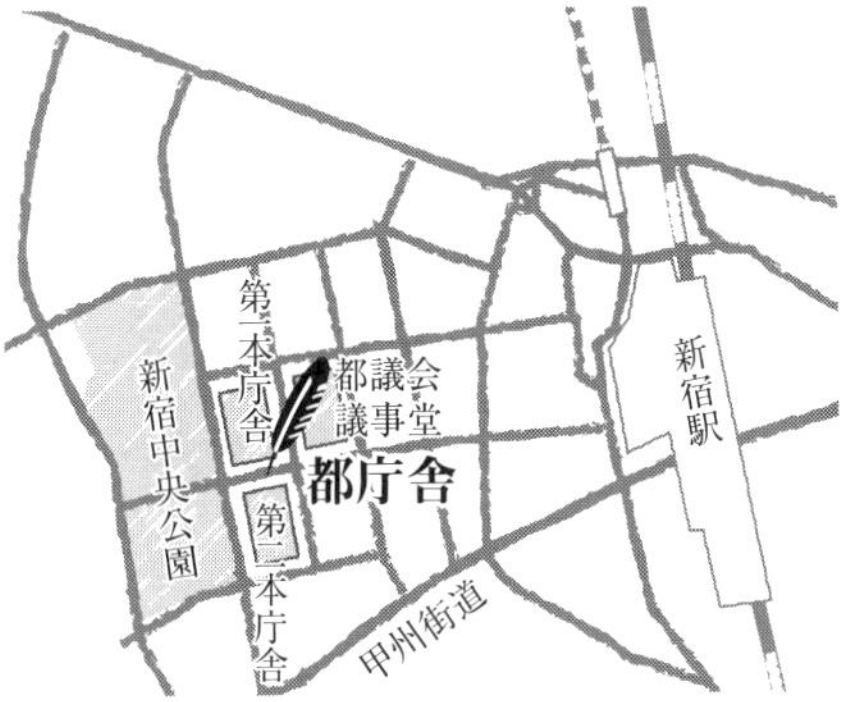

何が起きているというのでしょう。

　風水師の黒田龍人《くろだたつと》と、その助手を務める霊能者《れいのうしゃ》・有吉《ありよし》ミヅチが依頼《いらい》を受け、調査に乗り出します。調べるうちに、その地には並々《なみなみ》ならぬ邪悪《じゃあく》な力が働いているのがわかってきます。

　事件発生の前に、都庁の建つ予定地の地下から、現場作業員によって掘《ほ》り出されたものがありました。人骨と異国の貨幣《かへい》、そして朝鮮《ちょうせん》半島でまつられてきた魔《ま》よけ「チャンスン」を刻んだ一本の棒です。その場所からこれらが取り除かれたことは、その後の怪事件《かいじけん》に大きくかかわっていました。

◇◆

　この物語、ストーリーのおもしろさはもちろんですが、風水から見た新宿や渋谷《しぶや》の意味など、多くの知識が凝縮《ぎょうしゅく》されてもいます。読めば東京の町歩きに新たな視点が加わることでしょう。

# Book 055

## 式田ティエン『月が100回沈めば』

**渋谷区・道玄坂**

### アルバイト仲間の謎《なぞ》の失踪《しっそう》

渋谷の道玄坂《どうげんざか》は、東京の坂道の中で知名度がもっとも高い一つではないでしょうか。「道玄」というのは、付近にあった庵《いおり》の名であるという説もあれば、山賊《さんぞく》の名前だという説もあって、とてもおもしろく感じます。

◇◆

式田《しきた》ティエン『月が100回沈《しず》めば』(2006年)の主人公・斎木耕佐《さいきこうすけ》は高校1年生。道玄坂にあるビルでアルバイトをしています。マーケティング会社の市場調査協力がその内容です。「普通《ふつう》」の高校生として、何に興味があり、どのような考え方をするのかという情報を、アンケートを通じて企業《きぎょう》に与《あた》えるのです。

このアルバイトには複数の禁止事項《じこう》があります。同じバイト仲間と顔を合わせても、交流をもってはいけない、というのがその一つでした。

『月が100回沈めば』(宝島社)
著者：式田ティエン

情報の純粋《じゅんすい》性が失われるからです。

ところが耕佐は、同じバイト仲間のアツシに声を掛《か》けられ、知り合いになります。耕佐はアツシからある依頼《いらい》を受けましたが、実行する前にそのアツシが姿を消してしまいます。中学生の連続行方不明事件が起きている時でした。アツシは小柄《こがら》で中学生にも見えます。耕佐はアツシに関する情報を求め、渋谷を動き始めました。

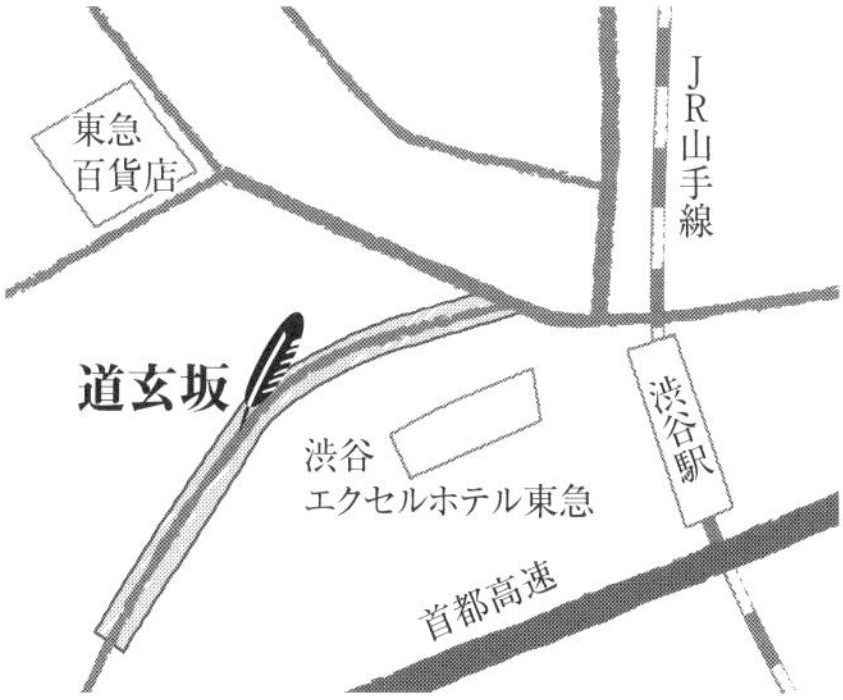

耕佐に協力する人も現れます。耕佐と同じバイトをしている海老沢弓《えびさわゆみ》です。美人なのに外見をほめると怒《おこ》り、計算に強く、妙《みょう》なことをよく知っている、探偵《たんてい》志望の女子高校生です。
弓は、探偵《たんてい》とは「世界に意味を与《あた》える」仕事であると言いました。耕佐は渋谷でアツシの行方を捜《さが》して何人もの人と接触《せっしょく》するうち、知らず知らず弓の言葉に対する自分の考えを見いだし始めたようです。
アツシの行方も気になりますが、耕佐と父親との間にも何らかの謎《なぞ》があるようです。「普通《ふつう》」という言葉がその秘密を解く鍵《かぎ》になっていきます。

◇◆

内容も充実《じゅうじつ》し、渋谷の街の描写《びょうしゃ》も楽しめるという、とてもうれしい作品です。

# Book 056

## 長野まゆみ『三日月少年の秘密』

**中央区・隅田川・勝鬨橋**

### 少年が見た不思議な光景

国の重要文化財に指定されている勝鬨《かちどき》橋は、中《ちゅう》央《おう》区の勝どきと築地《つきじ》とを結ぶ、隅田《すみだ》川の下流に架《か》かる橋です。完成は１９４０（昭和15）年６月のことでした。中央部分が跳開《ちょうかい》する形式の可動橋となっていますが、晴海《はるみ》通りの交通量の関係で、１９７０（昭和45）年を最後に、開いていません。

◇◆

当然平成の時代には閉じたままのはずですが、

長野《ながの》まゆみ『三日月少年の秘密』（２００３年）の主人公である少年「ぼく」は、意外な勝鬨橋の姿を目撃します。

きっかけは彼《かれ》の元に届いた一通の招待状でした。異国の紅《あか》い切手の張られた、差出人名のない封筒《ふうとう》に入っていました。お台場《だいば》のルナパアクという所で、「少年電氣曲馬団」の曲技披露《ひろう》があるそうです。興味を感じた彼《かれ》は出かけます。

『三日月少年の秘密』長野まゆみ（河出書房新社）

ところが招待状に書かれた案内図が妙《みょう》に古臭《ふるくさ》くて変です。路線図の中に見あたりません。出会った女は、今が昭和33年で、東京タワーが完成間近だと言いました。「ぼく」は昭和63年の生まれ。完成後の東京タワーしか知りません。不審《ふしん》に思うばかりです。

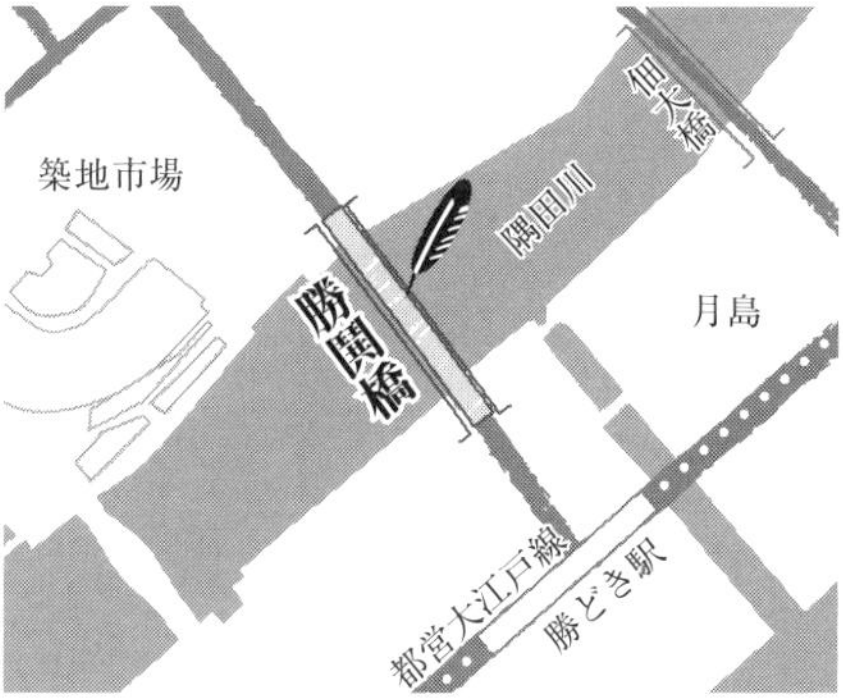


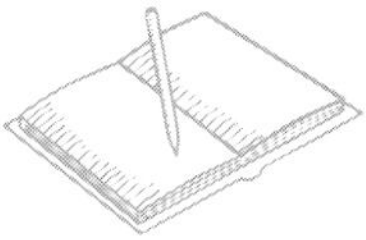

お台場へのアクセスに迷う「ぼく」は、勝鬨橋のたもとから出る遊覧船を見つけました。券売所に行くと、見知らぬ男から、空中電氣式人形であることがばれないようにしろ、と忠告を受けます。これも「ぼく」にはよくわからないことでした。

そしてその勝鬨橋。なんと橋はハの字に跳《は》ね上がり、手前の信号では路面電車が停止しています。その後、日付変更《へんこう》線を越《こ》えたり、震災《しんさい》で失われたはずの建築「浅草《あさくさ》十二階」が存在していたりと、不思議は続きます。「ぼく」はお台場に行き着けるのでしょうか。少年の正体も気になり、物語にのめり込んでしまいます。

◇◆

築地側の橋ぎわにある資料館では開く勝鬨橋の模型が見られます。視聴覚《しちょうかく》資料も充実《じゅうじつ》しており、楽しく学ぶことができます。

# Book 057

## 小川 糸『蝶々喃々』

### 文京区・湯島天満宮

**妻ある彼《かれ》が伝えた言葉は……**

天神様といえば、江東《こうとう》区の亀戸《かめいど》天満宮や国立《くにたち》市の谷保《やぼ》天満宮などがよく知られています。今回は文京《ぶんきょう》区の湯島《ゆしま》天満宮を訪れてみたいと思います。社殿が本郷《ほんごう》台地の上にあるため、石段となっている坂が存在します。坂には天神男坂、天神女坂、天神夫婦坂といった名がついています。

◇◆

小川糸《おがわいと》『蝶々喃々《ちょうちょうなんなん》』（２００９年）は、内容も良い上に、物語散歩にも非常に適した小説です。小説に描《えが》かれているのは谷中《やなか》の町が中心ですが、上野や吉原《よしわら》など、それ以外の場所も紹介《しょうかい》されます。湯島天満宮もその一つです。

主人公の横山栞《よこやましおり》は谷中でアンティークの和服を扱《あつか》う店を営む若い女性です。店を開いてから４年になろうとしています。それなりにお客も来ているので、１人で暮《く》らす栞にとっては十分にやって

『蝶々喃々』小川糸（ポプラ社）

いけます。

ある日の午後、栞の店に1人の男性客が入ってきました。初めて行く正式のお茶会に着ていく着物を探しているのだと言います。その声を聞いて、栞は自分の父親によく似ていると思いました。声だけでなく、その男性のもっている穏《おだ》やかな雰囲《ふんい》

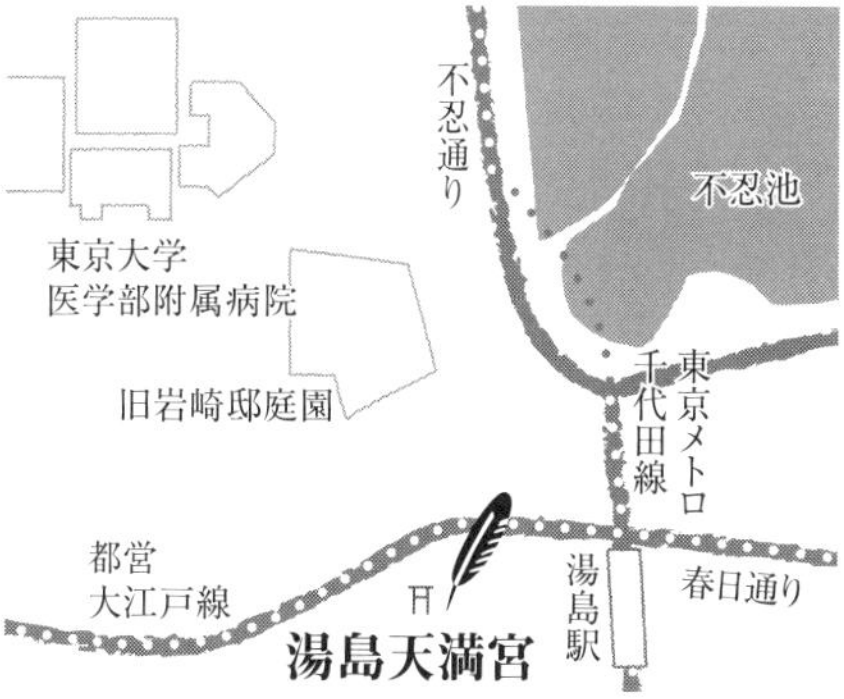

気《き》はとても好ましいものに感じられました。
男性は木ノ下春一郎《きのしたはるいちろう》といいました。彼《かれ》はその後、何度か栞の店を訪れます。話をするたびに、栞は温かい何かに包まれていくような、そんな自分を感じます。2人は栞の店以外の場所で会うようにもなっていきました。春一郎が結婚《けっこん》指輪をしていること、栞は彼《かれ》と最初に会った日に、とっくにそれに気づいています。
2人が湯島天満宮に行ったのは、梅の咲く季節の夜でした。梅の香の漂《ただよ》う女坂で、春一郎は自分が栞をどのように思っているかを伝えました。

◇◆

湯島の天満宮では1月25日に木彫《きぼ》りの「鷽《うそ》」を頒布《はんぷ》します。ついた「うそ」を「まこと」に替《か》えてくれるという縁起《えんぎ》物です。栞の店にもそれがあり、かわいらしくもしっかりとその存在感を示しています。

# Book 058

## 西田耕二『朝食亭』

**江東区・富岡八幡宮**

### 心の傷抱《かか》え食卓《しょくたく》囲む人びと

江東《こうとう》区富岡《とみおか》1丁目にある富岡八幡宮《はちまんぐう》は、江戸時代初期からの歴史をもつ大社です。境内にある相撲《すもう》関係の碑《ひ》も、飾《かざ》られているみこしも共に巨大《きょだい》で、おもしろく感じます。近くには深川《ふかがわ》不動堂もありますので、正月のにぎわいは相当なものです。西田耕二《にしだこうじ》の小説『朝食亭《てい》』（２００９年）では、タイトルと同じ名の定食屋が描《えが》かれています。富岡八幡宮の近く、すぐ南を永代《えいたい》通りが走る路地裏にあるという設定です。

◇◆

開店にはまだ間がある朝の7時半、店内の長テーブルで一緒《いっしょ》に朝食を取る10人の男女がいました。主人夫婦以外は店の常連客です。あるきっかけで、半年前からこのような食事が続いており、「朝食亭『朝一番』」と命名されています。

この店の主人夫婦にはつらい過去がありまし

『朝食亭』西田耕二（ごま書房新社ＶＭ）

た。4年前の交通事故で大事な一人息子を失ったのです。銀行員の職を捨て、調理師になるべく修業に励《はげ》んでいた息子でした。夫婦の心の傷は大きく、加害者がまもなく交通刑務所から出てくるというこの時になっても、気持ちの整理がつけられずにいます。

「朝一番」の長テーブルについている他の人たち、たとえば警察官の土田《つちだ》、タクシー運転手の佐藤《さとう》、会社員の美沙子《みさこ》、小6の香織《かおり》など、表には出しませんが、心を締《し》めつけるような事情をそれぞれもっていました。

ある日、香織は富岡八幡宮の本殿前で一心に祈る女性を見つけました。「朝一番」参加者の一人・絵梨香《えりか》です。振《ふ》り返った絵梨香の目には涙《なみだ》があふれていました。そそくさと境内を立ち去る絵梨香。彼女《かのじょ》の抱《かか》える問題は、次元こそ違《ちが》え、朝食亭の主人夫婦と同じくらい重く苦しいものでした。

◇◆

八幡宮の東側にある八幡堀《ぼり》遊歩道には、八幡橋（旧称《きゅうしょう》「弾正《だんじょう》橋」）と新田《にった》橋という二つの橋が移設、保存されています。八幡橋は国の重要文化財ですし、新田橋には架橋《かきょう》に関しての物語があります。ぜひとも足を延ばしてほしい場所です。

# Book 059

## 藤田宜永『転々』

### 調布市・神代植物公園

**「百万円やる」歩き始めた2人**

調布《ちょうふ》市の神代《じんだい》植物公園にある樹木は約4500種類。膨大《ぼうだい》な数ですが、園を管理する方たちは、何の木がどのあたりにあるのか、わかっているそうです。失礼を承知でちょっと試してみたところ、一発でした。そんな彼《かれ》らの園内イチ押《お》しはバラ園。2009年、世界バラ会連合優秀《ゆうしゅう》庭園賞を受けたそうですから、納得です。特にバラ園のすぐ脇《わき》、小高いところに設けられた休憩《きゅうけい》舎からの眺《ちょう》望《ぼう》は絶品です。

◇◆

藤田宜永《ふじたよしなが》『転々』（1999年）の主人公・竹《たけ》村文哉《むらふみや》も、神代植物公園を気に入り、しばしば訪れていた1人です。ある日、バラ園を見渡《みわた》せるベンチに座った彼《かれ》は、気持ちがふさいでいました。借金の返済という大きな悩《なや》みを抱《かか》えているからです。彼《かれ》は21歳《さい》の学生ですが、サラ金に八十数万円

『転々』藤田宜永（新潮社刊）

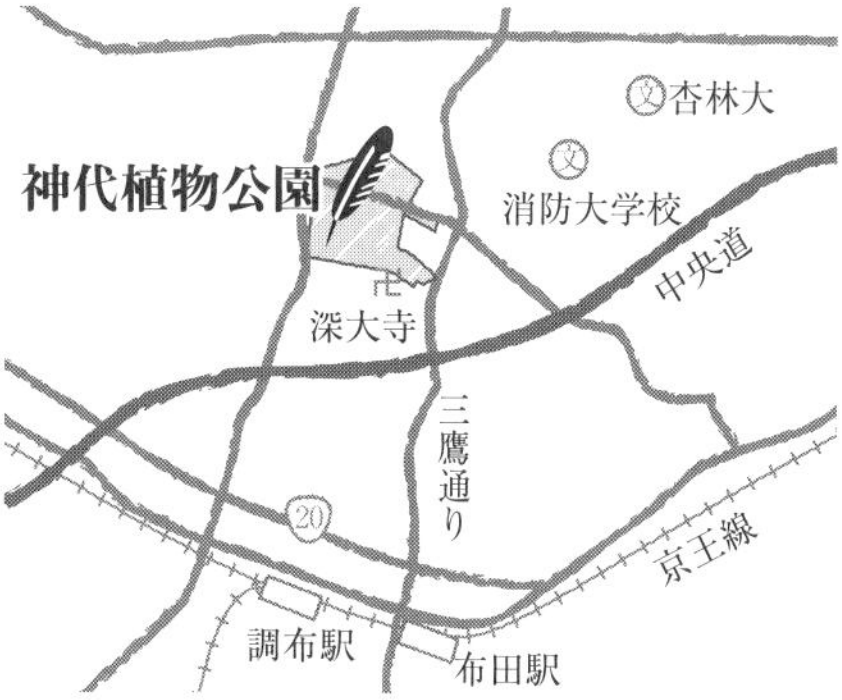


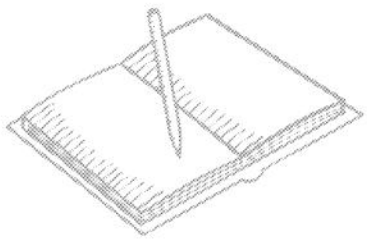

の負債があります。取り立ては厳しさを増し、身の危険も感じてきました。借りていたアパートも追い出されることになり、いよいよ覚悟《かくご》を決めるしかない、という状況《じょうきょう》です。

どう調べたのか、取り立て屋の1人が文哉を追って植物公園にまでやって来ました。腹をくくった文哉ですが、福原《ふくはら》というその男は意外な提案をします。彼《かれ》と共に井の頭公園から霞《かすみ》が関《せき》まで一緒《いっしょ》に歩いてくれれば、１００万円を与《あた》えようというものです。道中、どこに寄るも自由、食費・宿泊《しゅくはく》費なども全部もつ、と福原は言います。

あまりに奇妙《きみょう》な申し出にとまどう文哉でしたが、結局は福原に同行することになります。井の頭公園を出た2人は善福《ぜんぷく》寺池へ。そこで文哉は福原の東京歩きの真の目的を知ることになります。

◇◆

つき合うだけのつもりだった文哉も、この町歩きに目的を見いだしていきます。次第に明らかになっていく2人の人生、そして意外な結末など、読みどころ満載《まんさい》の小説です。

ですが、なんと言っても嬉《うれ》しいのは、物語散歩的な楽しみが全編に満ちあふれていること。地図を横に置いて読むだけでも楽しみが倍増します。

Book 060

# 広瀬正『マイナス・ゼロ』

中央区・銀座通り

## 時を超えて昭和7年の街へ

銀座《ぎんざ》を散歩する場合、銀座の顔とも言うべき銀座通り（正式名称は「中央通り」）はやはり見過ごせません。京橋《きょうばし》と新橋《しんばし》とを結ぶこの道は江戸時代の東海道でもあり、明治時代には煉瓦《れんが》街が建設されて、文明開化の象徴となった場所でもあります。

この歴史ある通りを描《えが》いた作品として、広瀬正《ひろせただし》のSF『マイナス・ゼロ』（1970年）を紹介《しょうかい》したいと思います。

◇◆

物語の始まりは昭和20（1945）年5月25日。小田急《おだきゅう》線梅ケ丘《うめがおか》に住む、中学2年の浜田俊夫《はまだとしお》少年は空襲に遭《あ》いました。彼《かれ》は助かりましたが、隣人《りんじん》は彼《かれ》に謎《なぞ》の遺言を残して亡くなります。この隣人《りんじん》は大学の先生で、自宅にドーム形の研究室を有していました。遺言は、18年後の5月26日午前0時

『マイナス・ゼロ』広瀬正（集英社文庫）

にこの研究室を訪ねてきてほしいというものでした。

　俊夫はその約束を実行しました。約束のその日、その場所において、俊夫は隣人《りんじん》の先生が何の研究をしていたのかを理解しました。タイムマシン。作り上げたその装置に自分の娘を乗せて戦火から逃そうとした隣人《りんじん》の計画は見事に成功しました。

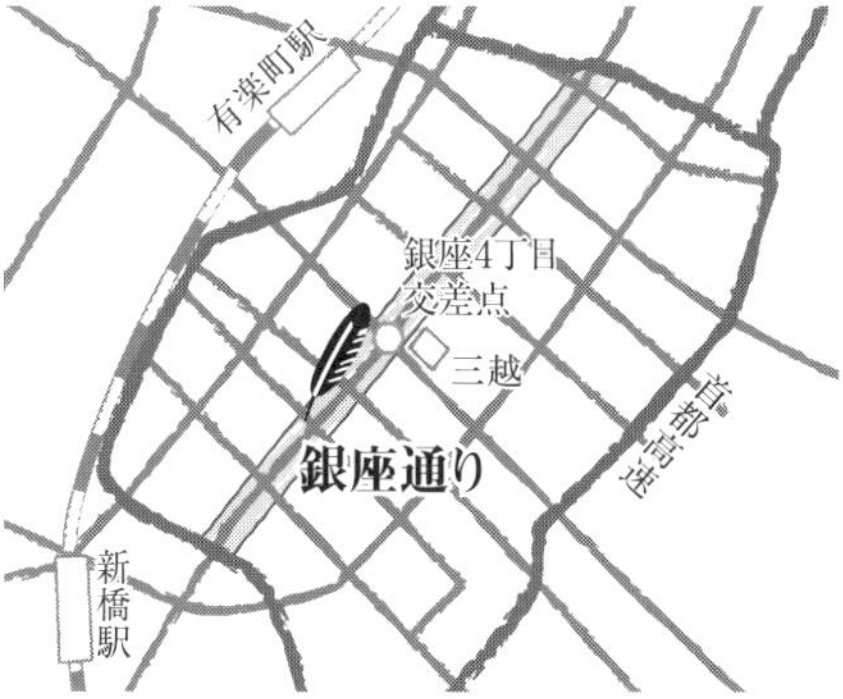

　後に、俊夫はそのタイムマシンに乗り、過去の世界に向かうことになります。到着したのは昭和7（1932）年の東京。ところが俊夫はそのタイムマシンを予想外の出来事で失ってしまいます。俊夫は仕方なく、その時代にしばらくとどまる決心をしました。
　俊夫が銀座を訪れたのはそんな時でした。「現在」の物の値段を知る必要を感じたからです。ただ、彼《かれ》にはもう一つ、銀座を訪れる目的がありました。

◇◆

　この物語、銀座通りの当時の様子が、店舗や当時流行の服装、音楽などをはじめとして非常にくわしく描《えが》かれており、作者の綿密な調査のほどがうかがえます。ストーリーも文句なしの一級品ですし、大変に「お得な」作品といえるでしょう。

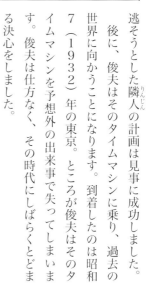

Book 061

# 柳 美里『女学生の友』

## 渋谷区・ハチ公像

### 空虚《くうきょ》感抱《いだ》く2人の待ち合わせ

ＪＲ渋谷駅前のハチ公《こう》像の前は、東京中でもっとも名の知られた待ち合わせ場所ではないでしょうか。もちろんハチ自体も有名で、飼《か》い主の農学博士・上野《うえの》英三郎《ひでさぶろう》の名を知らずとも、主人の死後も渋谷駅に来て、その帰宅を待っていたという逸《いつ》話《わ》を知っている人は多いはずです。

◇◆

ある午後、60代の男性と女子高生とがハチ公像前で待ち合わせました。他から見れば、渋谷での孫娘《まごむすめ》の買い物に祖父がつき合う、といった感じでしょうか。でもこの2人、血縁《けつえん》関係はありません。

柳美里《ゆうみり》『女学生の友』（1999年）の主人公である弦一郎《げんいちろう》と未菜《みな》です。2人は弦一郎の本当の孫娘《まごむすめ》を介《かい》して面識をもちました。

2人には共通点がありました。心に大きな空虚《くうきょ》感を抱《いだ》いていることです。

『女学生の友』柳美里（文春文庫）

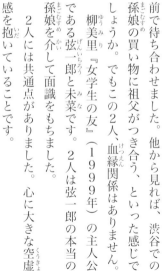

弦一郎は定年退職後の再就職がうまくいっていません。金銭的には余裕《よゆう》があるのですが、することが何もないということに対して恐《おそ》れを抱《いだ》いています。未菜は両親の仲に問題があり、仲間との表面的なつきあいに満たされないものを感じています。

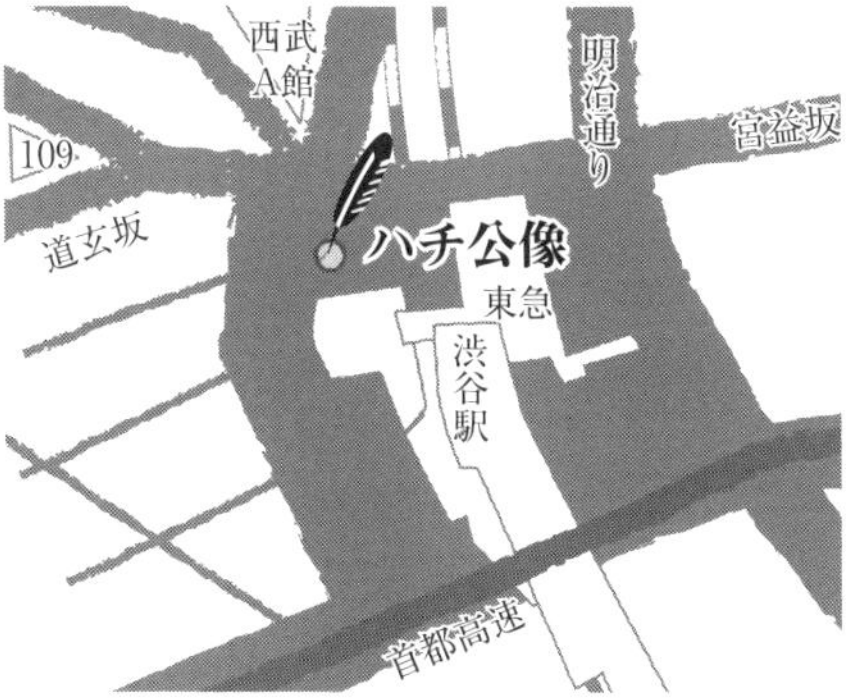


誰《だれ》かから必要とされたいと思っている老人と、自分をわかってくれる誰《だれ》かがほしいと思っている少女。心の歯車が合致《がっち》しそうな2人ですが、渋谷で待ち合わせた時の話題は大変に現実的な、お金の問題でした。未菜は弦一郎に援助《えんじょ》交際の相手を紹介《しょうかい》してほしいと言います。

　みずからの家庭の事情を未菜なりに判断した結果でしたが、弦一郎は当然面食らいました。ただ、目の前の少女は自分にすがっていることは確か。何かしてあげられればとも思います。後日、ハチ公前で未菜と再び待ち合わせた弦一郎の頭にはある案が浮《う》かんでいました。

◇◆

　この2人ならずとも、ハチ公前で待ち合わせた人たちの心には、さぞさまざまな思いが抱《いだ》かれていたことでしょう。その思いの中身は、ハチ公像だけが知っています。

# Book 062

## 片岡 弘『634』

### 墨田区・東京スカイツリーと江戸東京博物館

『634』片岡弘
（新潮社刊）

**女性学芸員2人が企画《きかく》対決**

江戸《えど》東京《とうきょう》博物館と東京《とうきょう》スカイツリー。直線距離《きょり》にして2キロほど隔《へだ》たっている両者ですが、墨田《すみだ》区にあるということで共通しています。今回の物語、片岡弘《かたおかひろし》『634《ムサシ》』（2010年）では、2人の女性がこの両者に新たな接点をつくり出しています。

◇◆

時は2007年。「新東京タワー」の施主《せしゅ》である鉄道会社・東進《とうしん》社は、タワー完成に向けてのプロジェクトを組もうとしていました。その中において、広告会社は重要な役割を果たすことになります。

ここに二つの大手広告会社が名乗りを上げました。負けられない2社は、それぞれ有能なブレーンの力を借りようとします。角埜夕子《すみのゆうこ》と米山朝子《よねやまあさこ》という、キュレーター（学芸員）です。

墨田区の屏風《びょうぶ》屋に生まれた夕子は、江戸東京博物館の学芸部に所属しています。自転車をこぎ、地元中心に忙《いそが》しく動き回っています。

一方の朝子は千代田《ちよだ》区一番《いちばん》町に住むフリーランス。父は外交官でした。巧《たく》みにフランス語を使い、海外にも活動の場をもっています。

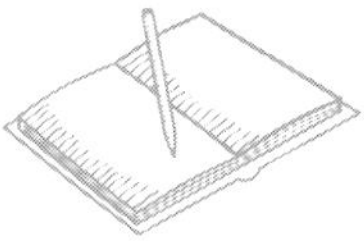

女性としての魅力《みりょく》に恵《めぐ》まれた2人は、プロジェクトに関係する男どもの性《さが》とうまくつきあいながら、新タワーを強烈《きょうれつ》にアピールするための企画《きかく》を創造しようとします。

のち、パリに飛んだ朝子に、天啓《てんけい》のようにある考えがひらめきました。

この2人、やがて対面します。互《たが》いをどのように意識し、どのような戦略で接するのか。どうやらその過程の中で、江戸東京博物館も改めてクローズアップされることになりそうです。

◇◆

小説の冒頭《ぼうとう》近くに新タワー開業日の様子が描《えが》かれています。建設途中《とちゅう》でさえ多くの見物人を集め、小説をも誕生《たんじょう》させた東京スカイツリー。ここを背景に描《えが》いた新しい小説が今も次々と生み出されているようです。

# Book063

# 米澤穂信『満願』

## 調布市・深大寺

### だるまも謎《なぞ》の解明に一役

調布《ちょうふ》市の深大《じんだい》寺は、８世紀、天平の時代からの歴史をもつと伝えられています。境内の釈迦《しゃか》堂では国の重要文化財である白鳳《はくほう》仏の釈迦如来《しゃかにょらい》像を見ることができます。柔和《にゅうわ》なお顔立ちです。

◇◆

深大寺では３月に開かれるだるま市が特によく知られています。今回ご紹介《しょうかい》する物語・米澤穂信《よねざわほのぶ》「満願」（『Story Seller 3』所収〈２０１１年〉）の「私」もだるま市で小さなだるまを購入《こうにゅう》しています。彼《かれ》がだるまに祈願したのは、司法試験の合格でした。

彼《かれ》は苦学生でした。調布の畳《たたみ》屋の２階に下宿し、司法試験突破《とっぱ》をめざして毎日勉強に励《はげ》んでいます。畳《たたみ》職人の妻・鵜川妙子《うかわたえこ》はまだ若く気品のある女性。「私」に親切に接します。司法試験の重圧にさいなまれていた彼《かれ》の焦《あせ》りを見抜《みぬ》き、深大寺のだるま市に誘《さそ》ったのも妙子でした。そのお陰《かげ》で彼《かれ》は気持ちに余裕《よゆう》を取り戻《もど》すことができました。

一方、妙子の夫の重治《しげはる》は陰気《いんき》な男でした。何が原因なのか、重治は仕事をないがしろにし始めます。家計にも直接に影響《えいきょう》していきました。

「私」は幸いに試験に合格し、やがて弁護士として独り立ちします。そんな彼《かれ》が初めて扱《あつか》うことになった殺人事件。その被告《ひこく》人は鵜川妙子でした。彼女《かのじょ》は貸金業の社長を殺してしまったのです。

裁判は3年にわたり、控訴審《こうそしん》にまで進みます。ところが妙子は控訴《こうそ》取り下げを希望してきました。これは「私」には謎《なぞ》でした。なぜ、彼女《かのじょ》はいきなり気持ちを変えたのか。

結審《けっしん》後も「私」の不審《ふしん》は消えません。妙子の変心を含《ふく》め、その殺人事件の真相が見え始めるのには、さらに長い年月を必要としました。

深大寺のだるまも、謎《なぞ》の解明に一役買うようです。

◇◆

年末、深大寺を訪れました。寺の近くには清らかな湧《わ》き水が小川となって流れています。そのせせらぎの音があまりに心地よく、思わず座り込《こ》んでしばらく耳を傾《かたむ》けてしまいました。

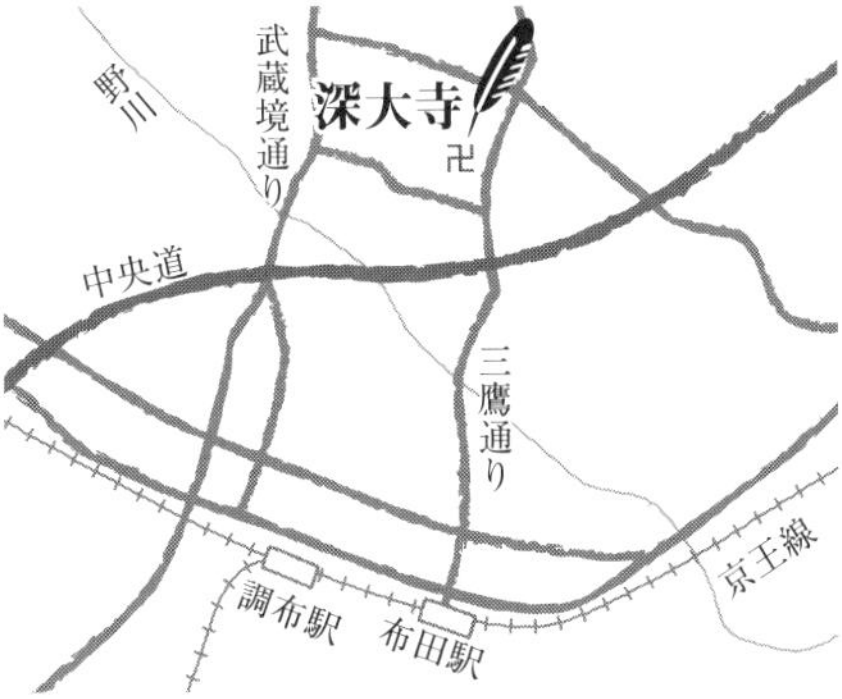

# Book 064

## 有吉玉青『渋谷の神様』

**渋谷区・渋谷公園通り**

### 渡《わた》すティッシュ　生み出す縁《えん》

暑い日に渋谷公園通りを歩きました。渋谷はよく訪れるのに、ここを通るのは久しぶりです。小劇場「渋谷ジァン・ジァン」がなくなってから足が遠のいてしまいました。改めてじっくり歩いてみると、路傍《ろぼう》には花が植えられ、すっきりとした坂道です。

◇◆

有吉玉青《ありよしたまお》『渋谷の神様』（原題『ティッシュペーパー・ボーイ』〈2007年〉）にここが描《えが》かれています。

5話からなる小説です。全話に、白いつなぎに赤いキャップ姿でポケットティッシュを配る人物が登場します。彼《かれ》が各話の主人公たちにティッシュを渡《わた》す時、物語に新たな展開が生まれます。

たとえば、最終話「ボーイを探せ！」の主人公、小副川満知子《こそえがわまちこ》。彼女《かのじょ》は15歳《さい》のある日、とてもつら

『渋谷の神様』有吉玉青（新潮文庫刊）

い目に遭《あ》いました。そのすぐ後、渋谷の街でもらったティッシュが一つの縁《えん》を生み出してスカウトされ、満知子はタレント「江川舞《えがわまい》」となりました。19歳《さい》になった舞は活動に行き詰《づ》まりを感じます。元々、人目を引く華《はな》があるわけではなかった――。舞はそのように自身を見つめます。仕事が

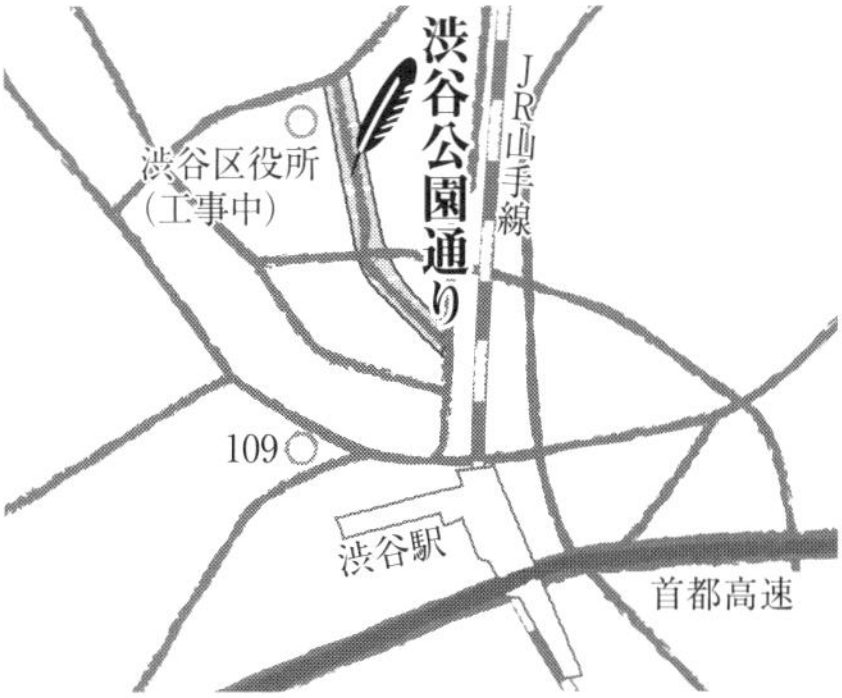


好きというだけでは務まらない世界です。

舞には一度会った人の顔を忘れないという特技があります。ある日、その特技をテレビ番組で披《ひ》露《ろう》することになりました。その収録と同時刻に進行していた別の生放送番組は公園通りからの中継《ちゅうけい》でしたが、問題が発生していました。それはやがて舞をも巻き込《こ》んでいきます。

良い読後感の得られる一冊です。特に最終話。今までの主人公がさりげなく登場しているようです。「ようです」とあいまいにした理由については、実際に読んでご納得くださいますように。

◇◆

夏に公園通りを歩いていたら、半透明《はんとうめい》の袋《ふくろ》をもらいました。中にはティッシュだけではなく、小さなうちわも入っていたので早速使いました。ほんのささやかな風ですが、気持ちはかなりなごみました。

# Book 065

## 似鳥航一『お待ちしてます 下町和菓子 栗丸堂』

### 台東区・浅草・オレンジ通り

**豆大福 味の違《ちが》いに潜《ひそ》む事情**

浅草《あさくさ》公会堂から雷門《かみなりもん》通りへ続く道をオレンジ通りと呼びます。車道もオレンジ色でよく目立ちます。浅草《せんそう》寺に近いこともあって商店街には客足が絶えず、活気あふれる通りとなっています。

◇◆

似鳥航一《にとりこういち》『お待ちしてます 下町和菓子《わがし》 栗丸《くりまる》堂』（2014年）のタイトルにもなっている栗丸堂は、ここオレンジ通りに存在しているという設定です。

明治から続くこの和菓子《わがし》店の、現在の主人は栗《くり》田仁《たじん》。まだ19歳《さい》の若者です。交通事故で亡くなった両親に代わり、4代目として店を再開して半年。残念ながら経営はかなり厳しいものがあります。

ある日、50代の男性が店を訪れました。その人がかつて浅草でトラブルに遭《あ》った時、仁の父親に店の豆大福をもらったことがあるとか。その後長

『お待ちしてます 下町和菓子 栗丸堂』似鳥航一 メディアワークス文庫（株式会社KADOKAWA）

らく海外に滞在《たいざい》していた男性は、20年ぶりに帰国。その時の味がどうしても忘れられず、久しぶりに店に来たのだそうです。

ただ、仁の作った豆大福を食べた男性は首を振《ふ》り、思い出の味ではないと言います。肩《かた》を落として店を出る男性。その姿を仁は唇《くちびる》をかみつつ見送りました。どうすれば父の作った和菓子《わがし》の味を出せるのか。試行錯誤《しこうさくご》が続きます。

そんな時、仁は知人から葵《あおい》という女の子を紹介《しょうかい》されました。美しく、少々「天然」キャラの入った彼女《かのじょ》、和菓子《わがし》の知識と鋭敏《えいびん》な味覚は相当なものでした。

問題となっている豆大福、仁と先代との味の違《ちが》いがどこからくるのか、葵にはわかったようです。ただ、この一件、もっと深い事情がからんでいました。

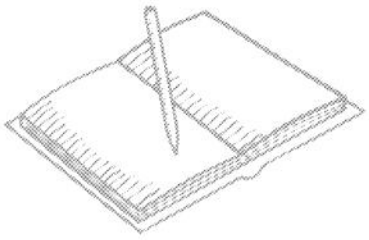

◇◆

オレンジ通りは個人的に大好きな場所です。著名作家がごひいきにした喫茶店《きっさてん》があれば、お土産《みやげ》にもなるおいしい食べ物を売る店もたくさんある、という場所だからです。仁の栗丸堂もどこかにありそうな、そんな気持ちにさえなってきます。

# Book 066

## 浅葉なつ『神様の御用人6』

千代田区・神田明神

### 将門《まさかど》の願い　かなえてあげる

江戸総鎮守《そうちんじゅ》として知られた神田明神《かんだみょうじん》（千代田区）。平《たいらの》将門伝説の関係地としても重要です。国道17号に面した鳥居をくぐり、随神門《ずいじんもん》を抜《ぬ》けた先にある御社殿《ごしゃでん》。将門は三の宮の祭神として鎮座《ちんざ》しています。

◇◆

浅葉《あさば》なつ「神様の御用人《ごようにん》」シリーズ。西日本中心の物語でしたが、２０１６年に発行された第６巻でついに「東国」が舞台《ぶたい》となりました。神田明神と思われる神社が出てきます。

さえないフリーター青年・萩原良彦《はぎわらよしひこ》は京都《きょうと》の人間。ある日突然《とつぜん》、神に関する大役を身に負わされました。神はかつて、人からの敬いや感謝の気持ちを自分の力に変え、その力で人びとに恩恵《おんけい》を与《あた》えていたのだそうです。それが今や、人は神を正しくまつることをせず、自分勝手な願いを吐《は》くだ

『神様の御用人6』浅葉なつ　メディアワークス文庫（株式会社KADOKAWA）

け。人から力を得られなくなった神は、以前容易《ようい》だったことさえできなくなっているのだとか。

そんな神たちの要望を聞き、実現を図るのが良彦の役目。良彦には神が見えるようになります。良彦の目に映る力をそがれた神の姿は、一般的《いっぱんてき》な神のイメージとかけ離《はな》れたものでした。神威《しんい》に満ちていたころの記憶《きおく》を失った神も多くいます。

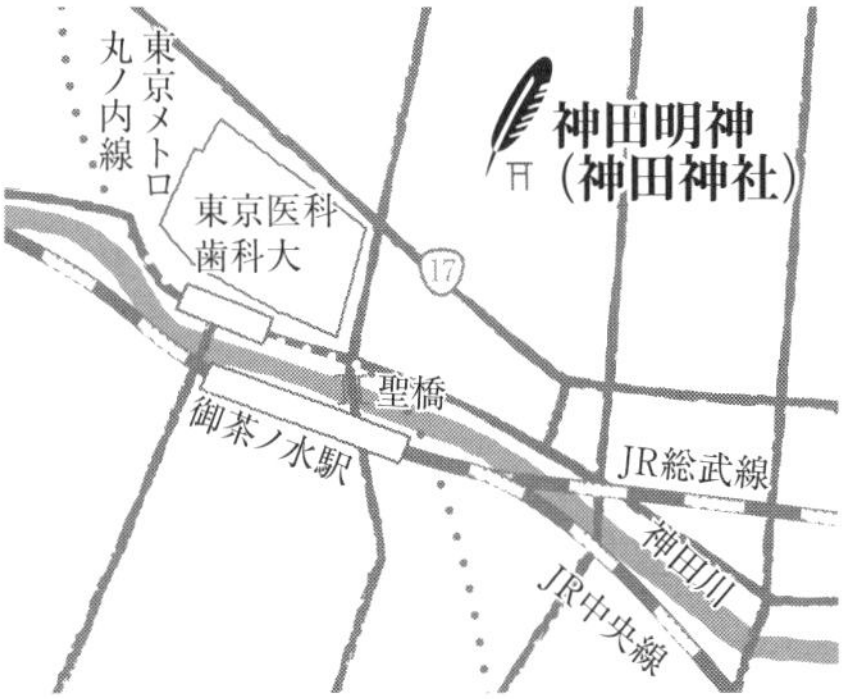

神が述べる要望は荷の重いものばかり。でも、そこには神々の切実なSOSが含《ふく》まれています。心根の優しい良彦は困りながらもなんとか対応しようとします。

東京を訪れた良彦。江戸総鎮守《そうちんじゅ》の神社に姿を現した将門から受けた要求も、彼《かれ》をおおいに悩《なや》ませます。どういう解決策を見いだすでしょう。

◇◆

良彦の近くには「黄金《こがね》」という、狐《きつね》の姿をした神がいます。お目付け役的な存在です。言葉には威厳《いげん》がありますが、甘《あま》いものに目がなく、スイーツを前にするや、単なる食いしん坊になってしまうのがとてもかわいらしい。

神田明神近くには甘酒《あまざけ》を売る店があります。黄金がそれを飲んだという記載《きさい》はありませんが、作者に内緒《ないしょ》で味わったのかもしれません。

# Book 067

## 山内マリコ『東京23話』

### 新宿区・京王プラザホテル本館

**先輩《せんぱい》、温かく後輩《こうはい》迎《むか》えたが……**

都庁第一本庁舎の前からJR新宿駅方向を見ると、都議会議事堂の向こうに京王《けいおう》プラザホテルの本館が見えます。「そびえ立つ」という言葉がふさわしい、そんな存在感です。

山内《やまうち》マリコ『東京23話』（2015年）の中心は23の短い物語。東京23区のすべてが取り上げられています。ユニークなのがストーリーの語り手たち。多くは「区」自身がみずからの区についての物語を語るという形です。話題はさまざま。人物であったり、庭園であったり、団地であったり。その中で、新宿区に関する章の語り手は「区」ではなく京王プラザホテルでした。

◇◆

淀橋《よどばし》浄水《じょうすい》場の跡地《あとち》を利用して、西新宿に次々と高層ビルが立ち並《なら》んでいきます。1971年完成の京王プラザホテルはその先駆《さきが》け。先輩《せんぱい》の立場と

『東京23話』山内マリコ（ポプラ社）

して、自分よりもノッポの後輩《こうはい》ビルが現れていく様子を、後輩《こうはい》ビルたちの言葉をも交えながら語っていきます。

彼《かれ》に続く後輩《こうはい》は新宿住友《しんじゅくすみとも》ビルディング、三角柱の形が個性的です。先輩《せんぱい》として温かく迎《むか》えたものの、返ってきたあいさつはかなりぶっきらぼうでした。シラケ世代なのかな、と想像します。でも実はやはりそれなりの理由がありました。

◇◆

小説のタイトルからもわかるように、全体的に「物語散歩」向けの、うれしい作品です。もっとも、散歩に行きたくなるのに行けない、という話もあります。それは練馬《ねりま》区の語る章。この上なく心地よい余韻《よいん》を残してくれたのですが、「その場所」に行くのは大変難しいようです。

この本には、23区以外に武蔵野《むさしの》市や東京都が主役となる章も「特別収録」として入っています。内容も本編に負けず劣《おと》らずおもしろい。付録の「東京地図案内」もおおいに参考になるものでした。

京王プラザホテルの本館で展望室の有無を確かめたところ、最上階の47階にあるのはカラオケルームでした。眺望《ちょうぼう》を楽しみながらさぞ気分よく歌えることでしょう。

Book 068

# 又吉直樹『劇場』

## 渋谷区・神宮前交差点

### 沈《しず》んだ劇作家に生じた直感

明治《めいじ》通りと表参道《おもてさんどう》が交わる神宮前《じんぐうまえ》交差点（渋谷区）は、人出の多い、にぎやかな場所です。近くのラフォーレ原宿《はらじゅく》は、特によく知られたスポットでしょう。

◇◆

8月の午後。真夏の日差しのもと、この交差点をよぎる男性がいます。又吉直樹《またよしなおき》『劇場』（2017年）の主人公・永田《ながた》です、新宿を出た彼《かれ》は、徒歩で明治通りを南下し、ここにやってきました。

永田は地方出身の、若き劇作家です。中学時代から一緒《いっしょ》だった野原《のはら》という男と、東京で劇団を立ち上げました。まだまだ無名です。残念なことに、彼《かれ》らの公演に対する評価は悪く、それを見てしまった永田の心は暗いものに支配されます。

神宮前交差点を通過する時の永田の感情も沈《しず》みきっていました。彼《かれ》は三鷹《みたか》に住んでいますが、電

『劇場』又吉直樹（新潮社刊）

車に乗れるような心の状態ではありません。

永田は神宮前交差点から原宿駅近くを通り、歩道橋を渡《わた》って代々木競技場の横を歩いていきます。この時の永田は、自分より先に「肉体」が行動を取っているような感覚でした。道に面した一《いっ》軒《けん》の店に永田は入りますが、これも肉体の行動に

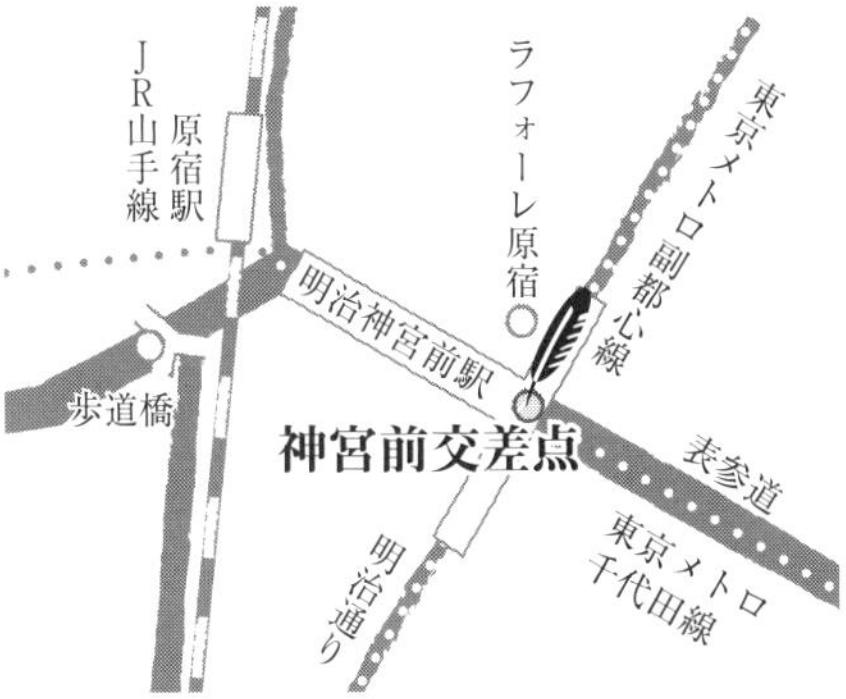


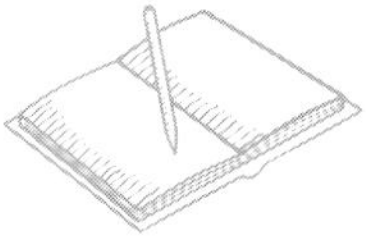

自分が従った、という感覚のようです。

また別の店の前へ。この時、彼《かれ》は他者を認識します。店をのぞいていた女性でした。永田はある直感から、彼女《かのじょ》に近づこうとします。彼《かれ》に背を向け、歩き出す女性。女性が歩を速めても、彼《かれ》は接近をやめません。知らない人に声をかけたことのない彼《かれ》でしたが、口からは言葉が出てきました。

◇◆

彼《かれ》を理解する人が現れないものか。読んでいるこちらはそう思います。ただ、彼《かれ》はこの女性に妙《みょう》なことばかり話しかけました。これではこの女性はまったく相手にしないのでは、と思ったのですが……。

作品には他にも実在する場所が豊富に出てきます。羽根木《はねぎ》公園（世田谷《せたがや》区）、久我山稲荷《くがやまいなり》神社（杉並《すぎなみ》区）、井の頭公園など。読んでいる最中から散歩に行きたくなってうずうずしました。

# 5章

# 名作の物語散歩

## Book 069

# 江戸川乱歩『押絵と旅する男』

## 台東区・浅草十二階（凌雲閣）跡

### 遠眼鏡で捜《さが》す幻《まぼろし》の女性

１８９０（明治23）年、浅草《あさくさ》（台東区《たいとう》）の地に巨大《きょだい》なランドマークが出現しました。その名を凌《りょう》雲閣《うんかく》と言います。ひと呼んで「十二階」。日本初のエレベーターを備えた高層建築です。眺望《ちょうぼう》はさぞかしすばらしかったことでしょう。

江戸川乱歩《えどがわらんぽ》の傑作《けっさく》『押絵《おしえ》と旅する男』（１９２９〈昭和４〉年）では、この十二階が物語の展開において重要な場所となります。

物語は全編幻想《げんそう》的な雰囲気《ふんいき》に彩《いろど》られています。魚津《うおづ》で蜃気楼《しんきろう》を見た帰り、夜汽車の中で「私」は押絵《おしえ》を持った不可思議な男と出会いました。押絵《おしえ》には、着物姿の美しい女性と、その女性にしなだれかかられている男性とが細工されています。とても色気のある場面ですが、男性の顔は老いており、若い女性と釣《つ》り合いません。男は「私」に奇《き》

『江戸川乱歩全集 第５巻 押絵と旅する男』江戸川乱歩（光文社文庫）

妙《みょう》なことを語ります。絵の中の男性は、自分の兄であるというのです。なぜ人間が押絵《おしえ》の中に入ってしまったのでしょうか。

　この悲劇は、男の兄が十二階の上から遠眼鏡で下方を窺《うかが》っている時に、ある美しい女性を見いだしたことから始まりました。ついうっかり目を離《はな》

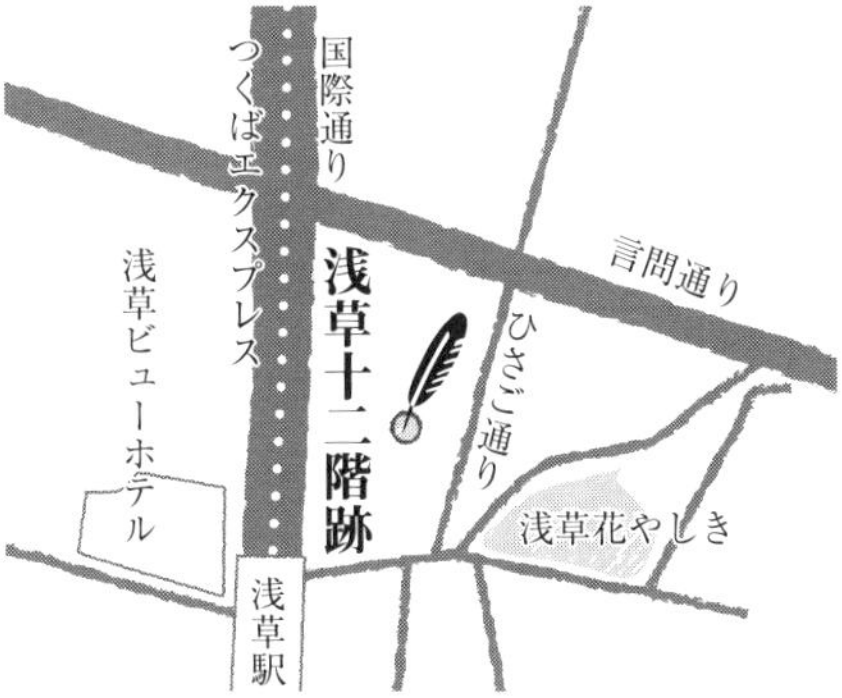

した間に、女性を見失ってしまった兄は、それから十二階に日参し、幻《まぼろし》の女性を捜《さが》し出そうとします。そして、ついにその女性を見つけ出した時、兄は思ってもみなかった新たな悲しみに襲《おそ》われました。

◇◆

　コンピューター・グラフィックスが飛躍的《ひやくてき》な進歩を遂《と》げている現在だからこそ、『押絵《おしえ》と旅する男』の内容は新たな意味あいをもって読む者をひきつけることでしょう。

　浅草十二階は、1923（大正12）年の関東大《かんとうだい》震災《しんさい》で折れ、以後再建されませんでした。建っていた場所は今の花《はな》やしきの西側、ひさご通りと国《こく》際《さい》通りとの間になります。ただ残念ながら、かつて十二階があった場所に、それを示す案内表示は見あたりません。

# Book 070

## 横溝正史『女王蜂』

### 中央区・銀座・歌舞伎座

**美しい娘《むすめ》に群がる男たち**

地下鉄の東銀座《ひがしぎんざ》駅（中央《ちゅうおう》区）から地上に出ると、桃山《ももやま》風の荘重《そうちょう》な建築が見えます。1889（明治22）年開場の歌舞伎座《かぶきざ》です。空襲《くうしゅう》の被害《ひがい》を受けましたが、その後復興。さらに2013年には、これまでの外観を生かし、オフィスビルと一体化した新たな建物が完成しました。

◇◆

1951（昭和26）年の6月6日、目の覚めるような美女が歌舞伎座を訪れました。名前は大道《だいどう》寺智子《じともこ》。18歳《さい》になったばかりです。横溝正史《よこみぞせいし》『女王蜂《ばち》』（1952年）の主人公であるこの女性、生まれ育ったのは伊豆《いず》の海に浮《う》かぶ月琴島《げっきんとう》でした。

実の父は彼女《かのじょ》の生まれる前に世を去り、母も既《すで》に亡くなっています。18歳《さい》の誕生日《たんじょうび》を迎《むか》えるにあたり、現在の戸籍《こせき》上の父である大道寺欣造《きんぞう》の元に引き取られ、東京に来ました。

『女王蜂 金田一耕助ファイル9』横溝正史（株式会社KADOKAWA）

歌舞伎座にやって来た智子の周囲には数人の男がいます。招待を受けて来た者、紛《まぎ》れ込《こ》んだ者、それぞれ智子の美しさにひかれ、近づく機会を狙《ねら》っています。ところが、その中の1人が幕間《まくあい》に毒殺されました。智子にもらったというチョコレートを食べた直後でしたが、その包み紙の色は

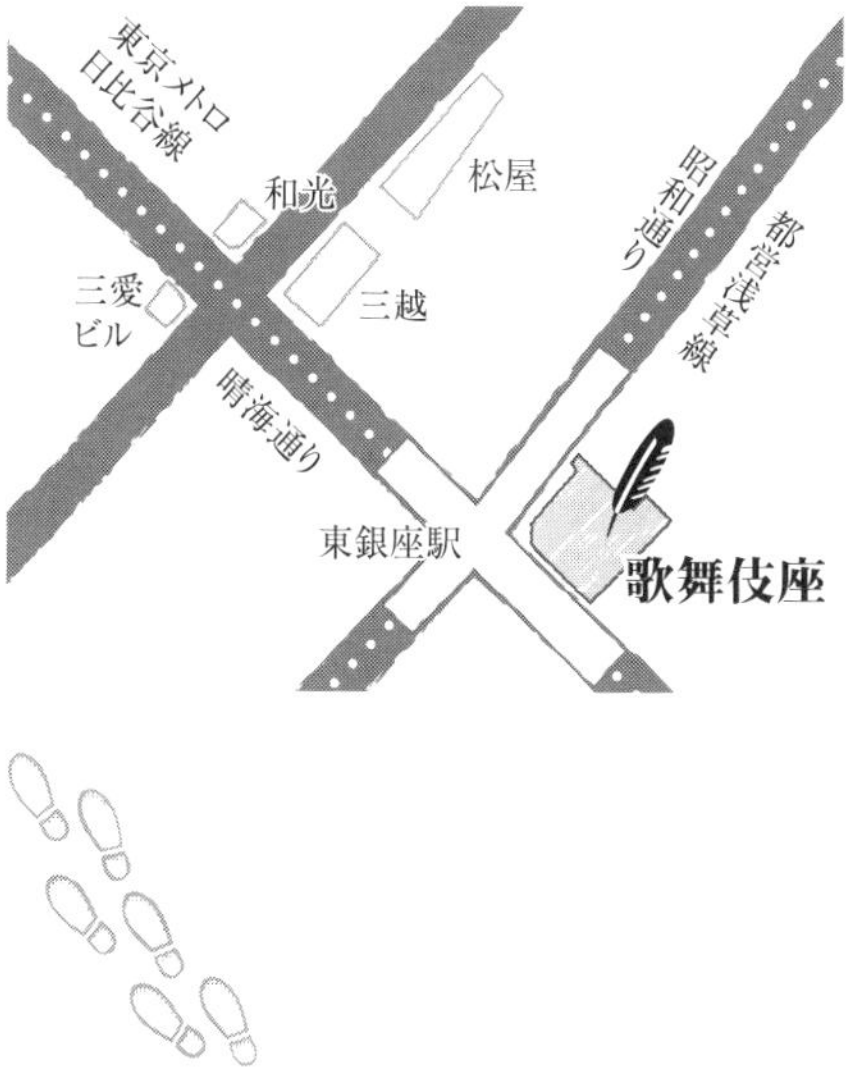


智子のあげたものと違《ちが》っていました。

　智子の周囲で忌《い》まわしいことが起きたのはこれが初めてではありません。前の月に伊豆の松籟荘《しょうらいそう》というホテルで2人が殺されるという事件があったばかり。殺害されたのは庭番の老人と、智子の夫候補のうちの1人でした。

　さらに古くさかのぼれば19年前、智子の実の父親の死因にも謎《なぞ》めいた部分がありました。そして、実の父親がどういう人物であったのかについても謎《なぞ》が残されていました。

　今回の2件の殺人現場に居あわせたのは探偵《たんてい》・金田一耕助《きんだいちこうすけ》でした。依頼《いらい》を受けて智子と行動を共にしていたのですが、その依頼《いらい》人も謎《なぞ》の人物です。

◇◆

　謎《なぞ》の事件に、謎《なぞ》の人物。約20年の長きにわたる愛憎《あいぞう》劇を金田一耕助はどう推理・解決していくのか。中身の濃《こ》い作品です。

# Book 071 小泉八雲『むじな』

## 港区・紀伊国坂

### のっぺらぼうが出る坂

港《みなと》区の紀伊国坂《きのくにざか》は、弁慶堀《べんけいぼり》に沿って四谷《よつや》方面に上る広い坂です。高速道路が脇《わき》を走る、いかにも大都会の坂道らしい雰囲気《ふんいき》ですが、ここは小泉八《こいずみや》雲《くも》（ラフカディオ・ハーン）『怪談《かいだん》』（1904〈明治37〉年）の「むじな」の舞台《ぶたい》となったことでも知られます。

◇◆

この話、ご存じの方も多いと思います。ですが、最近の高校生に聞いてみると、首をかしげる場合が意外と多い。学校で触《ふ》れる機会が減ったからかもしれません。よくできた怪談《かいだん》ですので、ぜひ若い人にも知っていただきたく思います。

まだ街灯や人力車すらなかった時代の話です。1人の商人がここでむじなに化かされました。夜《よ》更《ふ》け、紀伊国坂を上っていると、堀《ほり》ばたに女がしゃがんですすり泣いています。気になった彼《かれ》はそばに寄って声を掛《か》けますが、返事はなく、ただ泣くばかり。

　商人は優しい人だったので、さらに女の背中に語りかけ、落ち着かせようとします。すると女はようやく立ち上がります。彼《かれ》の言葉に応じるように振《ふ》り返り、自分の顔を初めて相手に見せました。

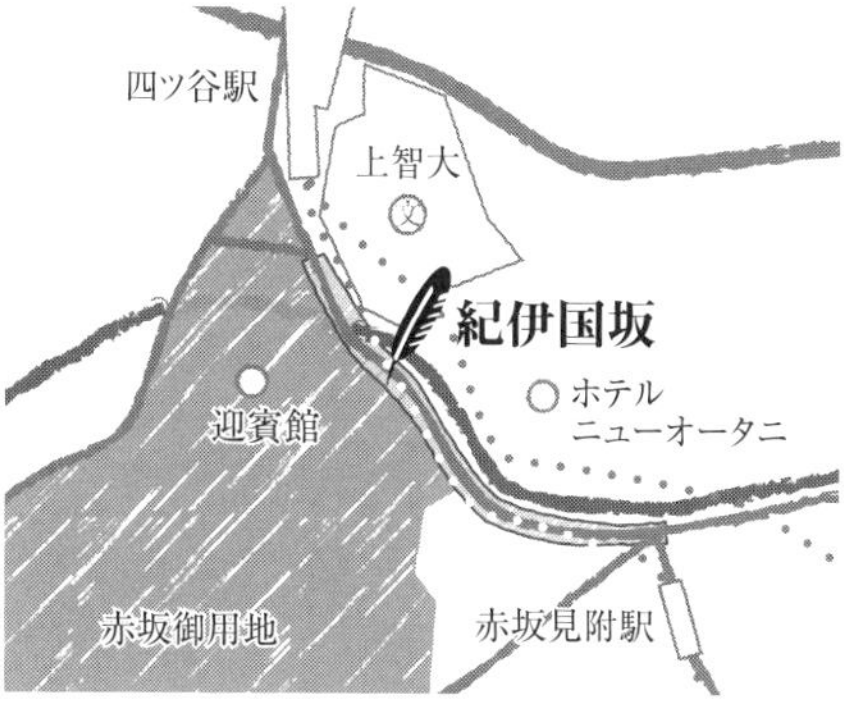


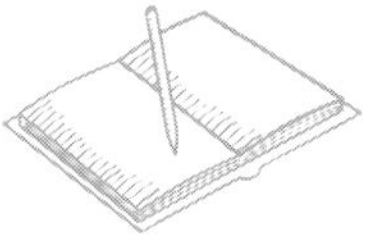

なんとそれは、目も鼻も口もない、のっぺらぼうでした。
　商人の驚《おどろ》くまいことか、紀伊国坂を必死で駆《か》け上りました。やっと闇《やみ》の向こうにそば屋の灯が見えます。助かったとばかりにそこに転げ込《こ》んで、今起きた一件をそば売りに伝えました。しかしその直後、もっと驚《おどろ》かされる羽目になります。

◇◆

　この物語の最後の一文、怖《こわ》さを倍増させるのに、とても大きな効果を発揮しています。

　むじなというのは、狸《たぬき》や狐《きつね》同様に人を化かすと思われていた動物です。

　その昔《むかし》はかなり寂《さび》しげな場所だったという紀伊国坂ですが、残念ながら（？）今や昔日《せきじつ》の面影《おもかげ》なく、むじなもどうやらどこかに引っ越《こ》しを余儀《よぎ》なくされたようです。

# Book 072

## 三島由紀夫『雨のなかの噴水』

### 千代田区・和田倉噴水公園

**計画を狂《くる》わせた少女の涙《なみだ》**

JR東京《とうきょう》駅から行幸《ぎょうこう》通りを皇居に向かって歩くと、右側に和田倉噴水《わだくらふんすい》公園の3基の大噴水《だいふんすい》が見えてきます。当時の皇太子のご成婚《せいこん》を記念して、1961（昭和36）年に完成したもので、平成に入り再整備も行われました。

◇◆

6月の午後、雨降る噴水《ふんすい》公園に、1組のカップルがやって来ました。相合い傘《がさ》の、まだ年若い2人です。少女のほうは、目から大粒《おおつぶ》の涙《なみだ》を流しています。これは1963（昭和38）年発表の三島《みしま》由紀夫《ゆきお》「雨のなかの噴水《ふんすい》」での一こま。

少年はこの少女の心をとらえるために最大限の努力を払いました。その努力は実を結び、彼女《かのじょ》が愛してくれているという確信があります。この状況《じょうきょう》下でこそ、少年の計画が実行できます。それは、少女に別れを告げること。彼《かれ》の人生で最初の別れ

『雨のなかの噴水』三島由紀夫（講談社）

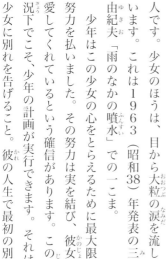

話です。

この場面のために、少女との関係を築き上げてきた少年でした。だからこそ、彼《かれ》の「別れよう」という言葉は、十分な衝撃《しょうげき》をもって相手に伝わったはずです。喫茶店《きっさてん》の中でした。

少女は泣きました。声はありません。ひたすら

涙《なみだ》だけがあふれています。少女の涙《なみだ》も少年の筋書き通りでしたので、涼《すず》しげな気持ちで見ていられました。
この後、少年の計画は少し狂《くる》いました。少女の涙《なみだ》が止まらないのです。周囲の目が気になり始めた彼《かれ》は店を出て、この公園に来ました。少女は無言で涙《なみだ》を流しながらついてきます。

◇◆

少年がこの公園に来たのは、噴水《ふんすい》と少女の涙《なみだ》とを対抗《たいこう》させようと考えたからです。噴水《ふんすい》の圧倒的《あっとうてき》な水量に涙《なみだ》がかなうはずがありません。ところが少女は噴水《ふんすい》を見てくれません。雨も少年にとっては負担になってきます。何やら当初の計画とずれていってしまいそうな雰囲気《ふんいき》です。

さすが三島由紀夫という、噴水《ふんすい》の見事な描写《びょうしゃ》があります。ぜひとも実際の噴水《ふんすい》を見ながら味わっていただきたく思います。

# Book 073
# 志賀直哉『赤西蠣太』

**港区・麻布・仙台坂**

## 偽《いつわ》りの恋文を書いた誠実な侍《さむらい》

港《みなと》区南麻布《みなみあざぶ》の韓国《かんこく》大使館前を有栖川宮《ありすがわのみや》記念公園へと上る坂が仙台《せんだい》坂です。江戸時代、坂の近くに仙台藩《はん》伊達《だて》家の下屋敷《しもやしき》があったことから名付けられました。

◇◆

志賀直哉《しがなおや》の小説『赤西蠣太《あかにしかきた》』(1917〈大正6〉年)の主人公・赤西蠣太は、仙台坂の伊達兵部《ひょうぶ》に仕える侍《さむらい》です。蠣太は30代半ばの独身男ですが、老け顔で容姿も醜《みにく》い、さえない人物です。好きなものは菓子《かし》と将棋《しょうぎ》。仲間からも軽く見られがちですが、時に大胆《だいたん》な行動をとることもあり、奥行《おくゆ》きの深さをうかがわせます。

次第に蠣太の正体が読者に示されてきます。実は彼《かれ》は密偵《みってい》でした。

有名なお家騒動《そうどう》である「伊達騒動《そうどう》」において、一方の派の中心だったのが伊達兵部と原田甲斐《はらだかい》で

『赤西蠣太：他十四篇』志賀直哉(株式会社KADOKAWA)

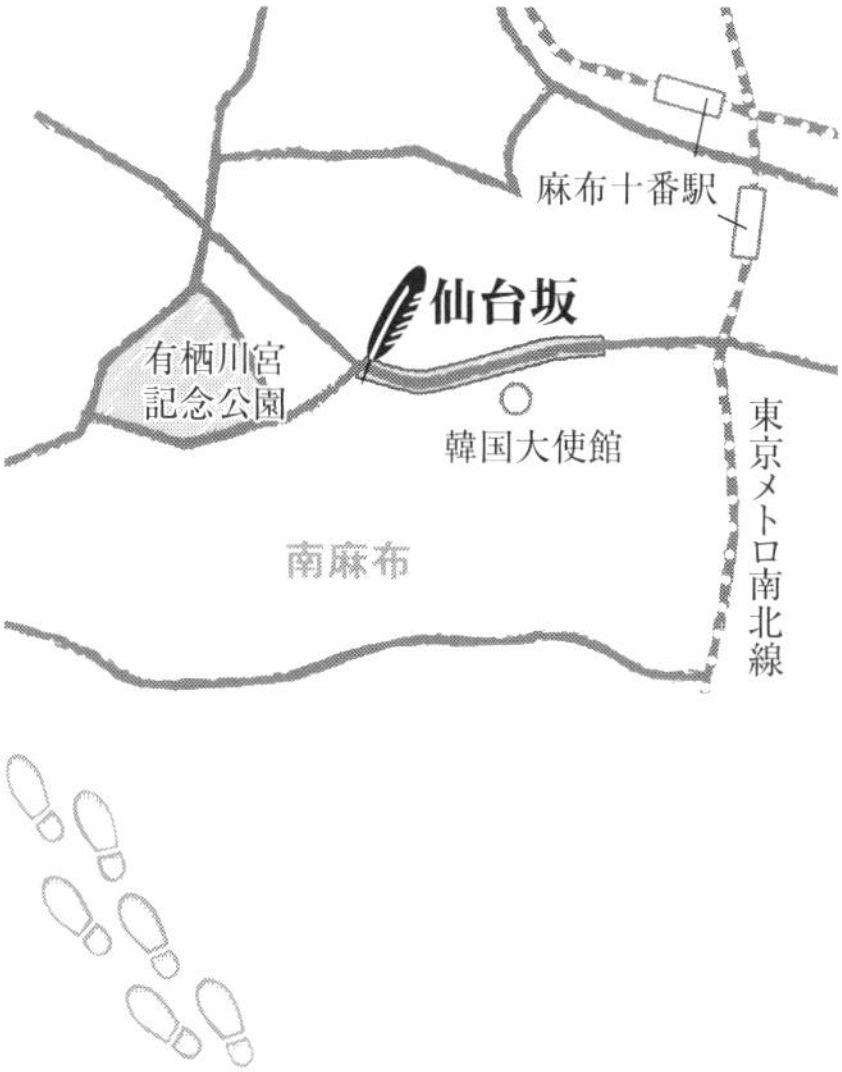


す。蠣太は対立する側の密命を帯び、兵部の屋敷《やしき》に紛《まぎ》れ込《こ》んでいる人間でした。

　調査も終わり、いよいよ屋敷《やしき》を出る時が来ました。蠣太は、原田甲斐を探っていた仲間の密偵《みってい》・銀鮫鱒次郎《ぎんざめますじろう》と共に、怪《あや》しまれずに脱走《だっそう》する手段を考えます。鱒次郎の立てた計画は、美人で評判の腰元《こしもと》・小江《さざえ》に蠣太が恋文を出して見事に振《ふ》られる、というものでした。それがうわさになり、いたたまれなくなって出奔《しゅっぽん》、という筋書きならば自然だろうと鱒次郎は言います。

　誠実な人である蠣太は気が進みません。偽《いつわ》りの艶書《えんしょ》とはいえ、自分のような醜男《ぶおとこ》に思いを寄せられた小江の気持ちに立つと気の毒でならないと思うからです。しかし任務遂行《すいこう》は絶対命令。蠣太は意を決して艶書《えんしょ》を書き上げ、小江に渡《わた》しました。後は読んだ小江がせせら笑って、仲間たちに触《ふ》れ回るのを待つばかり。

◇◆

　ところがその後、事態は蠣太の予想に反するような展開を見せます。そして余韻《よいん》のある結末へとつながっていきます。

　蠣太が切なさを感じつつ立ち去った仙台坂、今は都バスも通る道となっています。

# Book 074

# 幸田露伴『蘆声』

**江戸川区・旧中川**

## 貧しい少年との心の交流

江戸川区平井《えどがわくひらい》7丁目に平井西袋《にしぶくろ》というバス停があります。「西袋」というのは、このあたりの古い地名で、近くを流れる旧中川《きゅうなか》がこの北方で西に大きく湾曲《わんきょく》していることに関連した名前のようです。

◇◆

岩波《いわなみ》文庫の『幻談《げんだん》・観画談』に収められている幸田露伴《こうだろはん》の小品「蘆声《ろせい》」（1928〈昭和3〉年）にも、西袋の名が登場します。

明治の時代の物語です。秋の彼岸《ひがん》の少し前、釣《つ》りの趣味《しゅみ》をもつ「自分」は、この日も釣《つ》りざおを持って中川（当時）の西袋にやって来ました。

彼《かれ》にはお気に入りの釣《つ》り場所があります。前日からえささをまいて、魚が集まってくるようにしてありました。しかし、その場所に行ってみると、1人の少年が既《すで》に釣《つ》り糸を垂《た》れています。

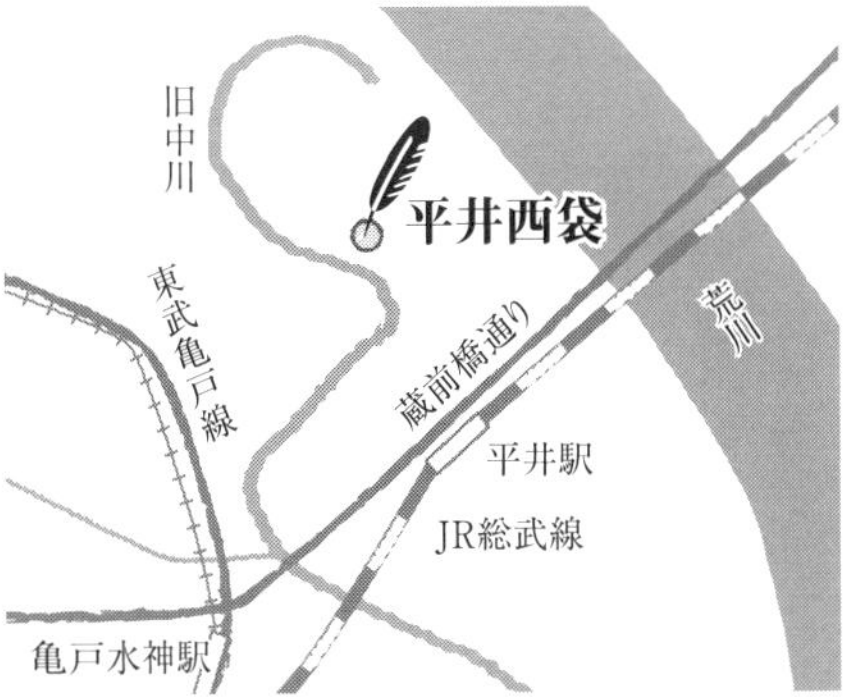


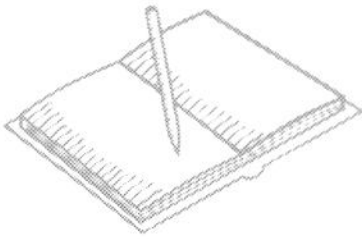

少年は見るからに貧しそうな風体でした。釣《つ》りざおも仕掛《しか》けも話にならないお粗末《そまつ》なものです。「自分」は少年に声を掛《か》け、その場所をどいてもらおうとしました。

　穏《おだ》やかに諭《さと》したつもりでしたが、要するにどけと言われているわけですから、少年はおもしろくなさそうです。でも場所を譲《ゆず》ってくれました。

　はじめは気まずい雰囲気《ふんいき》の2人ですが、次第にうち解けてきます。少年の境遇《きょうぐう》もだんだん見えてきました。少年の生母は亡くなり、今は父親が新しく迎《むか》えた母がいます。新しい母は少年につらく当たりました。釣《つ》りに来たのも母に言いつけられてのこと。しかし、彼《かれ》の貧しい仕掛《しか》けでは釣《つ》れるのは鮒《ふな》が関の山です。鮒《ふな》を持って帰っても、母は満足してくれません。

　「自分」は、少年の発したある言葉から、その気性の美しさに心動かされました。彼《かれ》に何か援助《えんじょ》はできないものかと考えます。

◇◆

　作品では「西袋」と記されていますが、記述を見ると、釣《つ》りをしたのはバス停側の対岸、現在の墨田《すみだ》区側の川岸にあたるようです。

# Book 075

## 泉 鏡花『外科室』

### 文京区・小石川植物園

『外科室』泉鏡花（岩波文庫）

**伯爵《はくしゃく》夫人の心にある秘密とは**

文京《ぶんきょう》区白山《はくさん》にある小石川《こいしかわ》植物園は、日本でもっとも古い植物園です。正式には「東京《とうきょう》大学大学院理学系研究科附属《ふぞく》植物園」といい、植物学の教育・研究のための施設《しせつ》ですが、一般《いっぱん》にも公開されています。園内は広大で、山奥《やまおく》に来ているのではないかと思ってしまうような場所もあります。

◇◆

泉鏡《いずみきょう》花《か》が1895（明治28）年に発表した『外科室』では、ここ小石川植物園で起きたことが、その後の主人公たちの運命を決定づけました。

東京のとある病院において、外科手術が行われようとしています。執刀《しっとう》するのは外科科長の高峰《たかみね》医学士、施術《せじゅつ》を待つ患者《かんじゃ》は貴船伯爵《きふねはくしゃく》の美しき令夫人です。

白衣を身にまとい、手術台に横たわる夫人に、麻酔《ますい》薬が差し出されます。ところが夫人は、その

薬を飲むことを拒否《きょひ》します。

　胸を切開するという大きな手術です。麻酔《ますい》なしで臨むことなどできません。しかし、夫の伯爵《はくしゃく》や腰元《こしもと》がいくら説得しても、夫人は聞き入れません。

「眠り薬を用いられた人はうわごとを言うことがあるらしい。自分は心に一つ秘密をもっているから、それが怖《こわ》い」と、夫人は理由を説明します。その秘密というのは、彼女《かのじょ》の心を大きく占《し》めているものであり、決して誰《だれ》にも聞かせられないもののようです。

　麻酔《ますい》を使わないで切ってほしいと夫人は求めました。周囲は仰天《ぎょうてん》しますが、結局それを受け入れることになります。

　高峰医学士による手術が始まりました。夫人は気丈《きじょう》にも取り乱しません。

　しかし、メスが骨に達せんとした時、夫人は跳《は》ね起き、高峰の腕《うで》にすがると、謎《なぞ》の言葉を発してこと切れました。その言葉の意味は、高峰にはわかるようです。

◇◆

　それは、9年前、小石川植物園で起きた、一つの小さな、しかしあまりに運命的な出来事に関係するものでした。

# Book 076

# 夏目漱石『それから』

## 文京区・金剛寺坂

### 3年ぶりに再会 旧友の妻

文京区にある金剛寺《こんごうじ》坂は、春日《かすが》2丁目を神田《かんだ》川方面から春日通り（国道254号）へと上る坂です。説明標識によると、江戸時代、この坂の西側にあった金剛寺という禅《ぜん》寺が坂名の由来になったそうです。標識では他に、この近くで生まれた作家・永井荷風《ながいかふう》がこの坂を使って小学校に通っていた旨《むね》の説明もなされています。当時は狐《きつね》も出没《しゅつぼつ》したとか。

◇◆

夏目漱石《なつめそうせき》も小説『それから』（1909〈明治42〉年）の中で、主人公の長井代助《ながいだいすけ》に金剛寺坂を上らせています。中学時代からの旧友・平岡常次郎《ひらおかつねじろう》とその妻・三千代《みちよ》の住む家を訪れるためです。

銀行に就職した平岡は、三千代と結婚《けっこん》するのとほぼ時を同じくして、京阪地区の支店に転勤します。しかし、ある事情で辞職。東京に戻《もど》りました。

『それから』夏目漱石（新潮文庫刊）

代助は平岡夫婦のために小石川の傳通院《でんづういん》近くにある住居を紹介《しょうかい》したり、兄や兄嫁《あによめ》にお金を借りようと頼《たの》み込《こ》んだりします。代助自身は30歳《さい》ですが、まだ職をもたず、父親から経済的援助《えんじょ》を受けている身です。平岡から働かない理由を問われた代助は、「日本対西洋の関係が駄目《だめ》だから」だと

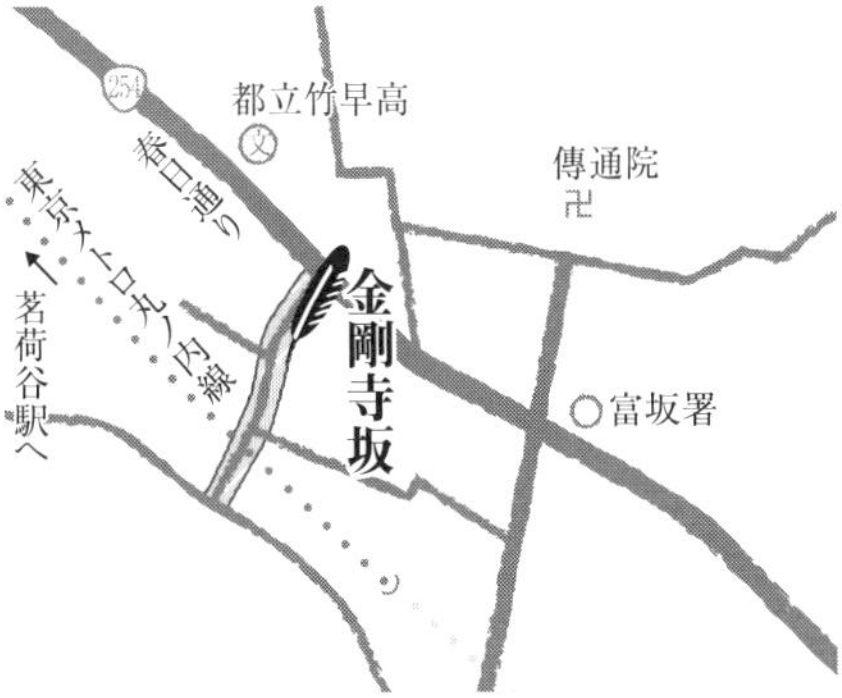


言い、食うための職業は誠実にはできない、と答えます。

いわゆる高等遊民の代助に、少しずつ変化をもたらすことになるのが、平岡の帰京によって3年ぶりに会った三千代の存在でした。

三千代とは代助の学生時代に知り合いました。3年前、平岡と彼女《かのじょ》を結びつけたのも代助です。しかし、現在、平岡の三千代に対する愛は薄《うす》くなっていました。反対に、自分にとって三千代がどのような存在であるのか、代助は次第に気づいていきます。

◇◆

金剛寺坂の途中《とちゅう》では、眼下に東京メトロ丸ノ内《まるのうち》線の線路が望めます。ここでは線路が地上に出ています。少し先に行くと、今度は地下鉄の線路の下を道路がくぐるという、ちょっと不思議な場所も見られます。

# Book 077

# 菊池寛『出世』

## 台東区・国際子ども図書館

**翻訳《ほんやく》のピンチ 救われる**

ＪＲ上野《うえの》駅で下車し、都道４５２号を谷中《やなか》方面に歩いていたところ、上野公園先の右手側に重厚な近代西洋建築を見つけました。国際子《こくさいこ》ども図書館です。２０００年の開館ですが、建物には１９０６（明治39）年以来の歴史があり、かつて帝国《ていこく》図書館として使われたものを再生利用したものです。１９４７（昭和22）年に国立《こくりつ》図書館と名称《めいしょう》が変更《へんこう》され、翌年開館した国立国会図書館の支部になった時代を経て、現在の形となりました。

帝国図書館は上野図書館という通称《つうしょう》で呼ばれていたと聞いて、菊池寛《きくちかん》の小説「出世」（１９２０〈大正９〉年）に出てくる「上野の図書館」とはここのことだったかと納得しました。

◇◆

物語冒頭《ぼうとう》で主人公の譲吉《じょうきち》は、久しぶりにこの図書館を訪れます。以前はごく頻繁《ひんぱん》に図書館を利用していたものでした。

地方の中学卒業後、東京に出たころの彼《かれ》は苦労の連続でした。特に専門学校を退学となった時と大学卒業直後は、それぞれ半年も無為《むい》な生活を送ることを余儀《よぎ》なくされましたが、その時の彼《かれ》が多く時を過ごしたのが図書館でした。

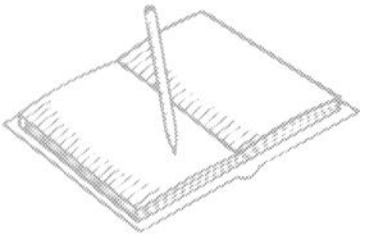

譲吉は特にこの上野図書館に忘れられない思い出がありました。大学卒業後、故郷に送る金をつくるために、翻訳《ほんやく》の仕事をしますが、その時に起きた非常に大きなピンチを救ってくれたのがこの上野図書館でした。そのことに関する一連の思い出は、決して愉快《ゆかい》なものではありません。しかし、現在の譲吉はその時とはずいぶんと境遇《きょうぐう》が変わり、経済的にも精神的にもゆとりが出ていました。懐《なつ》かしさといとしさをもって当時の自分を見つめることもできます。

思い出にふける譲吉の脳裏に、上野図書館の1人の職員のことが浮《う》かんできました。その人との間にも強烈《きょうれつ》な思い出がありました。

◇◆

閲覧《えつらん》券の購入《こうにゅう》や下足番の存在など、当時のシステムについてこの小説を読んで得た知識も複数あります。

# Book 078

## 芥川龍之介『舞踏会』

**千代田区・鹿鳴館跡**

### 晴れ舞台《ぶたい》で脚光《きゃっこう》浴びた少女

文明開化や欧化《おうか》主義の象徴《しょうちょう》ともいえる鹿鳴館《ろくめいかん》は、現在の帝国《ていこく》ホテル（千代田《ちよだ》区）のすぐ近くに存在していました。イギリス人ジョサイア・コンドルの設計になるものでした。完成は１８８３（明治16）年です。

かつてそこで行われた舞踏《ぶとう》会について、たとえばフランスの作家ピエール・ロティなどは、かなり手厳しい表現で記録していますが、日本人にとって、この上ない晴れの場であったことは確かです。

◇◆

芥川龍《あくたがわりゅう》之《の》介《すけ》「舞踏《ぶとう》会」（１９２０〈大正９〉年初出）の主人公・明子《あきこ》にしても思いは同じです。17歳《さい》の明子はある夜、生まれて初めての正式な舞《ぶ》踏《とう》会に臨みました。父親と乗り込《こ》んだ馬車の中では落ち着かない気持ちでしたが、実際に鹿鳴館に

『舞踏会・蜜柑』芥川龍之介（株式会社 KADOKAWA）

入ると、明子の心から不安は次第に消えていきました。

その理由は明子の美しさにありました。すれ違《ちが》う人は皆、彼女《かのじょ》に特別な視線を向け、同年配の娘《むすめ》たちは明子の姿をほめたたえます。不安は自信に変わり、少し得意を感じる明子です。

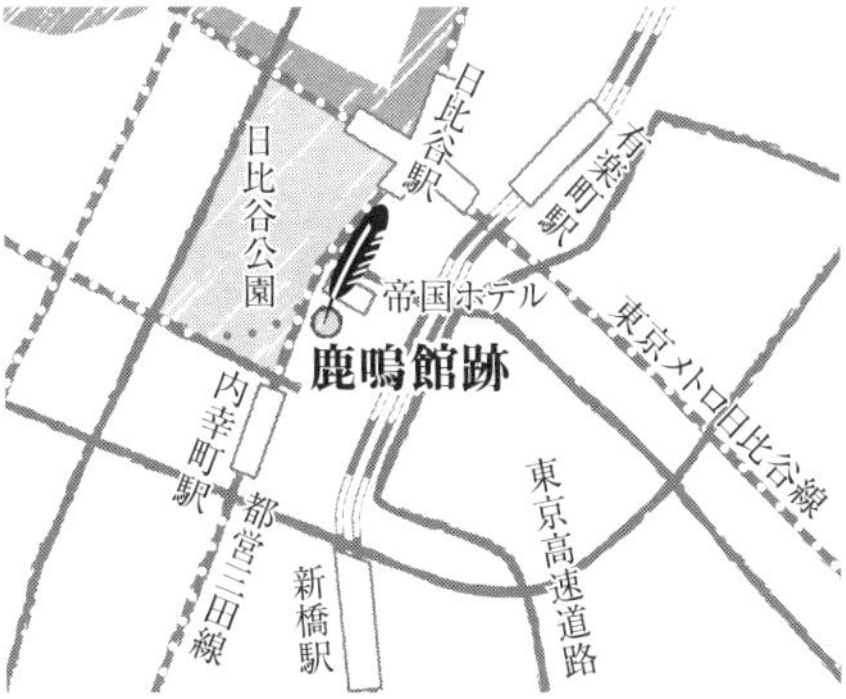

その時、異国の海軍将校がそっと明子に歩み寄り、踊《おど》りに誘《さそ》いました。もちろん彼女《かのじょ》は快諾《かいだく》します。将校は場慣れしており、巧《たく》みに明子をリードしつつ、耳元に甘《あま》い言葉をささやきます。踊《おど》りの後、2人は共に階下の部屋でアイスクリームを食べ、星月夜の露台《ろだい》で遠い花火に見入りました。

◇◆

時は移ろいました。明子は既《すで》に老婦人となっています。ある日、鎌倉《かまくら》に向かう列車の中で1人の青年小説家と一緒《いっしょ》になりました。彼女《かのじょ》は鹿鳴館における思い出の一夜のことを青年に話します。この後、青年との間で交わされた会話は余韻《よいん》に富み、読者の想像力をかきたてます。

帝国ホテルの隣《となり》に建つ日比谷《ひびや》U―1ビル脇《わき》に鹿鳴館跡《あと》を示す石のプレートがあります。目立たない場所なので、うっかりすると気づかず通り過ぎてしまうかもしれません。

# Book 079

## 太宰 治『乞食学生』

**三鷹市、武蔵野市・玉川上水・万助橋付近**

### 無礼な少年言い負かそうと

今回は太宰治《だざいおさむ》が亡くなった場所に近い、玉川《たまがわ》上水の万助橋《まんすけ》付近を「物語散歩」します。今回の散歩にたずさえる小説は１９４０（昭和15）年発表の「乞食《こじき》学生」です。

◇◆

主人公「私」は小説家で、今しがた、完成した小説を編集者にあてて投函《とうかん》したばかりです。まったく気に入らない出来栄えで、送った後もすっかり意気消沈《しょうちん》してしまいました。

帰る気も起きないため、「私」は自宅とは反対方向へ。ふらふらと玉川上水の土手の上を歩き始めました。

万助橋の先あたりで叫び声を聞きました、見ると川に少年がいて下流に押《お》し流されています。淀《よど》橋浄水《ばしじょうすい》場があったころの玉川上水です。今とは水量や流れの強さが違《ちが》います。

「私」は少年を助けようと走り出しました。救助が失敗して一緒《いっしょ》に死んだとしても、死に場所を得たというものだ、などと考えつつ走ります。ところがどうしたことでしょう。少年は気づかぬうちに土手に上がっていました。

「私」は知らずに少年の体を踏《ふ》んづけてしまいます。ひどい、と文句を言う少年。

「私」も黙《だま》ってはおられず、少年に対して言い返します。やりとりをするうち、「私」はどうにも傲慢《ごうまん》で無礼なこの少年をひどい目に遭《あ》わせたく思います。言葉で言い負かしたいのですが、残念ながら口べた。ただ、そんな「私」が自由自在に言葉を操れる場所がありました。井《い》の頭《かしら》公園の池畔《ちはん》にある茶屋です。ここで池を眺《なが》めつつ話をする時、「私」の弁舌はこの上なく巧《たく》みになるのです。

「私」は少年をその茶屋に連れて行こうとします。さてどうなることやら。

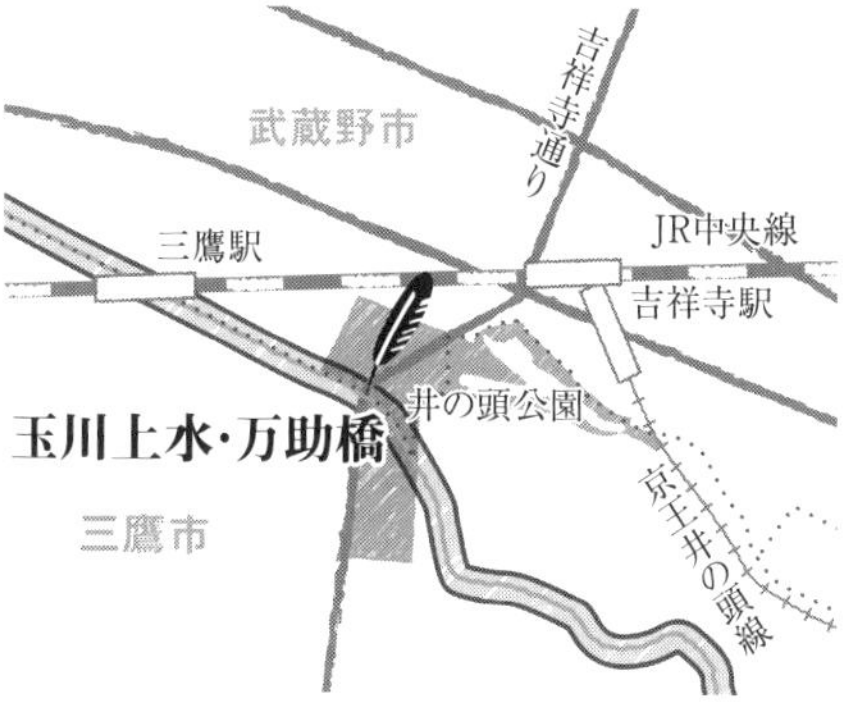

◇◆

万助橋から下を眺《なが》めました。小川の趣《おもむき》ですが、水面まではそれなりの距離《きょり》があり、土手からは多くの木々が生えて視界を遮《さえぎ》っています。これに激《げき》流《りゅう》が加わるならば、十分に恐怖《きょうふ》を感じそうです。

Book 080

# 島崎藤村『春』

## 千代田区・帯坂

### 教え子との再会 募《つの》る苦悩《くのう》

ＪＲ市《いち》ケ《が》谷《や》駅（千代田区）の近くに帯《おび》坂という、気になる名前の坂道があります。よく知られた怪談《かいだん》「番町皿屋敷《ばんちょうさらやしき》」のヒロイン・お菊《きく》さんが帯を引きずりながら逃《に》げたという伝説から命名されたそうです。

◇◆

島崎藤村《しまざきとうそん》の自伝的小説『春』（１９０８〈明治41〉年）にこの坂が描《えが》かれています。主人公・岸《きし》本《もと》捨吉《すてきち》のお気に入りの坂で、勤めていた麴《こうじ》町の女学校に通う時は、この坂を通りました。

物語は関西方面を半年余り放浪《ほうろう》していた捨吉が、久しぶりに友人たちに再会する場面から描《えが》かれます。時は１８９３年。捨吉22歳《さい》の夏です。

山国出身の捨吉を引き受け養育してくれた恩人さえも裏切る、すべてを捨てた放浪《ほうろう》でした。洪水のようにあふれるさまざまな思いをせき止められ

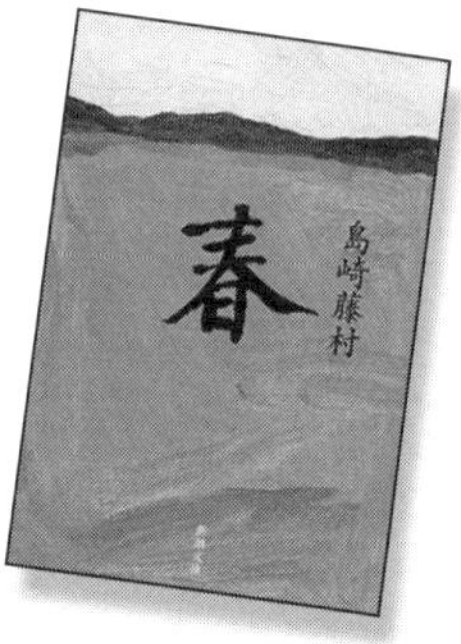


『春』島崎藤村
（新潮文庫刊）

ず、出奔《しゅっぽん》してしまった捨吉。その理由の一つは恋にありました。前述の学校で、捨吉は教え子であった安井勝子《やすいかつこ》を愛してしまったのです。

青年らしい悩《なや》みにもだえるのは捨吉の友人たちも同様でした。たとえば既婚《きこん》者の青木駿一《あおきしゅんいち》は、恋愛と結婚《けっこん》生活とのギャップなどに苦しみ、次第に心を病んでいきます。

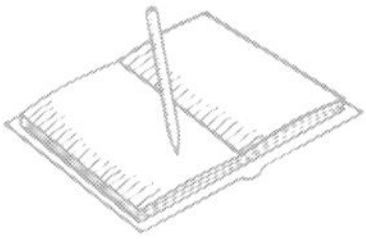

帰京した捨吉は、友人の骨折りで勝子と再会しました。でも婚約《こんやく》者のいる勝子に彼《かれ》は正直な思いを言えません。もどかしさは募《つの》るばかりです。

品川《しながわ》の遊郭《ゆうかく》にひと晩を過ごしてしまう捨吉。そんな自分に嫌気《いやけ》がさして、彼《かれ》は自分の命を捨てようとさえ思うのでした。

その後、捨吉は恩人にもまた会い、以前と同じ家に住むようになります。女学校の卒業式にも招かれ、勝子の読む答辞も聞きました。ただ、つかの間の平穏《へいおん》を楽しむ余裕《よゆう》もなく、つらい知らせがもたらされます。

◇◆

「片側には古い町がある」と記される帯坂。坂周辺の雰囲気《ふんいき》もかなり変わったようです。捨吉が勤めた学校のモデルは明治《めいじ》女学校。六番《ろくばん》町の跡地《あとち》へは、帯坂から歩いてすぐです。

# 6章

# 今読んでほしい物語散歩

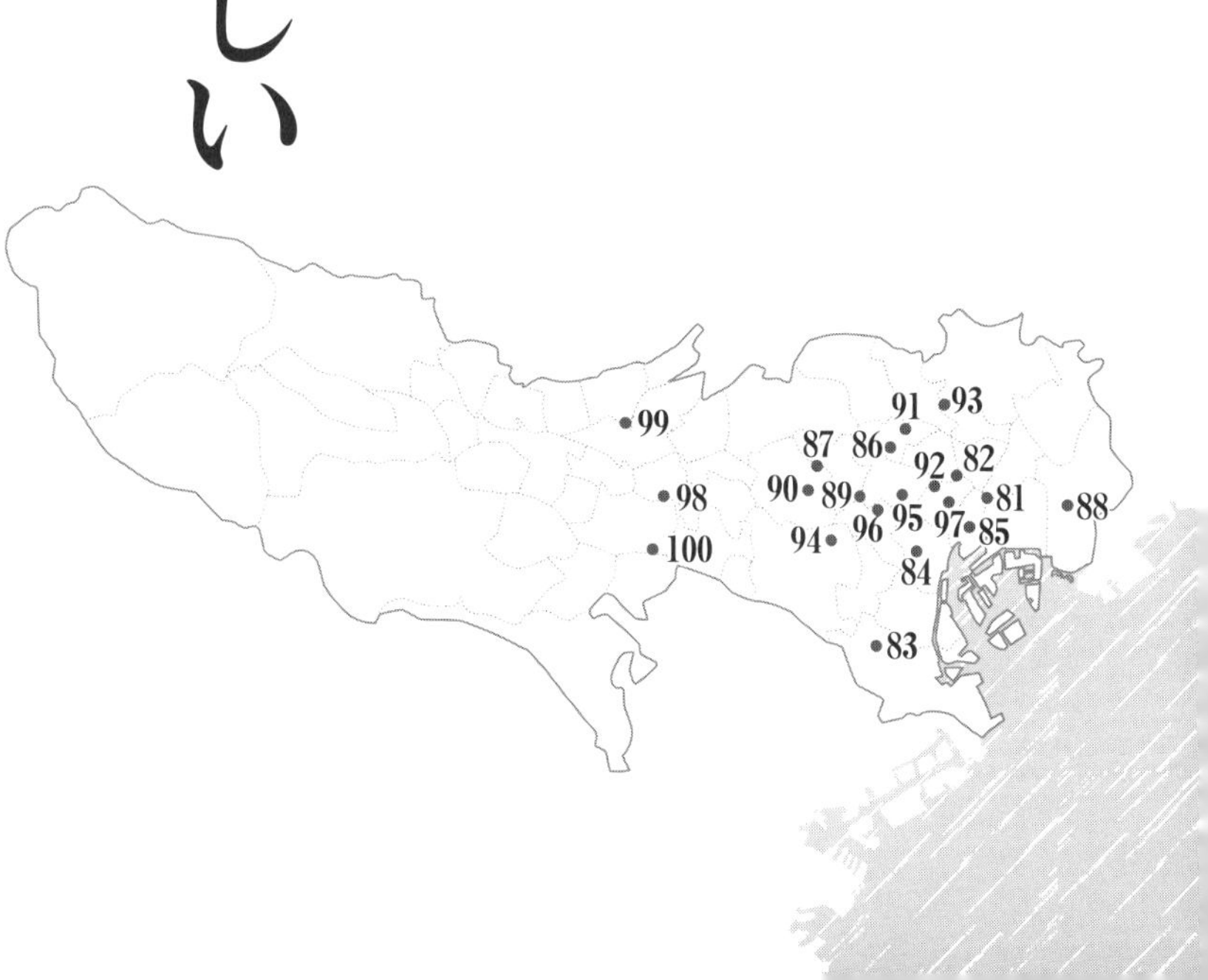

# Book 081

# 東野圭吾『容疑者Xの献身』

**江東区、中央区・隅田川・新大橋**

## 数学と物理 天才同士の頭脳戦

東野圭吾《ひがしのけいご》の直木《なおき》賞受賞作『容疑者Xの献身《けんしん》』（2005年）の主な舞台《ぶたい》は東京《とうきょう》都東部。江東《こうとう》区の亀《かめ》戸《いど》や新大橋《しんおおはし》、江戸川《えどがわ》区の瑞江《みずえ》や篠崎《しのざき》などの町が描《えが》かれます。

◇◆

2度の結婚《けっこん》に失敗した花岡靖子《はなおかやすこ》は、今は隅田《すみだ》川にかかる清洲《きよす》橋近くの弁当屋「べんてん亭」で働きつつ、女手一つで娘《むすめ》を育てています。そんな靖子の前に2度目の夫・富樫慎二《とがししんじ》が出現しました。忌《い》まわしいこの男から身を隠《かく》し続けてきた靖子だったのですが、ついに見つかってしまいました。

結果は、富樫をみずからのアパートで殺してしまうという最悪の事態に。茫然自失《ぼうぜんじしつ》の靖子母娘《おやこ》。その時、隣《となり》の部屋に住む石神哲哉《いしがみてつや》という男が現れ、今発生した事態をすべて見抜《みぬ》いたばかりか、死体の処理をはじめとして、今後どう行動すれば

『容疑者Xの献身』東野圭吾（文春文庫）

よいかを母娘《おやこ》に指示します。

石神は以前から隣室《りんしつ》に住む靖子に思いを寄せていました。靖子の勤める「べんてん亭」の常連客でもあります。靖子のピンチを察知して、救うべく立ち上がったというわけです。

石神は清澄《きよすみ》庭園近くにある共学の私立高校で数学を教える教員。その頭脳は天才的で、警察の追《つい》及《きゅう》にもびくともしないような計画が頭の中にできあがっていきます。

しかしその計画の前に強敵が立ちはだかろうとします。かつて大学で石神と共に学び、今は大学で教鞭《きょうべん》をとる湯川学《ゆかわまなぶ》という天才物理学者です。物語は二つの非凡な頭脳の戦いとなります。

◇◆

この物語、場所の描写《びょうしゃ》が大変にくわしい。たとえば冒頭、新大橋の近くに住む石神が通勤するルートの説明など、かなり実際の状況《じょうきょう》が踏《ふ》まえられていることがわかります。

最後に明らかになるトリックがすばらしい超《ちょう》一流のミステリーですが、それだけではありません。頭脳は抜群《ばつぐん》ながら容姿に恵《めぐ》まれなかった石神の、靖子に対する思いが読むうちに痛いほど伝わってきます。「情」の小説としても一級品です。

# Book 082

## 畠中 恵『しゃばけ』

### 文京区・明神坂（湯島坂）

### 若旦那《わかだんな》を守護する妖怪《ようかい》

　ＪＲ御茶ノ水《おちゃのみず》駅（千代田《ちよだ》区）の北方すぐの所に、二つの著名な史跡《しせき》があります。学問の神様・孔子《こうし》をまつる湯島《ゆしま》聖堂と、江戸の総鎮守《そうちんじゅ》として知られた神田《かんだ》明神（神田神社）です。湯島聖堂も神田神社も関東大震災《かんとうだいしんさい》により大きな被害《ひがい》を被《こうむ》りましたが、その後復興され、旧時を彷彿《ほうふつ》させる見事な堂宇を見ることができます。

　湯島聖堂と神田明神との間の通りは坂となっていて、南東方向に下っています。この坂道には明神坂・湯島坂等の名がついています。畠中恵《はたけなかめぐみ》『しゃばけ』（２００１年）の主人公・一太郎《いちたろう》が物語の冒頭《ぼうとう》で歩いていた坂はここでしょう。

◇◆

　時は江戸時代。一太郎は廻船《かいせん》問屋と薬種問屋を営む長崎《ながさき》屋の若旦那《わかだんな》で17歳《さい》です。生来体が弱く、頼《たよ》りない一太郎ですが、ある事情により、たった

『しゃばけ』畠中恵（新潮文庫刊）

1人でこの坂道を歩いています。厚い雲が月を隠《かく》しがちな夜のことでした。一太郎は刃物《はもの》を持った暴漢に襲《おそ》われかけます。

危険を直前に察知してくれた者がいました。それは人間ではありません。「付喪神《つくもがみ》」という妖怪《ようかい》の一種です。不思議なことにこの若旦那《わかだんな》、妖怪《ようかい》を見ることができ、妖怪《ようかい》と話すこともできるというお方なのでした。

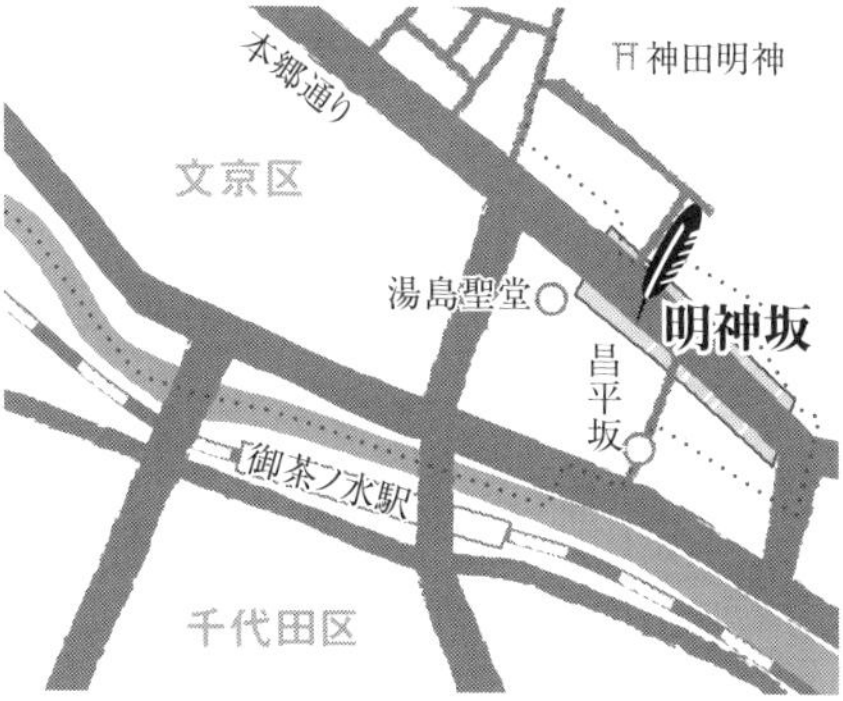

長崎屋の手代である佐助《さすけ》、仁吉《にきち》も実は妖怪《ようかい》。犬《いぬ》神《がみ》、白沢《はくたく》という、妖怪《ようかい》の中でも大層格上の者たちです。この2人は自分の身に代えても一太郎を守る、という使命感に燃えています。一太郎にとっては、頼《たの》もしくも、またちょっと煩《わずら》わしい存在でもあります。

事件はまた起こります。薬を買いに来た男が急に態度を変え一太郎に襲《おそ》いかかったのです。間一髪《かんいっぱつ》助かりましたが、その後、薬種屋ばかりが襲《おそ》われるという事件が発生します。しかし犯人はそれぞれ異なる人物。謎《なぞ》めいた事件です。

◇◆

一太郎や、犬神・白沢などの妖《あやかし》の者たちにより、その謎《なぞ》が次第に解けていきます。活躍《かつやく》する妖《よう》怪《かい》たち、魅力《みりょく》のあることといったら格別です。

# Book 083

## 恩田陸『給水塔』

**大田区・馬込給水所**

### 奇怪《きかい》な事件に挑《いど》む元判事

都営地下鉄浅草《あさくさ》線の西馬込《にしまごめ》駅（大田《おおた》区）の南口から地上に出ると、目の前は国道1号です。横断した先の道に入ってみましょう。すると、前方右手の小高くなった場所に立つ、巨大《きょだい》な双子《ふたご》の建造物が目に入ってきます。これは東京都水道局馬込給水所の配水塔《とう》です。近くに立つといよいよ圧倒《あっとう》される感があります。高さも横幅《よこはば》も十分にある同型の建造物が並《なら》んでどーんと立っているわけですから、無理もありません。

◇◆

恩田陸《おんだりく》に『象と耳鳴り』（1999年）という作品があります。退職した裁判官・関根多佳雄《せきねたかお》を主人公にした連作短編ミステリーですが、この中の「給水塔《とう》」という一編に登場する塔《とう》は不気味です。なぜならそれは、「人喰《く》い給水塔《とう》」とよばれている存在だから。

関根は、散歩仲間の時枝満《ときえだみつる》に案内されて、問題の給水塔《とう》に来ました。時枝は素性のわからないところがある若者ですが、東京にはくわしく、この給水塔《とう》にまつわる不可思議な話もよく知っていました。

時枝の話によると、ひと月ほど前からこの塔《とう》の周りで事件が相次いだそうです。老人が車と接触《せっしょく》してけがを負う、主婦が石段から落ちて死ぬ、小学生が行方不明になる、車が塀《へい》に衝突《しょうとつ》する……。ただでさえ不吉なのに加え、事件関係者の証言も奇怪《きかい》を極めています。いわく、給水塔《とう》に鬼《おに》がいた、人魂《ひとだま》が漂《ただよ》っていた等々。

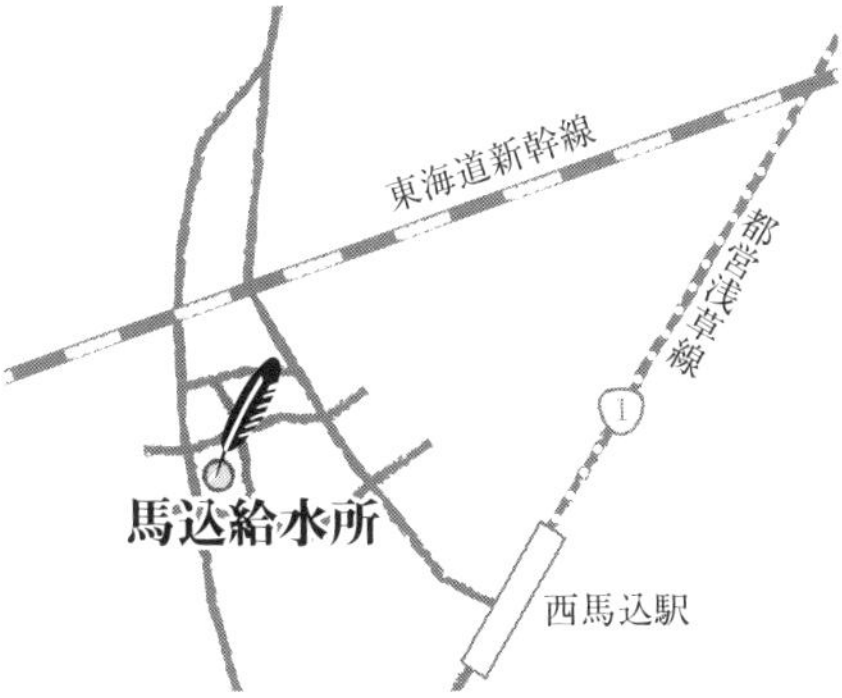


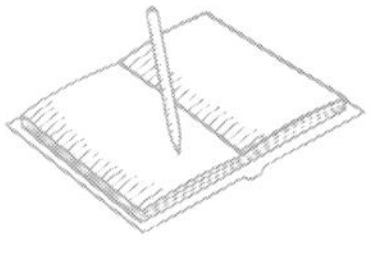

元判事の関根は、大の推理小説ファンでもあります。時枝の話を不思議の一言で片づけられるはずはありません。現実的な解決を図るべく、推理力を働かせていきます。やがて出された解答は、かなり緊張《きんちょう》感のあるものでした。

◇◆

この「給水塔《とう》」のモデルは、作者のあとがきによれば、馬込給水所の塔《とう》だそうです。もちろん、あくまでモデルですから、実際の様子とは異なる部分もあります。作品の給水塔《とう》と実物との雰囲気《ふんいき》の違《ちが》いを比較《ひかく》してみるのもよいでしょう。

# Book 084 歌野晶午『葉桜の季節に君を想うということ』

**港区・東京メトロ日比谷線・広尾駅**

## 広尾《ひろお》駅での衝撃《しょうげき》的な出会い

東京メトロ日比谷《ひびや》線の広尾駅（港《みなと》区）。聖心女《せいしんじょ》子《し》大学や有栖川宮《ありすがわのみや》記念公園は目と鼻の先です。近くには大使館が多く存在し、道を歩けば他国の方々とよくすれ違《ちが》います。

◇◆

歌野晶午《うたのしょうご》『葉桜の季節に君を想うということ』（2003年）の主人公「俺《おれ》」は、この駅の2番ホームで、女性が線路に落ちたのを目撃《もくげき》して驚《おどろ》きました。電車が近づいてきています。彼《かれ》はとっさにホームから飛び降り、間一髪《かんいっぱつ》、助けることに成功しました。

女性は、飛び込《こ》み自殺を図ったようです。白いワンピースを着た、左目の下の泣きぼくろが印象的な女性でした。

白金《しろかね》にある古いアパートをみずからの「城」としているこの主人公は、活力にあふれた人物です。

『葉桜の季節に君を想うということ』歌野晶午（文春文庫）

ジョギングにウエートトレーニングと、体力づくりに余念がないのは、ガードマンという彼《かれ》の職業を考えれば納得できます。

「俺《おれ》」は過去に探偵《たんてい》業にたずさわったこともあります。そこを見込《みこ》まれ、ある高齢《こうれい》者の死の真相究明に乗り出すことになりました。表向きは車の事故ですが、保険金目当ての殺人の可能性があります。家族も知らない謎《なぞ》の誰《だれ》かによって勝手に保険をかけられ、殺された可能性があるとのこと。疑わしいのは、被害《ひがい》者が非常に高額な商品を多く購《こう》入《にゅう》していた、ある訪問販売《はんばい》会社でした。

「俺《おれ》」は妹の綾乃《あやの》を連れ、その会社が実演販売《はんばい》をしている場所に紛《まぎ》れ込《こ》みました。何か証拠《しょうこ》をつかむことができるのでしょうか。

先述した自殺未遂《みすい》の女性も「俺《おれ》」の前にまた姿を現しました。この女性は彼《かれ》にとってどのような存在となっていくのか、おおいに興味を引かれます。

◇◆

実に見事なミステリー。ラストで多くの読者は「そうだったか！」と思うことでしょう。そして魅力《みりょく》はそれだけにとどまりません。我々《われわれ》に元気を与《あた》えてくれる作品でもあるからです。

# Book 085

# 石田衣良『4TEEN』

## 中央区・隅田川・佃大橋

### 14歳《さい》の少年たちが織りなす物語

隅田《すみだ》川の下流に架《か》かる佃《つくだ》大橋（中央《ちゅうおう》区）は、良い眺望《ちょうぼう》の得られる橋です。上流には中央大橋、下流には勝鬨《かちどき》橋と、新旧二つの特徴《とくちょう》的な形の橋を見ることができますし、聖路加《せいろか》ガーデンや大川端《おおかわばた》リバーシティ21の、天にそびえ立つビルも見事です。また、リバーシティ21の手前には、佃島の鎮守《ちんじゅ》である住吉《すみよし》神社の鳥居も見られます。

◇◆

『4TEEN』石田衣良（新潮文庫刊）

石田《いしだ》衣良《いら》『4TEEN』（2003年）の主人公・テツローと、その仲間であるジュン、ナオト、ダイの4人はみな、佃島や月島《つきしま》に住んでいる中学2年生です。夏の初めのある夕方、佃大橋の上で、ジュンが妙《みょう》に情緒《じょうちょ》的なせりふを口にしたので、テツローたちは驚《おどろ》きました。クールで皮肉屋のジュンにしては大変珍《めずら》しいことだからです。

その理由はすぐにわかりました。なんとジュンは恋をしている最中でした。相手は20歳《さい》も年上の人妻。不倫《ふりん》専門の携帯《けいたい》サイトで知り合ったとのことでした。

人妻との不倫《ふりん》。ダイなどは良からぬ想像をしてうらやましがりますが、ジュンからたしなめられます。その女性とはまだ手も握《にぎ》っていないのだそうです。どうやら事の真相は少し複雑なようです。

そのサイトには苦しむ女性がたくさんいた、とジュンは言います。みんなどこかで苦しんでいる、と。ジュンの相手のその女性は夫の暴力に悩《なや》んでいました。ジュンは彼女《かのじょ》の心の支えになっていたのです。

テツローたちもある日、ジュンの友人としてその女性のマンションに招かれました。彼女《かのじょ》は、家の中なのになぜかサングラスをかけて彼《かれ》らを迎《むか》えました。それを見たジュンは、一つの決意をしたようです。

◇◆

これは「十四歳《さい》の情事」という章での話です。彼《かれ》らの織りなす物語は、若いだけに一途《いちず》で、極端《きょくたん》に走りがち。眉《まゆ》をひそめるような場面もあります。でもどの章もみな、とても気持ち良い読後感が得られます。

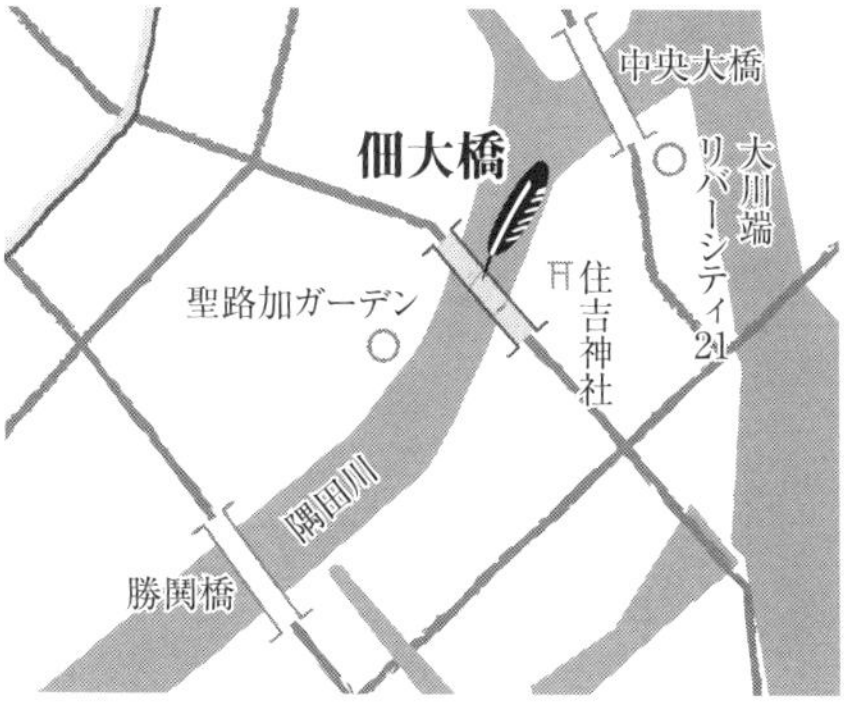

# Book086

## 京極夏彦『姑獲鳥の夏』

豊島区・雑司が谷・鬼子母神

### 産院を取り巻く奇妙《きみょう》なうわさ

豊島《としま》区雑司《ぞうし》が谷《や》の鬼子母神《きしもじん》。樹齢《じゅれい》約600年という子授け銀杏《いちょう》や、「すすきみみずく」の玩具《がんぐ》でも知られています。これまでは都電荒川《あらかわ》線の鬼子母神前停留場からのアクセスが便利でしたが、2008年6月に開通した東京メトロ副都心《ふくとしん》線の雑司が谷駅からも行けるようになりました。

◇◆

鬼子母神の北方に法明寺《ほうみょうじ》というお寺があります。鬼子母神から法明寺境内に至るあたりは、京《きょう》極夏彦《ごくなつひこ》『姑獲鳥《うぶめ》の夏』（1994年）において重要です。不思議な事件の発生した久遠寺《くおんじ》医院のある場所として設定されているからです。

時は昭和27（1952年）年です。物語は語り手の関口巽《せきぐちたつみ》が、友人である古本屋の京極堂《きょうごくどう》こと中《ちゅう》禅寺秋彦《ぜんじあきひこ》を訪ねるところから始まります。

関口は京極堂に一つの謎《なぞ》めいた話をします。と

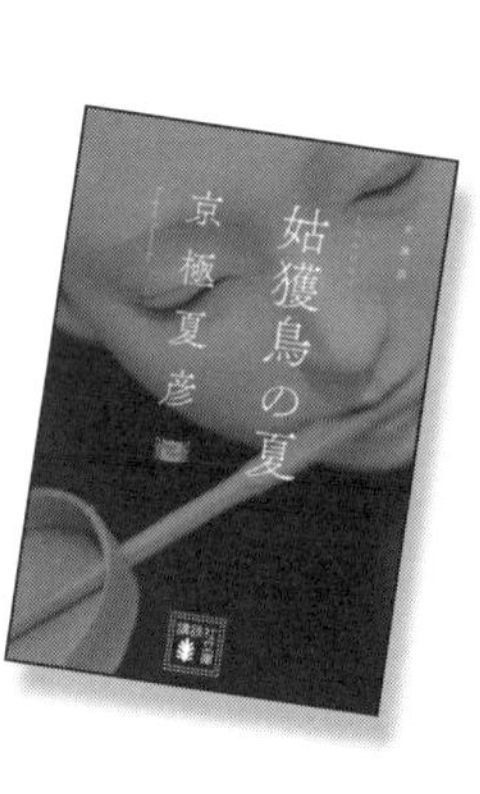


『姑獲鳥の夏』京極夏彦（講談社）

ある産婦人科で、医院の婿《むこ》養子が密室状態の部屋から消えてそのまま行方不明となり、妻は妊娠《にんしん》20カ月となるのにいまだ出産に至らない、という不思議です。

その話は京極堂の関心をひいたようでした。その婿《むこ》養子というのが彼《かれ》の知り合いだったからです。関口にとっても高校時代の先輩《せんぱい》でした。姓《せい》が替《か》わっていたため、京極堂に言われるまで気づきませんでした。

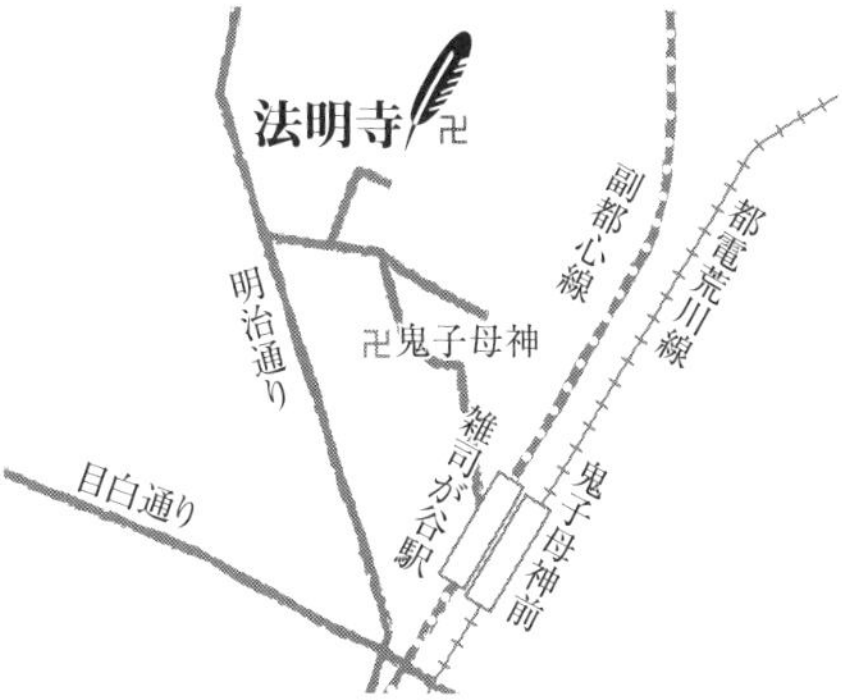


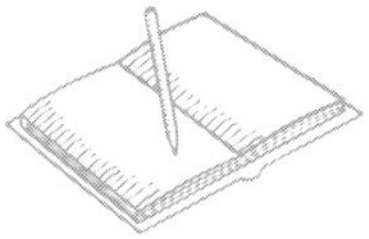

問題の産婦人科・久遠寺医院には別のうわさも立っていました。婿《むこ》養子が失踪《しっそう》する少し前、生まれた子どもがたびたびいなくなったのだとか。

後に関口は久遠寺医院の娘《むすめ》・涼子《りょうこ》に会う機会を得、法明寺の東側に位置するという、その病院を訪ねることになります。ところが関口は、その場所をかつて訪れたような気がしてなりません。次第に明瞭《めいりょう》になっていく彼《かれ》の記憶《きおく》は、失踪《しっそう》事件の謎《なぞ》と何か接点をもつのでしょうか。気になります。

◇◆

鬼子母神から法明寺境内へは歩いてもすぐです。特に法明寺の参道は落ち着きのあるたたずまいを見せ、京都《きょうと》か鎌倉《かまくら》にいるような気分にもなれます。

# Book 087

# 山崎ナオコーラ『カツラ美容室別室』

## 杉並区・高円寺庚申通り商店街

### 進みそうで進まない恋愛関係

ＪＲ高円寺《こうえんじ》駅（杉並区《すぎなみ》）北口を出ると、高円寺純情商店街と記された大きなアーチが目に入ります。よく名の知られた商店街ですが、今回はそのアーチの左手にある商店街に向かうことにします。名前は高円寺庚申《こうしん》通り商店街。通りにある庚《こう》申塔《しんとう》が名称《めいしょう》の由来です。

この商店街をめざしたのは、山崎《やまざき》ナオコーラの小説『カツラ美容室別室』（２００７年）で、舞《ぶ》台《たい》となる美容室がある場所として設定されているからです。

◇◆

正式には「桂《かつら》美容室別室」と言います。店長の名は桂孝蔵《こうぞう》。なぜか誰《だれ》の目にもそれとわかるカツラをかぶっています。

物語は、主人公の佐藤淳之介《さとうじゅんのすけ》が高円寺に引っ越《こ》してきたところから始まります。淳之介は会社員。

『カツラ美容室別室』山崎ナオコーラ（河出書房新社）

かなり残業の多い生活です。

淳之介は、やはり高円寺に住む友人・梅田《うめだ》の誘《さそ》いでこの美容室のドアをくぐりました。梅田はフリーアルバイター。ユニークな性格で、淳之介は梅田を仲立ちに、美容室のスタッフと交流をもち始めましたが、その中で、樺山《かばやま》エリコという美容師が気になる存在となっていきます。

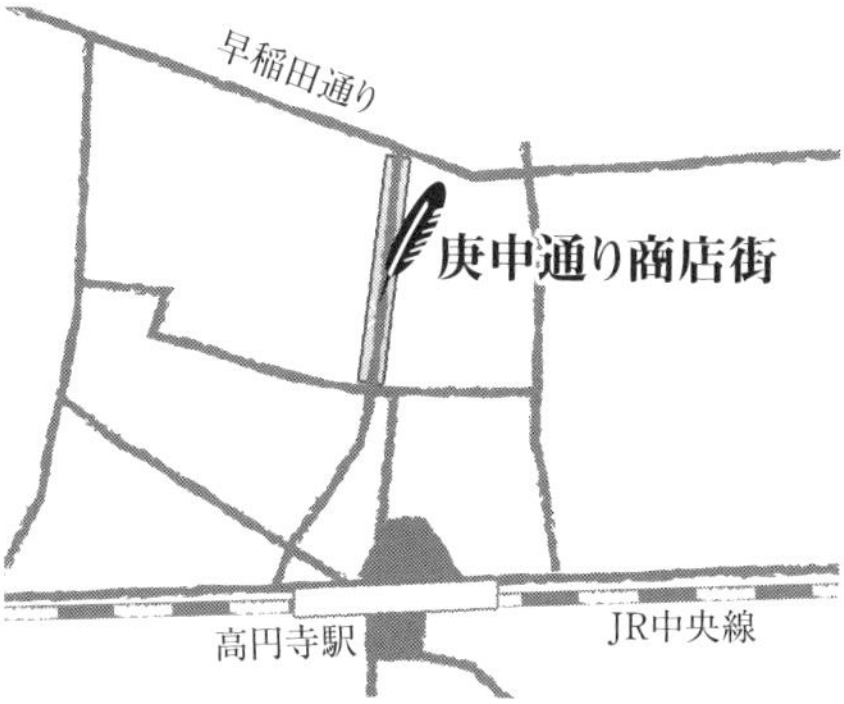

メールのやりとりが始まり、帰り道での偶然《ぐうぜん》の出会いを経て、彼《かれ》らは一緒《いっしょ》に渋谷《しぶや》の美術館に絵を見に行くことになりました。しかしそのまますんなり恋愛関係に進むわけではありません。

他者とのかかわりによってやっと自分の形が保てている、淳之介はそう思っています。一方、20代後半の彼《かれ》は一人暮《ぐ》らしも悪くないと思い、恋愛に対する渇《かわ》きが乏《とぼ》しくなっている自分を認識してもいました。

引っ越《こ》しの日から約1年が過ぎました。彼《かれ》とエリコとの関係はどのような形になっているのでしょうか。

◇◆

淳之介が高円寺に引っ越《こ》した理由は、街並《まちな》みが気に入ったからだそうです。実際に歩いてみて、淳之介の思いが納得できたように感じました。

# Book 088

# 宮部みゆき『レベル7』

## 江戸川区・船堀駅周辺

### 男女の腕《うで》に書かれた文字の謎《なぞ》

宮部《みやべ》みゆき作品には、下町が舞台《ぶたい》として多く登場します。架空《かくう》の地名である場合も、下敷《したじ》きになったのはどこかを探る楽しみがあります。

◇◆

『レベル7《セブン》』（1990年）では、「パレス新開橋《しんかいばし》」というマンションで、ひと組の男女が目覚めるところから物語が動き始めます。なぜかこれまでの記憶《きおく》がすっかりなくなっていて、お互《たが》いがどのような関係なのかはもちろん、自分の名前さえ忘れています。2人とも、片腕《かたうで》に「Level7」という謎《なぞ》の文字が書き込《こ》まれていました。マンションも自分たちの住居ではないようで、生活臭《しゅう》がほとんどありません。

不気味なことに、部屋の中から拳銃《けんじゅう》とスーツケースいっぱいの札束《さつたば》が発見されました。一体これは？

『レベル7』宮部みゆき（新潮文庫刊）

監禁《かんきん》されてはいないので男性は外に出、自分たちの置かれた状況《じょうきょう》を把握《はあく》しようと試みます。しかし、どうにもはっきりしません。

トラブルが起きました。夜、男性は女性の悲鳴で起こされます。女性は自分の目が見えなくなったと告げました。これまた原因不明です。加えて、

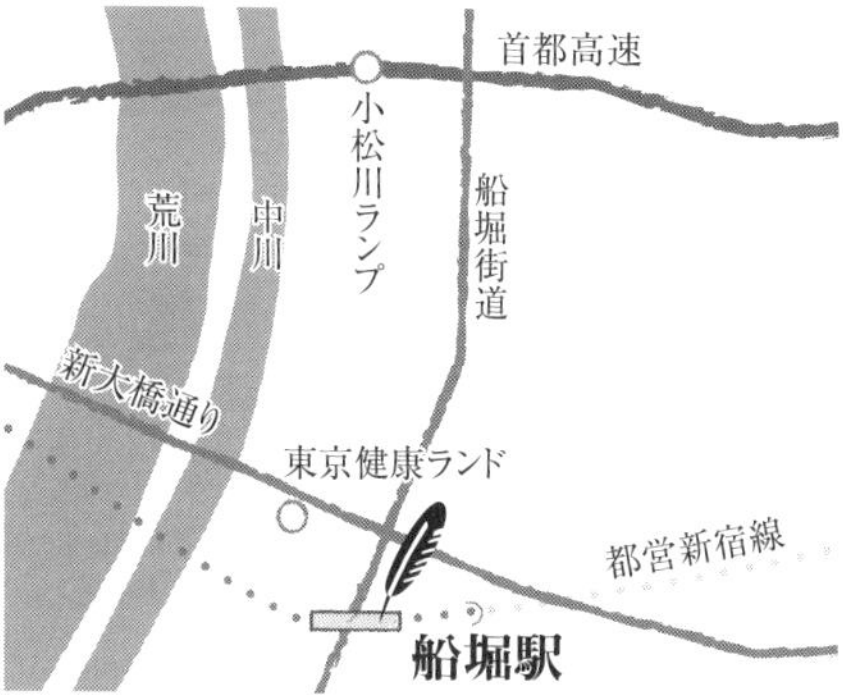


その悲鳴を聞きつけた隣人《りんじん》の男に怪《あや》しまれ、ついには部屋の拳銃《けんじゅう》と札束《さつたば》を見つけられてしまいました。

この隣人《りんじん》の男、拳銃《けんじゅう》の扱《あつか》いに慣れているようです。ただの人間ではなさそうで、記憶《きおく》をなくした男女にとっては、いよいよ不気味な存在です。この2人にどうかかわっていくつもりでしょうか。

物語では、行方不明になった女子高生を捜《さが》す女性の行動が並行《へいこう》して描《えが》かれ、緊迫《きんぱく》感あふれる展開を見せていきます。

◇◆

物語に登場するマンション「パレス新開橋」。記述によると、南で新大橋《しんおおはし》通りと交わり、北上すると首都高速の小松川《こまつがわ》ランプが近いという通りに面しているとのこと。都営地下鉄新宿《しんじゅく》線船堀《ふなぼり》駅に近い、江戸川区東小松川《ひがしこまつがわ》周辺が場所として重なりそうです。

Book 089

## 大沢在昌『新宿鮫　風化水脈』

**新宿区・西新宿4丁目**

### 車の窃盗《せっとう》団追い「十二社《じゅうにそう》池」へ

西新宿に「十二社池の上」「十二社池の下」というバス停があります。十二社はすぐ近くにある熊野《くまの》神社のことですが、池というのはかつてこの付近にあり、景勝地としても知られた大小二つの池のことと思われます。そのうちの大きいほうの池は1968（昭和43）年までは存在していました。古い地図で見ると、現在の西新宿4丁目の東部にあたっています。

◇◆

大沢在昌《おおさわありまさ》『新宿鮫《ざめ》』シリーズの主人公・鮫島《さめじま》は新宿警察署生活安全課（旧・防犯課）の刑事です。階級は警部。元々は国家公務員上級試験に合格した、いわゆるキャリア組でしたが、ある特殊《とくしゅ》な事情により、新宿署の一匹狼《いっぴきおおかみ》刑事として生きることになります。妥協《だきょう》を許さない徹底《てってい》した捜査《そうさ》姿勢から「新宿鮫」というあだ名がつけられました。

『新宿鮫8 風化水脈』大沢在昌（光文社文庫）

『新宿鮫 風化水脈』（２０００年）では、鮫島は自動車の窃盗《せっとう》団を追っています。組織的な窃盗《せっとう》で、盗《ぬす》んだ車は海外に運び出されるようです。高級車ばかりが狙《ねら》われ、特に新宿は他の地域に比べて被害《ひがい》が集中していました。盗《ぬす》んだ車を運び込《こ》む場所が、どこか近くにあるはずだと鮫島はにらみました。偽造《ぎぞう》ナンバーに付け替《か》えるなどの細工をして、その後の移動における危険度を下げる、そんな作業をする場所です。

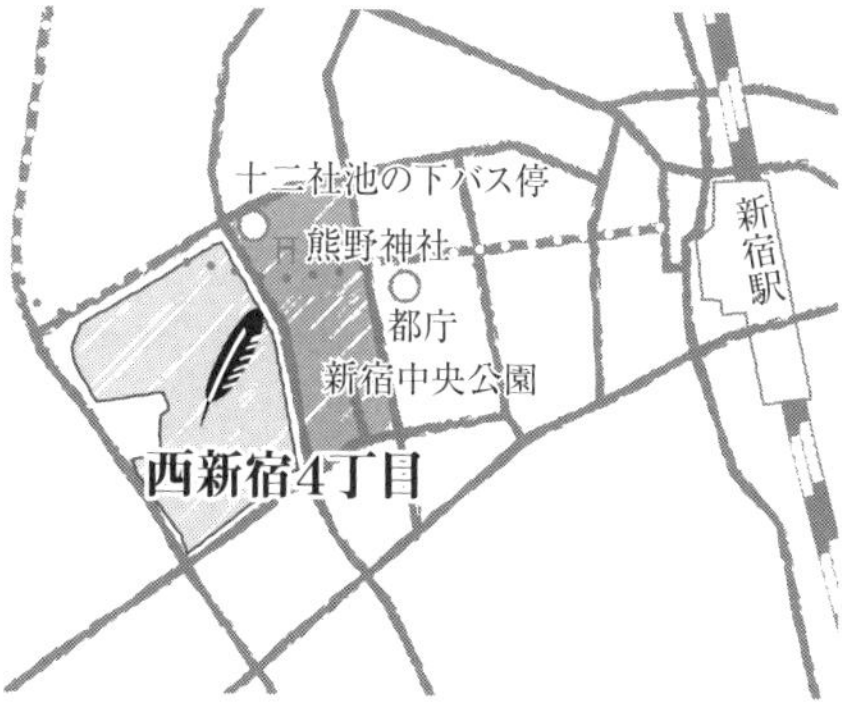


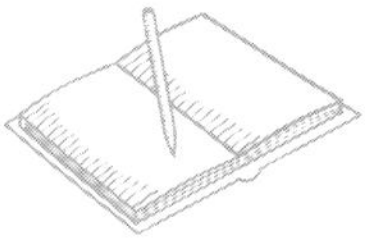

やがて鮫島は、かつて十二社池があったという地の近くに、可能性のある場所を見つけました。シャッター付きの駐車《ちゅうしゃ》場と、古い木造家屋とが隣《とな》り合っているところです。その時知り合ったのが、その場所の近くにある有料駐車場の管理人をしている老人でした。この老人の行動には謎《なぞ》めいた部分があり、追っている事件との関連について、鮫島を悩《なや》ませます。

◇◆

この作品では、十二社の池をはじめ、新宿の歴史が多く語られます。池が存在したころからあったという家が描《えが》かれますが、実際に西新宿4丁目を歩くと納得できます。旧地名での番地が書かれた表札のかかるお宅を見た時には感動しました。

# Book 090

# 角田光代『ドラママチ』

**杉並区・善福寺川**

## 等身大の自分と向き合って

角田《かくた》光代《みつよ》の『ドラママチ』（２００６年）はJR中央《ちゅうおう》線沿線を舞台《ぶたい》にした８編の小説から構成されています。具体的な場所が示されないものもありますが、「ワタシマチ」の一編は物語散歩が可能です。JR荻窪《おぎくぼ》駅（杉並《すぎなみ》区）の南口から善福寺《ぜんぷくじ》川に出、上流へと向かうコースとなります。

◇◆

主人公「私」は小さいころから外見的に目立ち、ミス日本の最終選考に残ったこともある女性です。しかし、華《はな》やかな時期は過ぎ去り、今は経済的にも豊かとは言えません。「私」はそんな現在の自分自身を見つめることができずにいます。

荻窪は「私」が幼少の一時期を過ごした場所です。そのころ、彼女《かのじょ》の家庭は豊かでした。その後、地方から地方へと転居を続けることになります。転居のたびに生活のランクは下がっていきます

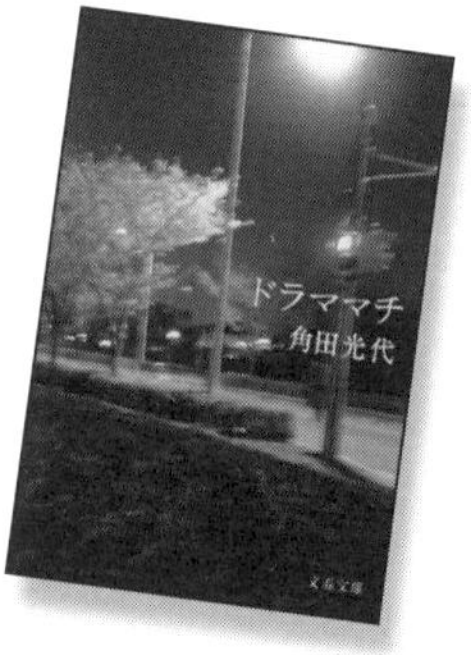


『ドラママチ』角田光代（文春文庫）

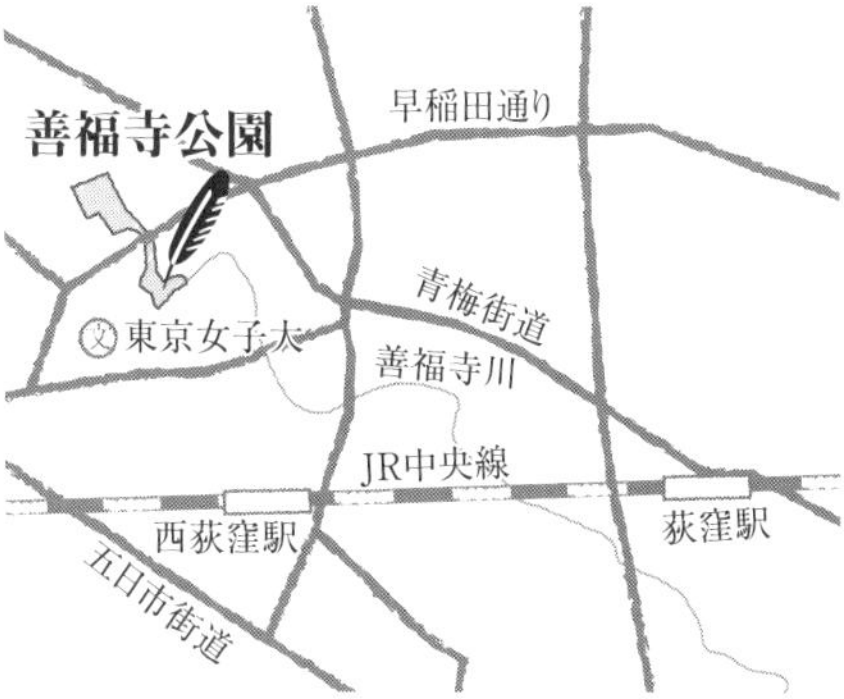

が、「私」は荻窪での幸せな生活を思い出しては自分自身を支えました。

　長い年月を経て、「私」は荻窪にまた来ました。見たい場所があったからです。それは父母と共に行った喫茶店《きっさてん》。豪華《ごうか》かつモダンで、当時の幸福の象徴《しょうちょう》でした。一緒《いっしょ》に来た平内武史にそれを見せつけ、驚《おどろ》かせようとも思っていました。

　しかしその喫茶店《きっさてん》は記憶《きおく》と大きく異なり、みすぼらしささえ感じさせるものでした。自分にぞっこんな、田舎《いなか》育ちの平内をいつも見下して扱《あつか》っている「私」は、とてもばつが悪くなりました。

◇◆

「私」の良き思い出の中に公園がありました。善福寺川の上流に公園があると聞き、2人は川に沿って歩き出します。平内は従順ですが、一緒《いっしょ》に歩いて楽しい存在ではありません。会話もはずまない中、「私」は自然と自分について思いを巡《めぐ》らせます。しっかり向き合わずにいた今の本当の自分が、姿を現してきそうです。

「私」にならい、善福寺川の川沿いを水源の善福寺公園まで歩いてみました。川の水はとても澄《す》んでおり、巨大《きょだい》なマゴイが泳ぐ場所もあり、距離《きょり》も気にならず楽しく歩けました。

# Book 091

## 荒木 源
## 『ちょんまげぷりん』

**豊島区・JR大塚駅周辺**

### 都電走る街に突然《とつぜん》現れた侍《さむらい》

都電の走る場所はどこも大変魅力《みりょく》的ですが、JR山手《やまのて》線が立体交差する大塚《おおつか》駅前（豊島《としま》区）は個人的に特に気に入っています。遮断機《しゃだんき》もないのに、路面電車と人と車とがうまく折り合いをつけて通っている光景は、好奇心《こうきしん》が刺激《しげき》されます。

◇◆

荒木源《あらきげん》の『ちょんまげぷりん』（原題『ふしぎの国の安兵衛《やすべえ》』〈２００６年〉）では、冒頭《ぼうとう》をはじめとして、この大塚の駅周辺が何度か描《えが》かれます。主人公・遊佐《ゆさ》ひろ子《こ》が利用する駅だからです。

ひろ子はシングルマザー。息子の友也《ともや》を保育園に預け、システムエンジニアとして日々忙《いそが》しく過ごしています。ある日、ひろ子の前に侍《さむらい》姿の男が現れました。何やら困惑《こんわく》の体《てい》です。彼女《かのじょ》としてもすぐには信じられないのですが、この侍《さむらい》、江戸は文政の時代からここにタイムスリップしてしまっ

小学館文庫

たようなのです。

彼《かれ》を衆目《しゅうもく》にさらすのはまずい。ひろ子はこの侍《さむらい》・木島《きじま》安兵衛をマンションにかくまい、なんとか元の世界に戻《もど》れるよう、手助けをしてあげることにしました。

ひろ子の居候となった安兵衛は、その恩に報いるため家事を引き受ける、と言いました。仕事が多忙《たぼう》で、友也の相手もろくにできずにいたひろ子にとってはありがたい申し出です。

安兵衛は「主夫」を見事にこなしました。研究心旺盛《おうせい》で、料理の腕前《うでまえ》はみるみる上がります。特に力を入れているのがスイーツで、友也は大喜びです。
ひろ子にとって安兵衛の発言も新鮮《しんせん》でした。江戸時代の侍《さむらい》としての理念からくるものですが、筋が通っており、時代錯誤《さくご》と切り捨てられないものを感じてしまいます。

◇◆

物語散歩にも適する作品です。別の名前で描《えが》かれる実在のスーパーもあれば、「上池袋《かみいけぶくろ》交差点のファミリーマート」と、妙《みょう》に細かく記されている店もあって楽しい。友也が通うのはここかな、と思えるような保育園もありました。

# Book 092

## 髙田郁『花散らしの雨』

**千代田区・俎橋**

### 困難越《こ》え腕磨《うでみが》く女性料理人

靖国《やすくに》通りを九段下《くだんした》（千代田区《ちよだ》）から神保町《じんぼう》方面へと歩きます。途中《とちゅう》の日本橋《にほんばし》川に架《か》かる橋、俎橋《まないた》というおもしろい名前をもっています。由来は、板を2枚並《なら》べた橋だったから、などと言われていますが、確実なところはわからないようです。

◇◆

非凡《ひぼん》な才能をもつ娘《むすめ》料理人・澪《みお》の奮闘《ふんとう》を描《えが》く、髙田郁《たかだかおる》の人気時代小説「みをつくし料理帖《ちょう》」シリーズでは、第2巻『花散らしの雨』（2009年）から、俎橋が登場します。澪が働く店「つる家」が神田明神下から俎橋の近くに移ったからです。

澪は上方《かみがた》出身。水害によって天涯《てんがい》孤独《こどく》になるなど、多くの不幸が彼女《かのじょ》を襲《おそ》います。大坂《おおさか》を去って江戸に来たのも、別の大きな災難に関係がありました。江戸に来た澪が雇《やと》ってもらった「つる家」が俎橋近くに移ったのも、忌《い》まわしい災難による

『花散らしの雨』髙田郁（角川春樹事務所）

ものでした。

不幸だらけの運命にへこたれそうになる時もある澪。ただ、彼女《かのじょ》の周りには温かい人情がありました。澪の周囲の人びとは時に優しく親切に、また時によってはあえて突《つ》き放すかのように澪に接します。澪はその気持ちを感じ取り、みずからを

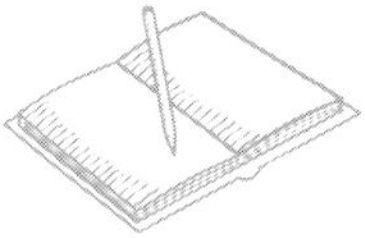

成長させていきます。もともと素質に恵《めぐ》まれていた料理の腕前《うでまえ》も、彼《かれ》らと触《ふ》れ合うことでより一層磨《みが》きがかかっていくのです。
それぞれの章で澪が作り出す料理にも引かれますが、彼女《かのじょ》の脇《わき》を固める人物も大変に魅力《みりょく》的です。『花散らしの雨』からは、清右衛門《せいえもん》という戯作《げさく》者が登場します。非常に横柄《おうへい》な態度で澪に当たりますが、どことなく憎《にく》めません。澪の料理に対する評価も確かです。俎橋近くの中坂《なかざか》に住むというこの戯作《げさく》者、ちょっと気になる人物です。

◇◆

平日の昼に訪れた俎橋は紫煙《しえん》もうもう。橋のたもとに喫煙《きつえん》所があるからです。退散して北へ。江戸時代に活躍《かつやく》した作家・曲亭馬琴《きょくていばきん》の旧居跡《あと》確認が目的です。ありました。ビル入り口の植え込《こ》みに半ば隠《かく》れていますが、説明板も立っています。ここに住んだ時には瀧澤清右衛門《たきざわせいえもん》と名乗りました。

# Book 093

# 堀江敏幸『いつか王子駅で』

## 荒川区・あらかわ遊園

### 観覧車が生み出す空間の妙《みょう》

今回訪れるのは、都内唯一《ゆいいつ》の区立遊園地・あらかわ遊園（荒川《あらかわ》区）です。かわいらしい遊園地ですが、都電の停留場名にもなっており、存在感を主張しています。ここの観覧車に乗ることにしましょう。堀江敏幸《ほりえとしゆき》『いつか王子駅《おうじ》で』（2001年）の主人公も乗っていますので。

◇◆

時間給講師の「私」が引っ越《こ》して来たのは、町を走る路面電車の軌道《きどう》沿いにある部屋でした。彼《かれ》は小さな居酒屋で印章彫《ぼ》りの職人・正吉《しょうきち》と知り合いました。ある晩、同じ店で、「私」は正吉の忘れ物に気づきます。「私」はそれを預かって渡《わた》そうとするものの、その正吉、なかなか姿を現してくれなくなりました。

そのストーリーに並行《へいこう》して、物語では魅力《みりょく》的な話題が次々と提示され、厚みをもっていきます。

『いつか王子駅で』堀江敏幸（新潮文庫刊）

正吉をはじめ、町に生きる人たちの何げない言葉から、「私」は人生に通じる味わいを感じ取りますが、それは我々読者にも深い印象を残すものです。かつての名馬についてのエピソードや、実在する数編の小説の紹介《しょうかい》にも引き込《こ》まれます。

ほほえましいのは「咲ちゃん」という中学生と

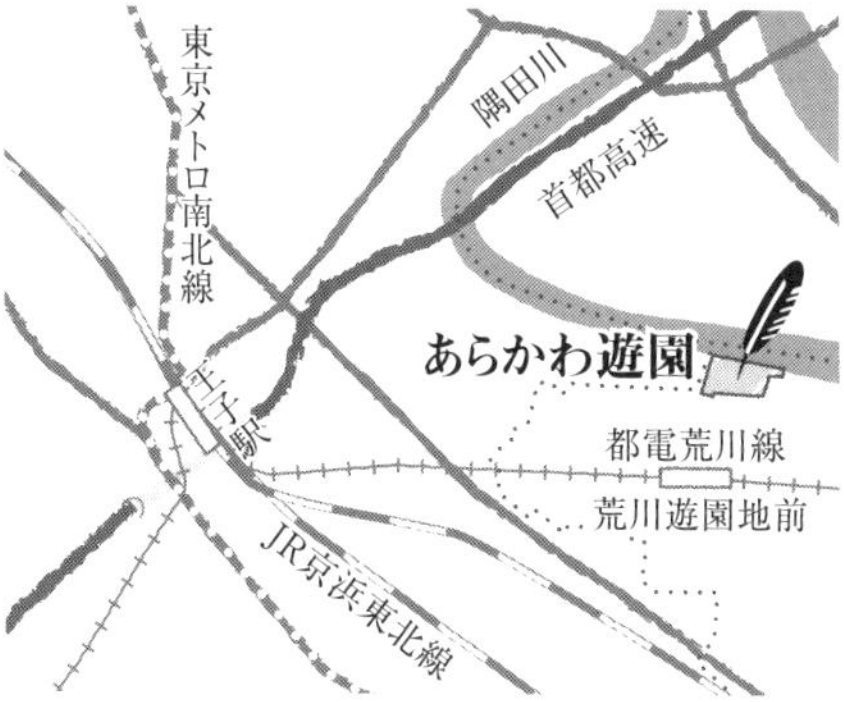

「私」とのやりとりです。彼女《かのじょ》は「私」が借りている部屋の大家の娘《むすめ》です。素直で明るいその言動は、作品をさらに魅力《みりょく》的にしています。今回の散歩場所であるあらかわ遊園の観覧車に「私」が乗ったきっかけは、彼女《かのじょ》にも関係していました。

◇◆

この作品以外にも、作中で観覧車が登場し、かつ物語散歩もできるという小説がいくつかあります。つかの間ながらも容易《ようい》に他と切り離《はな》された空間に浸《ひた》れるという特徴《とくちょう》が、物語との相性を良くしているのかもしれません。

高さ32メートルの観覧車に乗ってみました。いい年の男が1人乗るのはかなり気後れを感じましたが、それは乗るまでのこと。「私」も見た隅田《すみだ》川の水面や、彼《かれ》は見られなかった東京スカイツリーを、観覧車ならではの角度で眺《なが》めることができ、さっきまでの感情は忘れ去ってしまいました。

# Book094

## 三浦しをん『木暮荘物語』

### 世田谷区・小田急線・世田谷代田駅

**柱もこのホームも姿消す**

小田急《おだきゅう》線の世田谷代田《せたがやだいた》駅は、複々線化の工事によって、ホームが地下に移りました。踏切《ふみきり》が解消されるなど良いことずくめでしょうが、物語散歩的には少々寂しいものがありました。

◇◆

三浦《みうら》しをん『木暮荘《こぐれそう》物語』（２０１０年）は、世田谷代田駅まで徒歩５分のアパート・木暮荘に接点がある人たちの物語で、章ごとに主役が交代します。おもしろく、時に鼻の奥《おく》がつーんとなる、そんな味わいの小説です。

木暮荘は老朽《ろうきゅう》化していますが、３人の店子《たなこ》は引っ越《こ》しする気がないようです。防音されてないぶん、逆に人の気配が伝わって安心できるから、と言う女性もいれば、かなり怪《あや》しげな、特殊《とくしゅ》な理由でここに住み続ける男性もいます。

木暮荘には広い庭があり、大家の飼《か》い犬が遊ん

三浦しをん（祥伝社）

でいます。ただし手入れは行き届いておらず、雑草は生い茂り、犬は汚《よご》れ放題です。

トリマーの峰岸《みねぎし》美禰《みね》は木暮荘の住人ではないものの、その庭をのぞくたび、犬が気になって仕方ありません。職業柄《がら》、汚《よご》れを洗い落としてやりたいという強烈《きょうれつ》な衝動《しょうどう》にとらわれるからです。

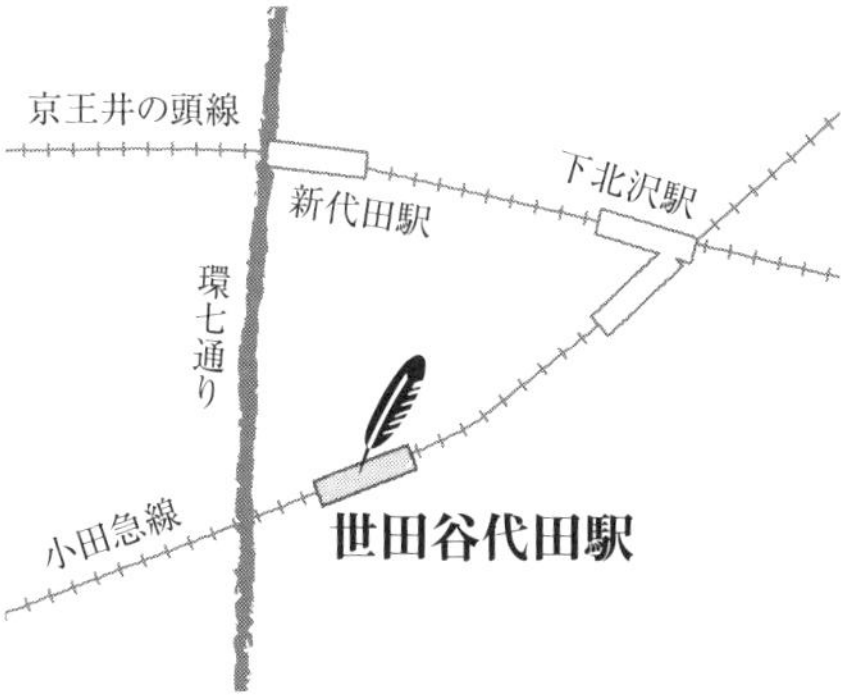

美禰が気になっているものがもう一つありました。通勤に利用する世田谷代田駅ホームの、電車待ちの時にいつもよりかかっている木の柱に生じた不思議な変化です。腰《こし》の高さあたりに、水色をした突起《とっき》が生じ、日増しに大きくなってくるようです。その謎《なぞ》の突起《とっき》に気づく人が他にいないというのも妙《みょう》です。

その突起《とっき》がやがてはっきりした正体を示したころ、美禰以外に1人、それに注目する人が現れました。

◇◆

駅員さんに話を伺《うかが》うと、ホームの木の柱は地下化されるかなり前になくなったとのこと。ホームの地下化によって、物語に描《えが》かれた情景からはますます遠ざかってしまったように思えます。今後この駅に降りた時には、物語を味わうための想像力をさらに働かせる必要がありそうです。

# Book 095
## 柚木麻子『あまからカルテット』
### 新宿区・荒木町

**友が出会った少女を捜《さが》しに**

荒木《あらき》町（新宿区）に初めて行った時の印象は今でも鮮明《せんめい》です。かなり前のこと、区の歴史博物館に行った帰りに下り坂を目にしましたが、そこはもう荒木町でした。その先、奥《おく》まったところにあったのが策《むち》の池という名の小池と津《つ》の守《かみ》弁財天のほこらです。味わいのある風景だと思いました。松平摂津守《まつだいらせっつのかみ》の屋敷跡《やしきあと》に当たるということは、その時はもちろん知りませんでした。

◇◆

時を隔《へだ》て、今度は柚木麻子《ゆずきあさこ》『あまからカルテット』（2011年）をたずさえ、この街を歩いてみます。ふんわりと心優しい気持ちになれる連作小説集です。物語散歩にも向いています。荒木町は「はにかむ甘食《あましょく》」の章に描《えが》かれています。

料理好きの由香子《ゆかこ》は、自分の料理を紹介《しょうかい》するブログをもっています。彼女《かのじょ》の料理はある時雑誌に

『あまからカルテット』柚木麻子（文春文庫）

載《の》り、大変な反響《はんきょう》を得ました。おかげでブログは大人気。レシピも書籍《しょせき》化されることになります。

そんな時でした。由香子はネットで偶然《ぐうぜん》、自分叩《たた》きのスレッドを発見しました。悪意に満ちた多くの書き込《こ》みに、料理が作れなくなるほどのショックを受けてしまいます。

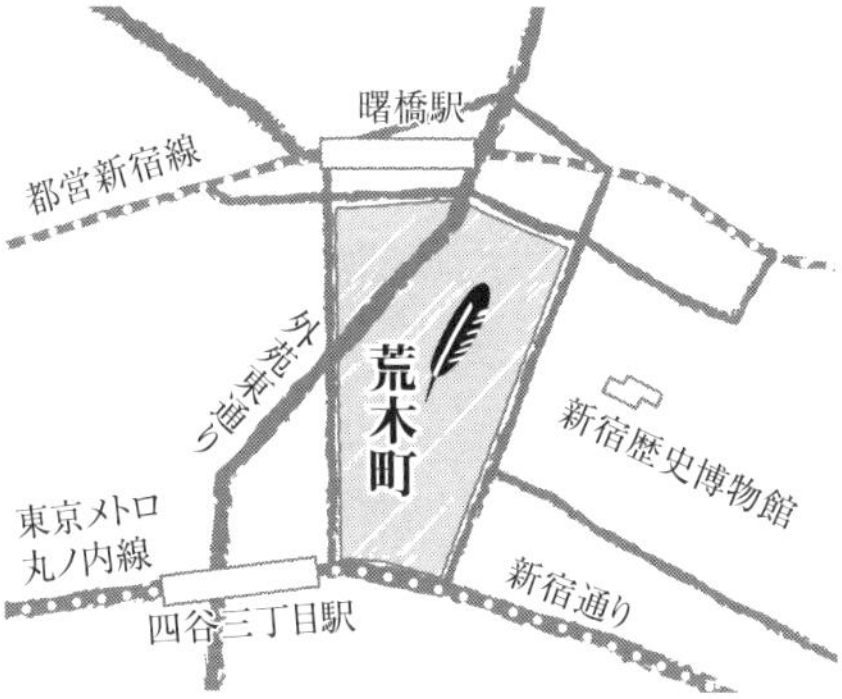


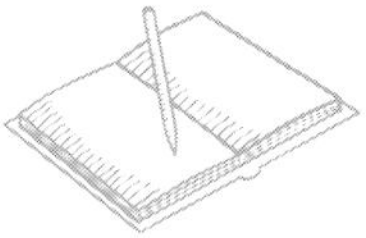

　もつべきものは友人です。彼女《かのじょ》には女子校時代からつきあっている3人の友達がいました。彼女《かのじょ》たちはなんとか由香子を支えようとします。
　目をつけたのが、出版予定のレシピ本冒頭《ぼうとう》の、由香子自身が書いたエッセーでした。彼女《かのじょ》は甘食《あましょく》というお菓子《かし》に大事な思い出があるそうです。それは祖母の家での、1人の少女との出会いでした。
　3人の友達は、その人を見つけられないものかと考えます。エッセーには具体的な場所名は書かれていません。ただ3人は記述から、祖母の家があったのは荒木町ではないかと判断し、訪れることにしました。わずかな可能性に期待をかけて。

◇◆

　この3人も荒木町のたたずまいをすっかり気に入ったようです。確かにこの街、地形や風景、お店など、訪れた人を引きつける多くの魅力《みりょく》をもっています。

Book 096

# 池井戸 潤『ようこそ、わが家へ』

渋谷区・JR代々木駅

## マナー違反《いはん》注意の仕返しに

ＪＲ代々木《よよぎ》駅（渋谷《しぶや》区）は以前、乗り換《か》えによく利用しました。山手《やまのて》線内回りと中央《ちゅうおう》・総武《そうぶ》線各駅停車の中野《なかの》方面行きとが同一ホームに向かい合う形で発着するので都合がよかったからです。現在もその形式は変わっていません。

◇◆

周囲のことを考えずに乗降するとトラブルが発生します。池井戸潤《いけいどじゅん》『ようこそ、わが家へ』（2013年）の倉田太一《くらたたいち》は、代々木駅でのマナー違《い》反《はん》を見てしまいました。ひどい割り込《こ》み乗車です。温厚な倉田にしては珍《めずら》しく、違反《いはん》した男に注意し、力尽《ちからづ》くで割り込《こ》みを阻止《そし》しました。

ことはこれで終わりませんでした。その男が自宅に帰る倉田の跡《あと》をつけてきたのです。不気味さに走って逃《に》げる倉田。翌朝から倉田の自宅にいやがらせが始まりました。花壇《かだん》が荒らされる、瀕死《ひんし》

小学館文庫

の野良猫《ねこ》が郵便受けに入れられている、など。その陰湿《いんしつ》な悪意は増大してやみません。

相手は倉田の家を知っているのに、倉田は相手について知らない。そんな状況《じょうきょう》に、倉田も彼《かれ》の妻子も到底《とうてい》落ち着いた気持ちではいられません。ですが、警察も彼《かれ》らに安心を与《あた》えてくれません。

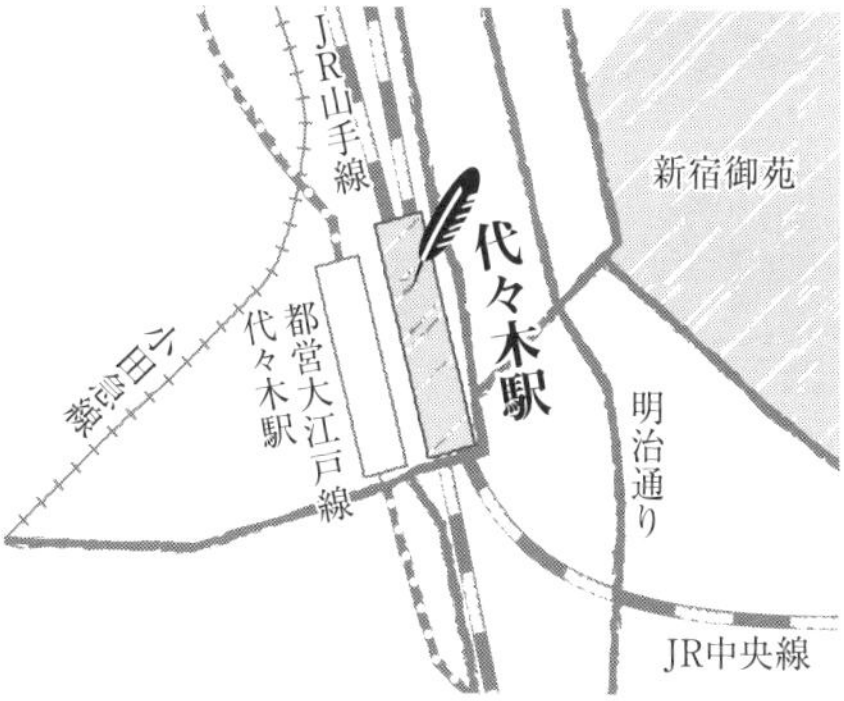

波風を立てるのを好まず、誠実に生きてきた倉田です。正しいと思ってした行為《こうい》が、自分へのつらい仕打ちとなって返ってくる。彼《かれ》はやりきれなさを感じます。
折も折、似た思いを、倉田は仕事でも感じることになっていきます。二重苦です。

◇◆

大変に現実感のある怖《こわ》い物語です。倉田に襲《おそ》いかかるトラブルは人ごととは思えません。読者は一体どこに連れて行かれるのか、そんな思いに駆《か》られ、一気に読み切ってしまいました。

JR代々木駅は、個人的には新宿駅寄りのホーム端《はし》におもしろさを感じます。2、3番ホームでは長さのずれや高さの差が見られます。4番ホームではすぐ脇《わき》を中央線快速電車が猛《もう》スピードで通ります。金網《かなあみ》を隔《へだ》てているのに、接触《せっしょく》しそうな感覚に襲《おそ》われます。

# Book 097

## 万城目学『ホルモー六景』

**千代田区・将門塚**

### 合コン相手 以前のライバル

地下鉄大手町《おおてまち》駅（千代田区）のC４出口から地上に出ました。周囲はビル群が立ち並《なら》びます。風に乗って線香の香りが漂《ただよ》ってきました。すぐ近くにある将門塚《しょうもんづか》に供えられたものです。平将門《たいらのまさかど》の首《くび》塚《づか》と言われます。その伝承の真偽《しんぎ》はともあれ、都会のど真ん中にこのような空間を残し続ける日本人の心性に感動を覚えます。

◇◆

この将門塚は、万城目学《まきめまなぶ》『ホルモー六景』（２００７年）の中に描《えが》かれていました。「丸《まる》の内《うち》サミット」の章です。

２００６年の『鴨川《かもがわ》ホルモー』を本編とするなら、こちらはその外伝といった内容です。共に非常におもしろいストーリーです。小説の「肝《きも》」に相当するのでくわしくは記せませんが、「ホルモー」というのは、遠い昔《むかし》から歴史の裏で連綿と

『ホルモー六景』万城目学（株式会社KADOKAWA）

続いてきた、ある競技だそうです。敵と味方に分かれ、集団で戦います。

『鴨川ホルモー』では、京都《きょうと》大学の学生・安倍《あべ》が謎《なぞ》めいた「京大青竜会《せいりゅう》」なるサークルに引き入れられ、「ホルモー」に次第に深くかかわっていく様子が描《えが》かれます。文章に力があり、思わず作品

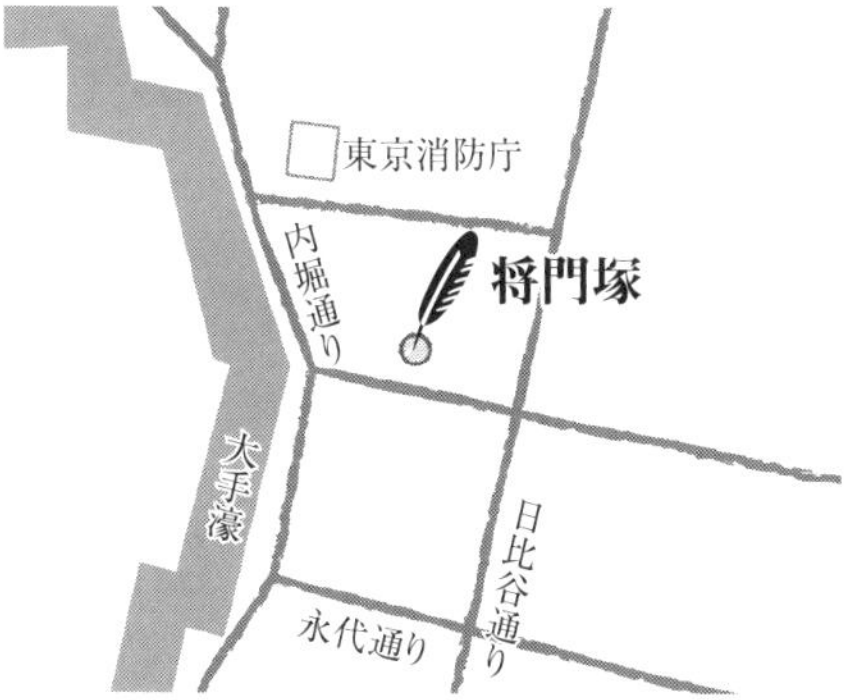

世界に引き込《こ》まれてしまいます。

「丸の内サミット」に登場するのは京都《きょうと》産業《さんぎょう》大学のOB・榊原康《さかきばらやすし》。彼《かれ》もまた、かつて「ホルモー」を行った人間でした。ある時同僚《どうりょう》に誘《さそ》われ、2対2の合コンに出ます。会場の新丸ビルに行くと、何とお相手の1人は知人でした。「ホルモー」を戦ってきた、かつてのライバルだったのです。

2人とも同僚《どうりょう》にはくわしいことを言えず、気まずい空気が流れます。もちろん平穏《へいおん》に終わるわけがありません。この後、ちょっと意外な展開が待ち受けています。

◇◆

将門塚には、カエルの置物が多く置かれています。首が京都から飛んで帰ったという伝説に掛《か》け、失せたものが「かえる」ようにということだそうです。いつから言われるようになった俗信《ぞくしん》なのでしょう。ユーモアが感じられて良いですね。

# Book 098

# ささきかつお『空き店舗（幽霊つき）あります』

**小金井市、府中市・武蔵野公園**

## 少女の幽霊《ゆうれい》と交流 心に光

ささきかつお『空き店舗《てんぽ》（幽霊《ゆうれい》つき）あります』（２０１７年）の舞台《ぶたい》はＪＲ武蔵小金井《むさしこがねい》駅から徒歩３分の古いビルです。２階の店舗《てんぽ》を借りた二宮《にのみや》春奈《はるな》は小金井市出身。小さいころ「くじら山」でよく遊んだという思い出を語っています。物語で大事な場所であるこの山は、武蔵野《むさしの》公園（小金井市・府中《ふちゅう》市）の中にあります。行ってみました。

◇◆

前述のビルは5階建て。各フロアに存在した空き店舗《てんぽ》は次々に埋《う》まっていきます。賃料月６万円という破格さがものを言ったようです。なぜ安いのか。それはこのビルに幽霊《ゆうれい》が出るから。皆その条件を知ったうえで借りています。

幽霊《ゆうれい》はアリサという少女でした。就学前の年齢《ねんれい》のようです。大変に人なつこく好奇心旺盛《こうきしんおうせい》。陰気《いんき》さのかけらもありません。店舗《てんぽ》を借りた人たちは

『空き店舗（幽霊つき）あります』ささきかつお（幻冬舎）

皆アリサに会うことになりますが、彼女《かのじょ》をすっかり気に入ってしまいます。

アリサは彼《かれ》らを助ける役をも果たします。店舗《てんぽ》を借りた人たちは、それぞれ心の底に暗くわだかまっている感情がありました。それは亡くなった大事な人に対する強い思いが原因。でも、アリサとの交流を通じ、彼《かれ》らの心の闇《やみ》に光が差し込《こ》みます。

愛らしい幽霊《ゆうれい》アリサですが、彼女《かのじょ》はそのビルからは外に出られないのだそうです。幽霊《ゆうれい》らしからぬ変わった性質があることもわかりました。何か大きな事情の存在をうかがわせます。

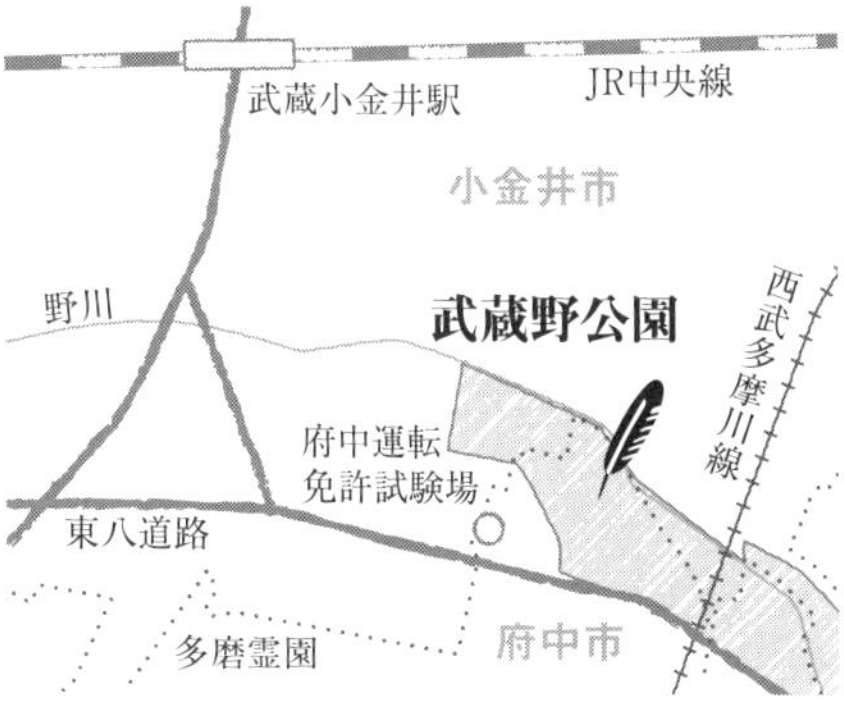


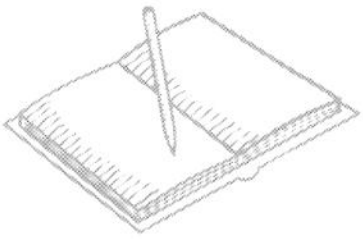

◇◆

さて武蔵野公園です。武蔵小金井駅から少し離《はな》れていますが、歩けない距離《きょり》ではありません。途《と》中《ちゅう》、とてもきれいなせせらぎも見られます。

公園は野《の》川に沿って広がっており、池や野球場、バーベキュー広場など、さまざまに楽しめる緑豊かな場所です。くじら山、ありました。簡単に登れる小山です。足下を見ると地面にはシロツメクサがたくさん。四つ葉のものがないか、しばらく童心に帰って探してしまいました。小説の春奈も昔《むかし》探したかも、などと思いながら。

# Book 099 水野宗徳『チョコレートTV』

## 小平市・西武新宿線・小平駅南口周辺

### 携帯《けいたい》電話拾い 持ち主捜《さが》すと

西武《せいぶ》新宿線の小平駅《こだいら》（小平市）の南口を出て少し進むと、線路に並行《へいこう》して走る自動車通行禁止の道路に出ました。多摩湖《たまこ》自転車道という散策路・サイクリングコースです。

◇◆

水野宗徳《みずののむねのり》『チョコレートTV』（2012年）は、時にせつなく、温かく、時に愉快《ゆかい》な物語。その第1話は小平駅南口周辺が舞台《ぶたい》となっています。

32歳《さい》の「俺《おれ》」こと三橋圭祐《みはしけいすけ》は、ドキュメンタリーが専門のディレクター。中堅《ちゅうけん》の制作会社に所属しています。彼《かれ》は小平駅の近くに住む1人のマンガ家の生き様を追う番組を作ろうとしていますが、なかなかうまく行きません。相手がありのままの姿を見せてくれないからです。何とかしようとして取った行為《こうい》が裏目に出て、相手に謝る必要が生じました。気がめいります。

『チョコレートTV』水野宗徳（徳間文庫）

サイクリングロードを歩き、まもなくマンガ家の自宅ですが足が進まず、公園辺りのベンチで小休止。三橋はそばに携帯《けいたい》電話が落ちているのに気づきました。古い機種ですが、捨てられたものではなさそうです。ポケットに入れました。ところがこの携帯《けいたい》電話が元で、マンガ家の気分を更《さら》に害してしまいます。拾った携帯《けいたい》電話が疫病神《やくびょうがみ》にも見え、捨てることも考えますが思いとどまり、落とし主を探すことにしました。

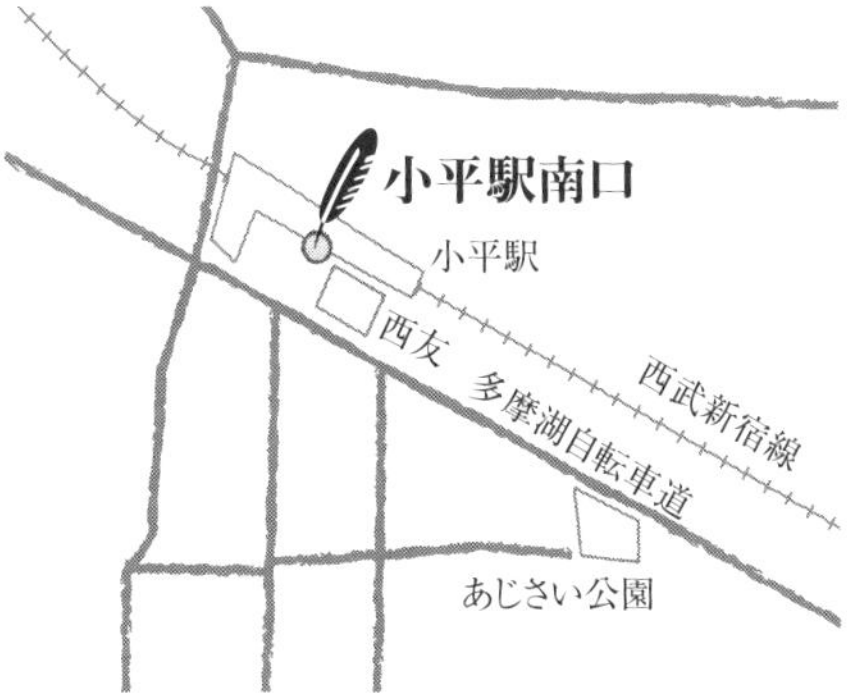

団地に住む老婆《ろうば》でした。彼女《かのじょ》は届けに来た三橋を家に上げ、手厚くもてなします。しばらく彼《かれ》は老婆《ろうば》の話し相手になります。夫は亡くなり、子どもは独立。今は一人暮《ぐ》らしであるとのこと。

話が携帯《けいたい》メールに及《およ》んだ時です。三橋は老婆《ろうば》の携帯《けいたい》に未送信メールがいくつかあるのに気づきました。悪いと思いつつ、それらの文面を見てしまいます。

気になる内容でした。

◇◆

サイクリングロードを南東方向に歩いてみました。緑は豊かで公園もあり、歩いていて飽《あ》きません。何の練習でしょう、公園で原稿《げんこう》を読み上げている人もいました。

# Book 100

# ドリアン助川『多摩川物語』

## 稲城市、府中市・多摩川・稲城大橋

### 沈《しず》む心　聞き役は川辺の猫《ねこ》

ドリアン助川《すけがわ》の『多摩川物語』（２０１４年）は八つの短編からなる小説。読むと主人公たちを心から応援《おうえん》したくなる、そんな物語です。最初の１編「黒猫《くろねこ》のミーコ」には多摩川に架《か》かる稲城《いなぎ》大橋が出てきました。

◇◆

「雅代《まさよ》さん」は農家に嫁《とつ》いだ女性です。子どもたちはすでに独立して、夫と夫の父との３人暮《ぐ》らし。彼女《かのじょ》は稲城大橋を渡《わた》った先にある食堂でパートをしています。

「雅代さん」は夫に小屋を建ててもらい、余った作物の無人販売《はんばい》を行うことにしました。人間不信になるだけだという周囲の声がありました。それは現実となります。回収できたお金が明らかに少ないのです。もっとひどいことをされた時もありました。「雅代さん」の心は沈《しず》みます。

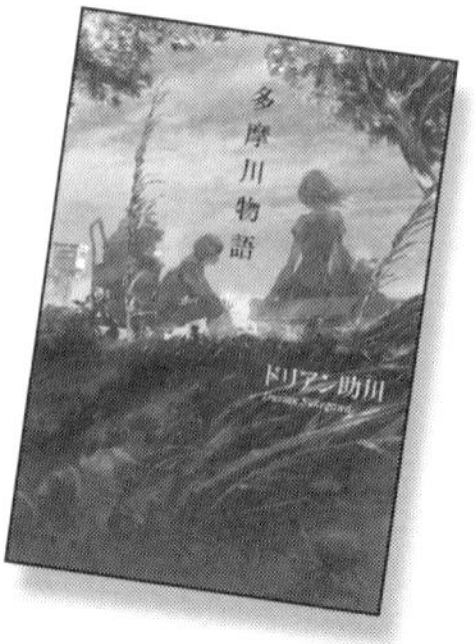


『多摩川物語』
ドリアン助川
（ポプラ社）

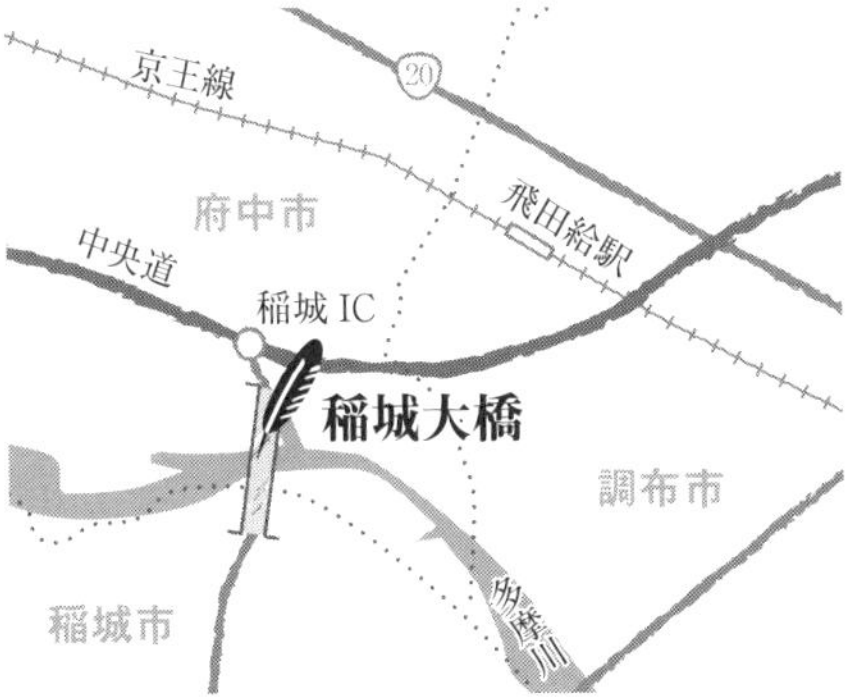


そんな時、多摩川のほとりで彼女《かのじょ》の話の聞き役になってくれるのが黒猫《くろねこ》の「ミーコ」でした。元は迷い猫《ねこ》で、子猫《こねこ》の時から世話をしてきた一番心を許せる相手です。

自分に対する夫や夫の父の言動を思う時、「雅代さん」の気持ちはまたどんよりしてきます。でも彼女《かのじょ》は川を見ながら彼《かれ》らの立場に立って気持ちを理解しようとし、仕方ない、許そうと考えます。ただ、息子や娘《むすめ》の思い出を振《ふ》り返ると、そこには別の感情がわいてきます。それは自分自身に向けられたある思いでした。

◇◆

稲城大橋は府中《ふちゅう》市押立《おしたて》町と稲城市押立とを結ぶ橋です。小説の描写《びょうしゃ》を見ると、「雅代さん」の住むのは、府中市側にあたる場所のようです。

この橋を見に行くため、京王線・飛田給《とびたきゅう》駅から歩きました。多摩川近くで目にした歩道橋を上るとそのまま橋に続いていてびっくり。美しい立派な橋です。はるか下方、河川敷《かせんしき》を歩く人が見えたので行ってみようとしたのですが、どうすれば良いのかさっぱりわからず。すれ違《ちが》った人に聞いてやっとたどり着けました。

# 書名索引

ブックナンバー

## 場所索引

ブックナンバー

[ 著者紹介 ]
**堀越正光**（ほりこし まさみつ）

1960年千葉県生まれ。少年のころから都内散策に興味をもつ。1996年より勤務校で、希望者参加による東京「探見」の企画を行っている。著書に『東京「探見」——現役高校教師が案内する東京文学散歩』（宝島社）がある。現在、東邦大学付属東邦中学校・高等学校国語科教諭。

あの本《ほん》の主人公《しゅじんこう》と歩《ある》く　東京物語散歩《とうきょうものがたりさんぽ》100

2018年9月10日　初版第1刷発行

著　者　堀越正光
発行者　廣嶋武人
発行所　株式会社ぺりかん社
〒113-0033　東京都文京区本郷1-28-36
TEL　03-3814-8515（営業）
03-3814-8732（編集）
http://www.perikansha.co.jp/

印刷所・製本所　モリモト印刷



ISBN 978-4-8315-1516-2　Printed in Japan

## 【なるにはBOOKS】

税別価格 1170円〜1600円

1——パイロット
2——客室乗務員
3——ファッションデザイナー
4——冒険家
5——美容師・理容師
6——アナウンサー
7——マンガ家
8——船長・機関長
9——映画監督
10——通訳・通訳ガイド
11——グラフィックデザイナー
12——医師
13——看護師
14——料理人
15——俳優
16——保育士
17——ジャーナリスト
18——エンジニア
19——司書
20——国家公務員
21——弁護士
22——工芸家
23——外交官
24——コンピュータ技術者
25——自動車整備士
26——鉄道員
27——学術研究者(人文・社会科学系)
28——公認会計士
29——小学校教師
30——音楽家
31——フォトグラファー
32——建築技術者
33——作家
34——管理栄養士・栄養士
35——販売員・ファッションアドバイザー
36——政治家
37——環境スペシャリスト
38——印刷技術者
39——美術家
40——弁理士
41——編集者
42——陶芸家
43——秘書
44——商社マン
45——漁師
46——農業者
47——歯科衛生士・歯科技工士
48——警察官
49——伝統芸能家
50——鍼灸師・マッサージ師
51——青年海外協力隊員
52——広告マン
53——声優
54——スタイリスト
55——不動産鑑定士・宅地建物取引主任者
56——幼稚園教師
57——ツアーコンダクター
58——薬剤師
59——インテリアコーディネーター
60——スポーツインストラクター
61——社会福祉士・精神保健福祉士
62——中小企業診断士
63——社会保険労務士
64——旅行業務取扱管理者
65——地方公務員
66——特別支援学校教師
67——理学療法士
68——獣医師
69——インダストリアルデザイナー
70——グリーンコーディネーター
71——映像技術者
72——棋士
73——自然保護レンジャー
74——力士
75——宗教家
76——CGクリエータ
77——サイエンティスト
78——イベントプロデューサー
79——パン屋さん
80——翻訳家
81——臨床心理士
82——モデル
83——国際公務員
84——日本語教師
85——落語家
86——歯科医師
87——ホテルマン
88——消防官
89——中学校・高校教師
90——動物看護師
91——ドッグトレーナー・犬の訓練士
92——動物園飼育員・水族館飼育員
93——フードコーディネーター
94——シナリオライター・放送作家
95——ソムリエ・バーテンダー
96——お笑いタレント
97——作業療法士
98——通関士
99——杜氏
100——介護福祉士
101——ゲームクリエータ
102——マルチメディアクリエータ
103——ウェブクリエータ
104——花屋さん
105——保健師・養護教諭
106——税理士
107——司法書士
108——行政書士
109——宇宙飛行士
110——学芸員
111——アニメクリエータ
112——臨床検査技師
113——言語聴覚士
114——自衛官
115——ダンサー
116——ジョッキー・調教師
117——プロゴルファー
118——カフェオーナー・カフェスタッフ・バリスタ
119——イラストレーター
120——プロサッカー選手
121——海上保安官
122——競輪選手
123——建築家
124——おもちゃクリエータ
125——音響技術者
126——ロボット技術者
127——ブライダルコーディネーター
128——ミュージシャン
129——ケアマネジャー
130——検察官
131——レーシングドライバー
132——裁判官
133——プロ野球選手
134——パティシエ
135——ライター
136——トリマー
137——ネイリスト
138——社会起業家
139——絵本作家
140——銀行員
141——警備員・セキュリティスタッフ
142——観光ガイド
143——理系学術研究者
144——気象予報士・予報官
145——ビルメンテナンススタッフ
146——義肢装具士
147——助産師
148——グランドスタッフ
149——診療放射線技師
150——視能訓練士
151——バイオ技術者・研究者

補巻13 NPO法人で働く
補巻14 子どもと働く
補巻15 葬祭業界で働く
補巻16 アウトドアで働く
補巻17 イベントの仕事で働く
補巻18 東南アジアで働く
補巻19 魚市場で働く
別巻 働く時のルールと権利
別巻 就職へのレッスン
別巻 数学は「働く力」
別巻 働くための「話す・聞く」
別巻 中高生からの選挙入門
別巻 小中高生におすすめの本300
別巻 学校図書館はカラフルな学びの場
別巻 東京物語散歩100

【大学 学部調べ】

●——看護学部・保健医療学部
●——理学部・理工学部
●——社会学部・観光学部
●——文学部
●——工学部
●——法学部
●——教育学部
●——医学部

一部品切中のものがございます。在庫につきましては、小社営業部までお問い合わせください。 18.08.